GÜNTER HUTH
Jenseits des Spessarts

Günter Huth wurde 1949 in Würzburg geboren und lebt seitdem in seiner Geburtsstadt. Er kann sich nicht vorstellen, in einer anderen Stadt zu leben. Er ist Rechtspfleger (Fachjurist), verheiratet, drei Kinder. Seit 1975 schreibt er in erster Linie Kinder- und Jugendbücher sowie Sachbücher aus dem Hunde- und Jagdbereich (ca. 65 Bücher). Außerdem hat er bisher Hunderte Kurzerzählungen veröffentlicht. In den letzten Jahren hat er sich vermehrt dem Genre Krimi zugewandt und in diesem Zusammenhang bereits einige Kriminalerzählungen veröffentlicht. 2003 kam ihm die Idee für einen Würzburger Regionalkrimi. „Der Schoppenfetzer" war geboren. Diese Reihe hat sich mittlerweile als erfolgreiche Serie in Mainfranken und zwischenzeitlich auch im außerbayerischen „Ausland" etabliert. 2013 ist der erste Band der Simon-Kerner-Reihe mit dem Titel *Blutiger Spessart* erschienen. Es folgte *Das letzte Schwurgericht*, anschließend *Todwald – Der Spessart tötet leise – Die Spur des Wolfes – Im Spessart lauert der Tod* und zuletzt *Spessartblues – Zerbrochene Seelen*. Der Autor ist Mitglied der Kriminalschriftstellervereinigung „Das Syndikat". Seit 2013 widmet er sich beruflich ausschließlich dem Schreiben.

Die Handlung und die handelnden Personen dieses Romans sind frei erfunden. Jede Ähnlichkeit mit toten oder lebenden Personen oder Persönlichkeiten des öffentlichen Lebens ist nicht beabsichtigt und wäre rein zufällig.

GÜNTER HUTH

Jenseits des Spessarts

Ein Simon Kerner Thriller

echter

Mainfranken Krimi

Prolog

Die Stimme

Als sich das Telefon im Arbeitszimmer kurz nach Mitternacht mit einem speziellen Klingelton meldete, zuckte der Angerufene leicht zusammen. Diese Tonfolge, die nur *der Stimme* vorbehalten war, hatte er schon lange nicht mehr gehört. Es war geraume Zeit verstrichen, seit sich die Stimme das letzte Mal gemeldet hatte. Damals kündigte sie den Angriff einer feindlichen Clique auf seine Familie an. Der Angriff erfolgte dann auch, sie konnten ihn aber erfolgreich abwehren. Dabei wurde aber ein männliches Familienmitglied getötet und mehrere schwer verletzt. Ein Preis, den man bereit sein musste, zu zahlen, weil er dem Ganzen diente. Seitdem hatte er sein Gebiet ausdehnen und seine Macht festigen können. Er würde der Stimme zwar niemals absolut vertrauen, aber er hatte die Person hinter der Stimme in der Hand. Freiwillige Loyalität war etwas Schönes, aber eine anfällige Pflanze, die durch Egoismus, Geldgier und Machtstreben leicht zerstört werden konnte. Er bevorzugte wirkungsvollen Druck, mit Angst als Basis. Der Angerufene verfügte über ein ganzes Repertoire dieser Druckmittel gegenüber verschiedenen Menschen, auch gegenüber der Person, die er nur *Die Stimme* nannte. Paranoid, wie sie war, rief sie immer mit einer technisch verfälschten Stimme an, so auch jetzt. Furcht vor Tod oder Leid war eines, aber nicht das wirkungsvollste Instrument, über das er verfügte. Er förderte die Person hinter der Stimme, ließ sie aufsteigen, so hoch, dass die Angst vor einem Absturz viel schwerer wog als die Furcht vor einer schnellen Kugel. Der Angerufene meldete sich: „Es freut mich, wieder einmal von dir zu hören", erklärte er ohne Begrüßungsfloskeln. „Was gibt es?"

„Es braut sich politisch etwas zusammen", erwiderte die Stimme ohne Einleitung. „Ihr habt es übertrieben. Insbesondere die Familie von Mustafa al-Asmani. Zu viele schwerwiegende Verstöße gegen das Strafgesetzbuch. Manche seiner jungen Männer glauben, sie könnten sich alles erlauben. Die jüngste Schießerei in einem Döner-Imbiss mit zwei Toten hat das Fass zum Überlaufen gebracht."

„Daran waren wir nicht beteiligt", gab der Angerufene zurück.

„Die Falken in der Regierung differenzieren da nicht. Die Nachrichten von Zwangsheiraten, die Übergriffe auf Polizeibeamte und dann ein Ehrenmord auf offener Straße. Ihr denkt, das geht immer weiter so. Ich fürchte, hier wird sich bald einiges ändern. Ich kann dir nur raten, deine Familie zu disziplinieren."

Ehe der Angerufene noch etwas erwidern konnte, klickte es in der Leitung. Die Stimme hatte aufgelegt. Er lehnte sich auf dem bequemen Diwan zurück und blickte zum Fenster hinaus. In der Ferne sah er die beleuchtete Festung Marienberg. Die Stimme hatte recht. In der letzten Zeit waren die jungen Männer von beiden Spessart-Clans zu aufmüpfig geworden. Sie respektierten nur noch ihre eigenen Gesetze und Regeln. Im Prinzip waren sich die beiden Clan-Chefs im Großraum Spessart einig, die Finger vom Einflussbereich des jeweils anderen zu lassen. Er überlegte kurz, ob er dem gegnerischen al-Asmani-Clan eine Warnung zukommen lassen sollte, entschied sich dann aber dagegen.

1

Die sengende Sonne hatte zahlreiche Wasserlöcher im *Addo Elephant National Park* völlig ausgetrocknet. Die Wildtiere versammelten sich notgedrungen an den wenigen noch ergiebigen Wasserstellen. Die Not der Grasfresser bedeutete für die Beutegreifer eine Zeit des Überflusses. Leoparden, Löwen, Wildhunde und Hyänen konnten dort ohne große Anstrengung Beute machen. Sie mussten nur geduldig warten.

Simon Kerner saß im Büro der Rangerstation und schrieb Berichte für das Ministerium. Seit gut fünf Jahren lebte er jetzt mit seiner kleinen Familie in Afrika als Chef der Wildererbekämpfungstruppe im *Addo Elephant National Park,* Provinz Ostkap in Südafrika.

Vor einer Woche war ihnen der Schlag gegen eine Bande gelungen, die mit gewildertem Elfenbein schmuggelte. Sosehr ihn der Erfolg der Aktion freute, so sehr nervte ihn immer die anschließend notwendige Büroarbeit. Heute schweiften seine Gedanken immer wieder zu Clara ab. Seine Lebensgefährtin Theresa war am frühen Morgen mit der gemeinsamen Tochter bei einem wichtigen Termin im St.-Georges-Krankenhaus von Port Elizabeth. Clara, die mittlerweile vier Jahre alt und bisher glücklich und frei unter den Männern des Camps aufgewachsen war, zeigte seit einiger Zeit merkwürdige Symptome. Das immer sehr lebhafte Kind wirkte in den letzten beiden Wochen oft müde und abgeschlagen, ohne erkennbare Ursache. Hin und wieder blutete sie aus der Nase und sie klagte über Gliederschmerzen. Zuerst beruhigten sich die Eltern damit, dass Clara einfach zu viel herumtobte. Dann traten diese Zustände vermehrt auf, zudem war das bisher immer ausgeglichene Mädchen oft quengelig und wirkte dabei schwach und teilnahmslos. Da sie hier in der Wildnis relativ weit von jeglicher ärztlichen Versorgung entfernt lebten, entschieden sich Theresa und Simon, das Kind gründlich untersuchen zu lassen. Theresa war gestern zu diesem Zweck mit Clara ins Krankenhaus gefahren. Nun wartete er auf eine beruhigende Nachricht.

Kerner wurde aus seinen Gedanken gerissen, denn auf der Veranda des Bungalows hörte er das Trampeln von Stiefeln. Rex, Kerners Rhodesian Ridgeback, der, wie immer, wenn Kerner im Büro arbeitete, auf dem Fell einer Antilope vor seinem Schreibtisch lag, hob wachsam den Kopf. Da er keinen Warnton von sich gab, kannte der Rüde die Person, die es so eilig hatte. Schon klopfte es hart an die Tür und Richard, Angehöriger des Volkes der Zulu und Ranger der Nationalparkverwaltung, trat ein. Im Laufe der Jahre hatte er sich zu Kerners rechter Hand entwickelt. Er nickte Kerner knapp zu, dabei erklärte er sichtlich erregt: „Chief, ich habe gerade routinemäßig die Standorte der Sender kontrolliert. Bei Onna, der Nashornkuh, gibt es eine Auffälligkeit. Bisher war sie mit ihrem Kalb ziemlich standorttreu in der Umgebung des Wasserlochs 7 herumgezogen. Nach den Aufzeichnungen hat sie sich in den letzten Stunden kein Yard bewegt. Deshalb habe ich die Drohne hingeschickt."

Kerner runzelte die Stirn. Im Auftrag der Reservatsverwaltung hatten sie mehrere Elefanten und Nashörner mit Sendern versehen, um die Tiere jederzeit auffinden zu können.

Die Rangerstation verfügte über eine leistungsfähige Drohne, mit deren Hilfe sie sehr wirkungsvoll bestimmte Gebiete des Reservats überprüfen konnten.

Der Ranger sah ihn aufgeregt an.

„Es tut mir leid, Chief. Wie es aussieht, wurde Onna getötet. Sie liegt regungslos in der Nähe des Wasserlochs 7, das Kalb steht bei ihr."

Kerner schlug zornig mit der Hand auf den Schreibtisch. Rex sprang erschrocken auf und stellte die Ohren. Der Chief wusste, was diese Aussage bedeutete. Wilderer! Die Bande war mit Sicherheit schon über alle Berge.

„Diese verdammten Verbrecher!", fluchte er, dabei erhob er sich. „Wir müssen sofort raus und zumindest das Kalb retten. Verständige die Männer, damit sie die Transportbox fertig machen. Du weißt, was zu tun ist!"

Richard nickte, dann drehte er sich um und eilte hinaus. Einen Augenblick später hallte seine Stimme über das Gelände.

Simon Kerner griff sich mit grimmiger Miene das Holster mit seinem Revolver vom Haken und schnallte es sich um. Anschließend öffnete er seinen Waffenschrank, entnahm ihm seine ständige Begleiterin im Busch, die Heckler & Koch, und zusätzlich das Narkosegewehr. Obwohl das Kalb für die Männer sicher noch nicht gefährlich war, war es alleine aufgrund seines Gewichts ohne Betäubung nicht zu handeln. Er griff sich den Koffer mit dem Betäubungsmittel.

Wenig später waren sechs Ranger mit dem Kleinlaster und der Transportbox unterwegs. Kerner fuhr mit dem Jeep voraus, Rex saß hechelnd neben einem der Männer auf der Rückbank. Er spürte die Anspannung seines Herrn und war entsprechend aufgeregt. Als sie sich dem Wasserloch näherten, verlangsamten sie das Tempo. Sie wollten das Kalb nicht erschrecken. Auf den umstehenden Bäumen versammelten sich bereits einige Geier, die die tote Nashornkuh als reichhaltige Nahrungsquelle ausgespäht hatten. Durch die Annäherung der Fahrzeuge wurden sie aufgescheucht, stiegen schwerfällig auf und begannen in großer Höhe Kreise zu ziehen. Die Männer machten die Motoren aus, blieben aber bei den Fahrzeugen, um das Kalb nicht zu beunruhigen.

Mit dem Fernglas konnte Kerner die tote Nashornkuh schnell ausmachen. Sie lag ungefähr hundert Meter von ihnen entfernt. Dicht bei ihr stand das Kalb. Es sicherte mit spielenden Ohren herüber. Da sich die Mutter aber nicht bewegte, verharrte es am Platz. Simon Kerner begutachtete es einen Moment. Nach seiner Einschätzung wog es wohl schon eine halbe Tonne. Er stieg aus und stellte den Koffer mit den Betäubungsutensilien auf den Sitz. Dann bereitete er die Spritze vor. Das Betäubungsgewehr arbeitete mit einer CO_2-Kartusche als Treibmittel. Kerner lud es. Er würde nur einen Schuss zur Verfügung haben. Die Treffergenauigkeit des Gewehrs lag bei etwa fünfzig Metern. Um sicherzugehen, würde er so nahe wie möglich rangehen. Rex bekam den Befehl, im Jeep zu bleiben, dann winkte er seinen Männern zu. Sie sollten sich bereithalten, das Kalb zu verfolgen, denn die Wirkung des Narkosemittels trat nicht sofort ein. Langsam begann sich der Ranger auf das Kalb zuzubewegen. Aufmerksam beobachtete es jede seiner Bewegungen. Als er sich bis ungefähr auf die Leistungsgrenze des Gewehrs genähert hatte, machte es plötzlich ein paar Sprünge von der Mutter weg. Da sie sich nicht bewegte, wurde es unsicher und blieb wieder stehen. Im Zielfernrohr des Gewehrs war ein Entfernungsmesser eingebaut. Das Kalb war nur noch etwas mehr als vierzig Meter von ihm entfernt, als er stehen blieb, es anvisierte und den Schuss abgab. Es gab ein zischendes Geräusch, als sich das CO_2 in die Druckkammer entlud. Der Pfeil drang in die Keule des Kalbes ein und das Betäubungsmittel wurde injiziert. Erschrocken rannte das Kalb los, verharrte dann aber wieder. Es sicherte zu seiner Mutter hin. Unschlüssig blieb es stehen. Nach ungefähr drei Minuten begann die Narkose einzusetzen. Langsam legte sich das Kalb nieder. Schließlich sank sein Kopf auf den Boden.

Simon Kerner gab seinen Männern ein Zeichen. Im Schritttempo kamen sie mit dem Lkw angefahren. Sie reichten ihm einen Lappen, den er über die Augen des Kalbes legte, damit sie nicht austrockneten. Jetzt musste es flott gehen! Sie stellten die Transportbox so vor den Kopf des betäubten Tieres, dass sie mit der Ladefläche des Lkws eine Linie bildete. Mit Hilfe der Seilwinde, die hinter dem Führerhaus des Lasters angebracht war, zogen sie das Kalb in die Transportbox und diese dann auf die Ladefläche. Nachdem das geschafft war, wischten sich die Männer den Schweiß von der Stirn. Die Betäubung sollte noch einige Zeit anhalten. Das Kalb kam jetzt zu einer Auffangstation für Tierwaisen, wo es eine reelle Überlebenschance haben würde.

Simon Kerner betrachtete die getötete Nashornkuh. Ein schlimmer Verlust, der bei der Bedrohung dieser Art nicht ausgeglichen werden konnte. Sie würde den Aasfressern der Steppe ein paar Tage reichlich Nahrung bieten.

Kerner setzte sich in seinen Jeep und wendete. Rex forderte sein Recht und erhielt ein paar Streicheleinheiten, in dem Augenblick piepte sein Funkgerät.

„Kerner, bitte kommen."

„Simon", meldete sich die Stimme Theresas, die er fast nicht erkannt hätte. „Clara und ich sind wieder im Camp. Dauert es noch lange, bis du wieder nach Hause kommst?"

Alarmiert drückte er auf den Sprechknopf. „Ich bin schon auf dem Rückweg." Er gab Gas und raste, eine weithin sichtbare Staubfahne hinter sich herziehend, über die Piste. Sein Gefühl ließ ihn Schlimmes erwarten.

Er brachte den Jeep vor seiner Wohnung zum Stehen und

sprang aus dem Wagen. Mit Rex im Gefolge eilte er ins Haus. Kerner stellte die Gewehre in die Ecke, da war Theresa auch schon bei ihm und fiel ihm um den Hals. Ein lautes Schluchzen kam aus ihrem Mund. Er strich ihr beruhigend über den Rücken.

„Theresa, was ist denn los? Wo ist Clara?"

Es dauerte einen Moment, ehe sie wieder in der Lage war, sich verständlich auszudrücken. Sie löste sich von ihm.

„Unser Kind hat Leukämie!", kam es gepresst aus ihrem Mund. Simon Kerner hatte das Gefühl, als würde ihm der Boden unter den Füßen weggezogen. Mit weit aufgerissenen Augen sah er seine Lebensgefährtin an.

„Leukämie? Das ist doch Unsinn! Wie kann das sein? Da haben sich die Ärzte mit Sicherheit getäuscht!" Er sah sich um. „Wo ist Clara?", fragte er erneut.

Theresa hatte sich mittlerweile wieder etwas gefasst. „Nein, Simon, es ist kein Irrtum. Die Ärzte haben die Untersuchungen mehrfach gemacht, um eine Fehldiagnose auszuschließen." Sie ging zum Tisch und ließ sich nieder. „Die Fahrt hierher hat das Kind schon wieder total erschöpft. Sie liegt in ihrem Bett und schläft. Wir müssen zukünftig Anstrengungen möglichst vermeiden."

Simon Kerner stand noch immer wie versteinert im Raum und starrte vor sich hin. „Wie kann so etwas sein?", wiederholte er. „Sie war doch immer gesund …"

„Das habe ich die Ärzte auch gefragt", entgegnete Theresa. Sie schenkte sich aus einer Karaffe auf dem Tisch ein Glas kalten Tee ein. „Sie konnten mir auch keine befriedigende Antwort geben. Solche Fälle gibt es ganz einfach."

Langsam tastete sich Kerner ebenfalls zu einem Stuhl. „Aber das ist doch sicher heilbar?"

„Ich wurde umfassend aufgeklärt. Bei Kindern ist diese

Krankheit sehr gefährlich, da die Zellerneuerung bei ihnen wesentlich schneller vonstattengeht als bei Erwachsenen. Wir dürfen keine Zeit verlieren, die Behandlung muss umgehend erfolgen!"

„Wie?"

„Zuerst kommt eine Chemotherapie. Damit kann man das Fortschreiten der Krankheit aufhalten. In der Zeit muss man dann einen geeigneten Spender für eine Knochenmarktransplantation finden." Sie atmete tief durch. „Die Heilungschancen liegen bei bis zu 80 % … wenn wir wirklich schnell agieren!"

Kerner starrte schweigend vor sich hin. Sie sah ihn an und legte ihre Hand auf seine. „Simon, wir müssen zuversichtlich sein … für unser Kind …"

Er schüttelte den Kopf. „Wie soll das hier im Busch funktionieren? Sie braucht doch bestimmt ständige ärztliche Betreuung von Spezialisten. Ich bezweifle, dass das St.-Georges-Krankenhaus in Port Elizabeth das leisten kann. Hierfür benötigt man eine Einrichtung, die damit Erfahrung hat. Und bei all dem bräuchte sie ihre Eltern in der Nähe."

„Simon, das klingt ja, als würdest du aufgeben wollen!" Sie sah ihn entsetzt an.

Kerner sah sie verständnislos an. „Nicht eine Sekunde dürfen wir so etwas denken! Unser Kind benötigt die beste Behandlung, die es bekommen kann!" Er ballte die Fäuste auf der Tischplatte. „Theresa, es gibt keine andere Lösung: Wir brechen hier unsere Zelte ab und gehen zurück nach Deutschland!"

2

Der Prozess wegen des Ehrenmordes an einer jungen Araberin, die sich weigerte, einen ihr von den Eltern zugeteilten Ehemann zu heiraten, war gerade zu Ende gegangen. Der Bruder des Opfers glaubte, die Ehre der Familie reinwaschen zu müssen, indem er seine Schwester erschoss.

Nach der Urteilsverkündung, 15 Jahre Freiheitsstrafe wegen Totschlags, begab sich Oberstaatsanwalt Dr. Haenisch in sein Dienstzimmer. Er bedauerte zwar, dass das Schwurgericht bei seiner Entscheidung nicht von Mord ausgegangen war, aber die Anklage war tatsächlich auf etwas tönernen Füßen gestanden und man hatte sie deshalb auf Totschlag reduziert. Es war heute sein letzter Prozess in seiner Eigenschaft als Oberstaatsanwalt gewesen. Übermorgen würde er aus der Hand des Ministerpräsidenten seine Ernennungsurkunde zum Staatssekretär im Innenministerium erhalten. Nach der letzten Landtagswahl hatte ihn der alte und jetzt wiedergewählte Innenminister überraschenderweise gefragt, ob er sich vorstellen könne, für dieses Amt zur Verfügung zu stehen. Ihm schwebe vor, ihn als erfahrenen Juristen bei der Bekämpfung der bandenmäßigen Schwerkriminalität einzusetzen, die sich in den letzten Jahren im Grenzbereich des hessischen und fränkischen Spessarts breitgemacht hatte. Er sollte, mit entsprechenden Vollmachten ausgestattet, der Hydra die Köpfe abschlagen. Nach einiger Bedenkzeit stimmte er zu.

Jetzt musste er nach Bamberg fahren, um aus den Händen der Generalstaatsanwältin Yasmin Römer seine Entlassungsurkunde entgegenzunehmen. Dr. Haenisch hängte seine schwarze Robe in den Schrank. Fast zärtlich fuhr er mit den Fingerspitzen über den samtigen Stoff. Sie hatte ihm viele Jahre treu gedient und nach außen die ihm mit dem Amt zugewachsene Autorität verkörpert.

Wenige Minuten später fuhr er seinen zweisitzigen Sportwagen aus der Tiefgarage des Strafjustizzentrums. Auf der A 7 benötigte er eine knappe Stunde, dann betätigte er die Sprechanlage an der beschrankten Hofeinfahrt des Oberlandesgerichts Bamberg, in dem auch die Generalstaatsanwaltschaft ihren Sitz hatte. Wenig später klopfte er am Vorzimmer der Generalstaatsanwaltschaft und trat ein.

„Grüß Gott, die Frau Generalstaatsanwältin erwartet mich."

Der junge Beamte im Vorzimmer kannte ihn natürlich. „Grüß Gott, Herr Dr. Haenisch, ich gebe nur kurz Bescheid." Er klopfte an eine doppelte Verbindungstür, dann trat er ein. „Herr Dr. Haenisch ist da", hörte er ihn sagen.

„Ach, schön, er soll doch bitte reinkommen", hörte er die vertraute, leicht rauchige Stimme von Dr. Yasmin Römer, seit gut zwei Jahren Generalstaatsanwältin im Oberlandesgerichtsbezirk Bamberg. Als Frau in diesem Amt war sie ein Novum in Bayern. Der Beamte ließ den Besucher ein und fragte ihn im Vorübergehen: „Möchten Sie einen Kaffee?"

„Sehr gerne", erwiderte er, dann wandte er sich der Frau zu, die sich hinter einem ausladenden Schreibtisch erhoben hatte und auf ihn zukam: „Frau Generalstaatsanwältin, vielen herzlichen Dank, dass Sie heute noch den Termin möglich gemacht haben."

Sie hörten, wie die Tür von außen geschlossen wurde. Schlagartig veränderte sich ihr Verhalten.

„Christian, du solltest es nicht übertreiben." Sie ging auf ihn zu, stellte sich auf die Zehenspitzen ihrer Highheels und gab ihm einen Kuss auf den Mund.

„Yasmin, das muss sein. Schließlich erwartet dein Vorzimmerzerberus von mir als kleinem Oberstaatsanwalt, dass ich mich angemessen devot verhalte." Sie warf ihm eine Grimasse zu und stach ihm mit dem Zeigefinger spielerisch in den Bauch.

Als es an die Tür klopfte, machte er automatisch einen Schritt rückwärts. Der junge Mann brachte den Kaffee auf einem Tablett und stellte es auf einem mit Intarsien ausgelegten Beistelltisch ab. Zucker, Milch und kleine Gebäckstücke lagen dabei. Mit kurzem Gruß verschwand er wieder.

„Ein ganz schön knackiges Bürschchen hast du dir da vor die Tür gesetzt", bemerkte Haenisch und grinste.

„Moment, den Jungen habe ich vor kurzem von der Personalverwaltung zugewiesen bekommen, weil seine Vorgängerin sich aus Karrieregründen versetzen ließ."

Sie ging zum Tisch und schenkte ihrem Besucher Kaffee ein. „Das ist heute also dein offizieller Abschiedsbesuch", stellte sie fest. „Du bekommst von mir deine Entlassungsurkunde – und das war's dann ..." Sie klang plötzlich fast ein wenig wehmütig.

„Na ja, das ist halt der offizielle Gang der Dinge", gab er zurück. „Aber das heißt ja nicht, dass wir uns nicht mehr sehen können. Bei der Aufgabe, die mich zukünftig erwartet, werde ich wohl nicht in München residieren."

Sie gab zwei Stück Zucker in seinen Kaffee und rührte langsam für ihn um. Dabei sah sie ihn ernst an.

„Dir ist klar, welch gefährliche Aufgabe dir der Minister da angetragen hat?"

Er nahm einen Schluck Kaffee, dann erwiderte er: „Hinter diesem Auftrag steht ein komplexes Projekt, das dem Innenminister sehr am Herzen liegt. Die kriminellen Aktivitäten der arabischen Familienclans haben sich jetzt auch nach Bayern und Hessen verlagert. Vermutlich durch die Flüchtlingsströme der vergangenen Jahre, die teilweise unkontrolliert über die Grenze gekommen sind. Es sind zwei Familien, die in den letzten beiden Jahren vermehrt durch Gewalt aufgefallen sind. Sie verweigern die Anerkennung unseres Rechtssystems und glauben, eine Parallelgesellschaft aufbauen zu können." Er nahm sie wieder in den Arm. „Aber wem erzähle ich das. – Wie sieht es heute nach dem ganzen offiziellen Brimborium aus? Hast du heute Abend Zeit?"

Sie lächelte ihn an. „Selbstverständlich bin ich davon ausgegangen, dass du heute Nacht bei mir bleibst. Wer weiß, wann wir wieder einmal so eine Gelegenheit haben."

Sie ging zum Schreibtisch und nahm eine mit weißblauen Rauten bedruckte Mappe in die Hand, auf der in der Mitte das farbige bayerische Staatswappen zu erkennen war.

„Ich schlage vor, wir bringen es hinter uns", erklärte sie, wieder sachlich werdend.

Dr. Haenisch nickte und stellte seine Kaffeetasse ab.

Sie griff zum Telefon und sprach mit ihrem Vorzimmer. Wenig später klopfte es an die Verbindungstür und der junge Beamte öffnete, um den Präsidenten des Oberlandesgerichts anzukündigen. In dessen direktem Gefolge betraten einige Staatsanwälte und Richter das Dienstzimmer. Sie begrüßten sich gegenseitig, dann formierten sie sich um den Schreibtisch der Generalstaatsanwältin. Währenddessen öffnete im Hintergrund der Vorzimmerbeamte eine Flasche Sekt. Nachdem die Generalstaatsanwältin ein paar wohlgesetzte Sätze gesprochen hatte, überreichte sie Dr. Christian Haenisch seine Entlassungsurkunde als Oberstaatsanwalt und gratulierte ihm gleichzeitig zu seiner bevorstehenden Ernennung zum Staatssekretär. Haenisch dankte kurz, dann gab es Sekt und etwas Smalltalk, bis sich die Gäste nacheinander verabschiedeten. Nachdem alle gegangen waren, brachte die Generalstaatsanwältin Dr. Haenisch zu ihrer zweiten Tür, die ihr einen direkten Zugang zum Flur ermöglichte, ohne über das Vorzimmer gehen zu müssen. Sie legte ihre Hand auf die Türklinke und gab ihm einen weiteren Kuss.

„Wir sehen uns bei mir um achtzehn Uhr. Ich werde versuchen, rechtzeitig aus dem Haus zu kommen."

Wieder alleine, blieb sie mitten im Zimmer stehen und sah nachdenklich durch eines der Fenster hinaus ins Grün eines Baumwipfels. Sie wurde von zwiespältigen Gefühlen erfüllt.

Die Generalstaatsanwältin lebte alleine in einem komfortablen, geräumigen Bungalow am Rande von Bamberg. Dr. Yasmin Römers erste Ehe wurde geschieden, ihr zweiter Ehemann verstarb schon nach drei Jahren an Krebs. Obwohl sie zu diesem Zeitpunkt erst sechsundvierzig Jahre alt war, beschloss sie zukünftig alleine zu bleiben und sich verstärkt der Karriere zu widmen, was ihr letztlich ja auch erfolgreich gelang. Ihren letzten Ehenamen behielt sie bei. Für die Karriere waren ausländisch klingende Namen nicht immer dienlich.

Sie lernte Christian Haenisch zufällig bei einem Urlaubsaufenthalt an der Nordsee, ein Jahr nach dem Tod ihres letzten Mannes, kennen. Haenisch hatte gerade eine Beziehung beendet und war ebenfalls frei. Als frisch gebackene Referentin des Justizministers lebte sie damals in München. Er arbeitete schon seit Jahren als Richter am Landgericht Aschaffenburg. Die beiden waren sich sofort sympathisch und landeten schließlich ein paar Tage später nach einem feuchtfröhlichen Tanzabend im Bett. Seitdem hatten sie sich, trotz der steilen Karriere von Yasmin, nicht mehr aus den Augen verloren. Obwohl sie später dann als Generalstaatsanwältin seine Vorgesetzte war, kamen sie gelegentlich, wenn es passte, zu unverbindlichen Treffen zusammen. – So wie heute Nacht.

Am nächsten Morgen, nach einem gemeinsamen Frühstück, verabschiedete sich Christian Haenisch herzlich von Yasmin Römer und ging zu seinem Auto, das einige Straßen weiter in einer ruhigen Nebenstraße parkte. Am Haus der Generalstaatsanwältin patrouillierten aus Sicherheitsgründen vermehrt Polizeistreifen, die ein Auge auf davor parkende Fahrzeuge warfen. Er wollte nicht, dass sein Kennzeichen im Protokoll einer Streife auftauchte. Yasmin Römer stand hinter den dichten Gardinen und beobachtete, wie er wegfuhr.

Als sie mitbekam, dass man Haenisch zum Staatssekretär im Innenministerium ernennen wollte, war sie zunächst betroffen. Das war ein gewaltiger Karrieresprung, mit dem er sie überholte. Gewiss, ihre Ernennung zur Generalstaatsanwältin konnte sie als großen persönlichen Erfolg verbuchen, der sie auch zutiefst befriedigte, allerdings sah sie sich noch nicht auf der obersten Sprosse der Karriereleiter. Sie konnte sich durchaus vorstellen, in einem nächsten Schritt in die bayerische Regierung berufen zu werden. Justizministerin Dr. Yasmin Römer klang sehr gut, wie sie fand. Das Problem war nur, dass ihr Haenisch jetzt kräftig Konkurrenz machte. Als Staatssekretär war er Teil der Regierung und vom Staatssekretär zum Minister war nur ein kleiner Sprung. Besonders dann, wenn er seine neue Aufgabe erfolgreich löste. Sie wandte sich vom Fenster ab. Es gab da noch ein paar gefährliche Punkte in ihrer Vita, die sie unbedingt bereinigen musste, weil sie ihre Karriereträume zerstören konnten.

3

Zwei Tage später:

Erster Kriminalhauptkommissar Eberhard Brunner, Leiter der Mordkommission in Würzburg, hatte gestern vom Vorzimmer des Polizeipräsidenten Arnold Häfner, einen Anruf bekommen, in dem er gebeten wurde, heute um zehn Uhr zu einer Dienstbesprechung zu erscheinen. Die Vorzimmerdame machte ihm deutlich, dass dies eine klare Dienstanweisung mit oberster Priorität war. Brunner hatte keinerlei Ahnung, was das bedeuten sollte.

Nach Betreten des geräumigen Dienstzimmers sah er sich zu seinem Erstaunen drei Personen gegenüber, von denen ihm nur zwei bekannt waren. Er gab dem Polizeipräsidenten die Hand, dann begrüßte er Oberstaatsanwalt Dr. Haenisch, mit dem er häufig dienstlich zu tun hatte. Der dritte Mann wurde ihm von Präsident Häfner kurz vorgestellt: „Kriminaldirektor Seebach, Landeskriminalamt München." Nachdem er auch ihm die Hand geschüttelt hatte, setzte er sich auf den Stuhl am Besprechungstisch, den ihm der Polizeipräsident anbot. Der kam auch gleich zur Sache:

„Lieber Brunner, Sie wundern sich wahrscheinlich über die Zusammensetzung dieser Besprechungsrunde. Zunächst möchte ich Ihnen mitteilen, dass Herr Dr. Haenisch nicht mehr Oberstaatsanwalt ist, sondern ihm ein Amt als Staatssekretär im Innenministerium übertragen wurde."

Brunner zog die Augenbrauen in die Höhe und nickte Dr. Haenisch zu. „Gratuliere."

„Danke", gab dieser kurz zurück, denn der Präsident fuhr schon fort.

„Dr. Haenisch hat die wichtige Aufgabe der Bekämpfung der Bandenkriminalität im Milieu der Familienclans als Schwerpunkt seiner Tätigkeit erhalten. Bekanntermaßen haben sich diese Banden wie ein Krebsgeschwür immer stärker in den Main-Spessart-Bereich hineingefressen. Daraufhin hat Kriminaldirektor Seebach die Anordnung erhalten, umgehend eine Sonderkommission zusammenzustellen, die Herrn Dr. Haenisch direkt unterstellt wird."

Der Präsident atmete kurz durch, dann fuhr er ohne Umschweife fort: „Sie, Herr Brunner, werden zum Leiter dieser Sonderkommission ernannt." Er hob die Hand, weil Brunner Luft für eine Erwiderung schöpfte. „Bevor Sie fragen, die Mordkommission in Würzburg übernimmt kommissarisch Kriminalhauptkommissar Kauswitz. Er ist Ihr Vertreter und leistet gute Arbeit. Sollte sich Ihre Aufgabe in der Soko eines Tages erledigt haben, können Sie also problemlos wieder zurückkehren."

Der Polizeipräsident sah Brunner prüfend an. „Ich weiß, wir haben Sie damit überfallen. Aber wir denken, das ist eine Aufgabe ganz nach Ihrem Herzen. Sie bzw. die Soko werden natürlich technisch und personell entsprechend ausgestattet, so dass Sie erfolgreich sein werden."

Der LKA-Mann, der die ganze Zeit geschwiegen, stattdessen aber Brunner eingehend gemustert hatte, hob kurz die Hand.

„Wir haben vom Innenministerium die Aufforderung bekommen, möglichst schnell eine schlagkräftige Truppe zusammenzustellen. Der Herr Staatssekretär kennt Sie aus seiner Zeit als Oberstaatsanwalt. Sie haben dienstlich ja häufig zusammengearbeitet. Sie sind sein absoluter Wunschkandidat."

Dr. Haenisch nickte bestätigend.

Langsam fand Brunner wieder zu seiner Sprache zurück. „Wow, das ist alles ziemlich überraschend." Mehr brachte er im Moment nicht heraus. Er fühlte sich ein wenig überfahren. „Kann ich da noch einmal drüber schlafen?"

Der LKA-Mann brachte ein trockenes, humorloses Lachen zustande. „Lieber Brunner, Sie mögen zwar der Wunsch*kandidat* des Herrn Dr. Haenisch sein, das heißt aber nicht, dass hier ein Wunsch*konzert* stattfindet. Wir haben uns Ihre Personalakten genau angesehen. Sie sind absolut qualifiziert, außerdem sind Sie familiär ungebunden. Nach unseren Vorstellungen werden Sie Ihren Dienst in erster Linie in einer Unterkunft ableisten, in der auch die gesamte Soko untergebracht sein wird. Man hat uns zu diesem Zweck ein aufgelassenes Forsthaus in der Nähe von Lohr am Main angeboten. Es wird gerade umgebaut und technisch fit gemacht." Er lehnte sich zurück, dabei sah er auf ein Blatt Papier, auf dem er sich Notizen gemacht hatte.

„Zur personellen Zusammensetzung: Wir werden nur bestens ausgebildete Beamtinnen und Beamte in die Sonderkommission berufen, die dort modernste Technik zur Verfügung haben werden. Die Soko wird, neben dem Leiter, aus drei Frauen und zehn Männern bestehen, wobei mindestens zwei Mitglieder über zufriedenstellende Kenntnisse der arabischen Sprache verfügen müssen. Die Gruppe wird mit einem leistungsfähigen Fuhrpark ausgerüstet, zu dem auch zwei gepanzerte Fahrzeuge gehören werden, denn wir rechnen natürlich mit Widerstand. Fünf Mitglieder der Gruppe werden von einem Sondereinsatzkommando abgeordnet. Das sind Spezialisten im Nahkampf und mit Scharfschützenausbildung. Damit hätten wir dann eine äußerst leistungsfähige Truppe, die den schweren Kampf gegen den Kraken der organisierten

Kriminalität wirksam aufnehmen kann. Der Dienst wird nach einem bestimmten Einsatzplan abgeleistet, wonach neben dem Leiter und seiner Vertreterin, einer Oberkommissarin aus dem Bereich des SEK Nord, immer zehn Kräfte gleichzeitig in der Zentrale der Soko anwesend sein müssen. Alle, die im Dienst sind, arbeiten und schlafen in den Räumlichkeiten des Forsthauses. Wir haben bei der Zusammenstellung der Soko darauf geachtet, keine verheirateten Mitglieder abzuordnen, um soziale Konflikte in der Gruppe zu vermeiden. Die Aufgabe der Soko besteht zudem auch im Personenschutz für Dr. Haenisch, in Ermittlungen im Milieu, der Führung von V-Männern und der Lancierung von Falschmeldungen. Wir wollen ständig Sand ins Getriebe der Banden streuen. Die Soko verfügt über einen direkten Draht zur Einsatzzentrale und ist mittels Funk untereinander verbunden." Der Kriminaldirektor sah Brunner erwartungsvoll an. „Nun, was halten Sie davon?"

Ehe Brunner noch etwas sagen konnte, ergriff Dr. Haenisch das Wort. „Herr Brunner, es ist mir klar, dass das eine große Herausforderung ist, aber ich muss Sie bitten, sich bis morgen zehn Uhr zu entscheiden. Wir stehen unter enormem Zeitdruck." Er griff in seine Jackentasche. „Hier meine Visitenkarte. Da steht zwar noch Oberstaatsanwalt drauf, aber meine private Handynummer stimmt noch."

Die drei Herren erhoben sich, für Brunner das Zeichen, dass die Besprechung beendet war. Nach Verlassen des Präsidiums, stand er wie betäubt auf der Straße. Ihm schwirrte der Kopf. Er sollte mit Hilfe einer Sonderkommission die Bandenkriminalität zweier arabischer Clans im weiteren Umfeld Frankens bekämpfen. Das war vielleicht ein Hammer! Langsam schlenderte er durch die Zellerau in Richtung Stadtmitte.

Am Marktplatz setzte er sich in das Straßencafé einer Bäckerei. Er musste in Ruhe nachdenken.

Sehr schnell wurden allerdings seine beruflichen Überlegungen von der Erinnerung an das Telefonat verdrängt, das er gestern Abend mit seinem Freund Simon Kerner geführt hatte. Der Zeitunterschied zwischen hier und Südafrika betrug nur eine Stunde und fiel daher kaum ins Gewicht. Die Hiobsbotschaft, die Kerner ihm anvertraute, hatte ihm fast den Boden unter den Füßen weggezogen. Die Mitteilung von der schweren Erkrankung der kleinen Clara schockte ihn tief.

„Ich habe mir überlegt, wieder als Anwalt zu arbeiten", hatte Kerner in gedrückter Stimmung erklärt. „Ich habe mich erkundigt, eine Zulassung dürfte unschwer möglich sein. Als selbständiger Rechtsanwalt kann ich mir meine Zeit einigermaßen einteilen und für Clara und Theresa da sein."

Es war ein Drama, irgendwie wurde sein Freund Simon von Schicksalsschlägen verfolgt. Lange sah es so aus, als hätte er in Afrika Ruhe gefunden. ... und jetzt das! Die Entscheidung, wieder nach Deutschland zurückzukehren und die Behandlung des Mädchens in der Universitätskinderklinik in Würzburg durchführen zu lassen, fand er absolut richtig. Kerner hatte ihn gebeten, sich nach einer geeigneten Wohnung für die Familie umzusehen, möglichst in Kliniknähe. Gerne hatte Brunner seine Hilfe zugesagt. Diese schlimme Nachricht wirbelte die kleine Familie richtig durcheinander. Brunner war vor einigen Monaten dort für ein paar Wochen zu Besuch gewesen und hatte gesehen, wie glücklich sie waren.

4

Brunner trank seinen Kaffee aus und brachte das Geschirr in die Bäckerei zurück. Das Angebot des Staatssekretärs war wirklich sehr verlockend. Auch bei ihm waren immer wieder schwere Straftaten dieser Gangs auf dem Schreibtisch gelandet. Diese Banden schreckten auch nicht vor Mord und Totschlag zurück. Obwohl in der letzten Zeit immer wieder ungeklärte Todesfälle in diesem Milieu auftraten, konnte die Mordkommission bisher keinen der Fälle der Staatsanwaltschaft vorlegen, um darauf eine fundierte Anklage zu erstellen. Die Verbrecher besaßen hervorragende Anwälte und immer wieder mussten Verfahren zähneknirschend eingestellt werden.

Eberhard Brunner betrat sein Büro und ließ sich hinter dem Schreibtisch in seinen Bürostuhl fallen. Er musste umgehend mit Kauswitz, seinem Vertreter, sprechen, bevor der Polizeipräsident ihn anrief. Die Tatsache, dass Kauswitz die Leitung der Mordkommission nach Brunners Abordnung nur kommissarisch übernehmen sollte, musste er ihm persönlich beibringen. Mit Sicherheit würde Kauswitz darüber enttäuscht sein, Brunners Nachfolge nicht sofort und endgültig übernehmen zu können. Immerhin wäre damit auch ein Karrieresprung verbunden. Eberhard Brunner erhob sich tief durchatmend. Ein schwerer Gang. Er verließ sein Dienstzimmer und klopfte an die Tür seines Vertreters auf der anderen Seite des Flurs. Nach der Aufforderung einzutreten, streckte Brunner seinen Kopf durch die Tür.

„Ludwig, hast du einen Moment Zeit für mich?"

Ludwig Kauswitz sah von den Akten hoch, die er gerade studierte. „Klar, was gibt es?"

Brunner setzte sich auf einen Stuhl auf der anderen Seite des Schreibtisches, dann begann er zu sprechen.

Kauswitz hörte ihm aufmerksam zu, ohne ihn zu unterbrechen. Je mehr sich die Ausführungen Brunners jedoch dem kritischen Punkt seiner Vertretung näherten, desto ernster wurde die Miene seines Kollegen. Als Brunner verstummte, trat im Raum zunächst einmal Stille ein.

„Ich war von dem Angebot ebenfalls total überrascht", ergänzte Brunner. „Keine Ahnung, warum der Polizeipräsident diese kommissarische Lösung für die Mordkommission haben möchte."

Kauswitz drehte sich auf seinem Stuhl zur Seite und warf einen Blick zum Fenster hinaus. Schließlich wandte er sich Brunner zu. Seine Miene war schwer zu durchschauen.

„Da kann ich dir nur gratulieren. Das ist sicher ein heißer Job. Du hast ja schon immer mal geäußert, du würdest gegen etwas mehr Action nichts einzuwenden haben. Ich werde dich auf jeden Fall vertreten ... so gut ich das kann." Brunner spürte die Enttäuschung, die in seinen Worten mitschwang.

„Du wirst das genauso gut machen wie ich", stellte er fest, „da bin ich sicher. Warte mal ab. Ich habe keine Vorstellung, wie lange mein Einsatz bei dieser Soko dauert. Ich rechne mit Jahren. Irgendwann wird man dann diese Interimslösung bei der Mordkommission beenden müssen. Dann bist du an der Reihe."

Ludwig Kauswitz nickte langsam. „Schauen wir mal ... Jetzt steig du erst mal diesen Clans anständig auf die Zehen. Ich hoffe, dass durch diese Soko die ungeklärten Todesfälle etwas weniger werden."

Brunner nickte. „Wir werden in Zukunft sicher eng zusammenarbeiten." Er erhob sich und klopfte Kauswitz aufmunternd auf die Schulter, dann verließ er das Büro seines Kollegen.

Kaum hatte Brunner die Tür von draußen geschlossen, ballte Kauswitz die Faust und stieß einen verhaltenen Fluch aus. Selbstverständlich hatte er sich Hoffnungen gemacht, einmal Brunners Nachfolger als Leiter der Mordkommission zu werden. Wie es jetzt aussah, hatte man ihn auf dem Verschiebebahnhof der Beförderungen auf einem Abstellgleis geparkt. Da konnte man ihm nichts vormachen: Man erwartete von ihm, dass er für Brunner den Stuhl warmhielt, bis dieser irgendwann seinen Job glorreich erledigt hatte und zurückkam. Er klappte die Akte, an der er gerade arbeitete, zu. Jetzt musste er erst einmal an die frische Luft. Er warf noch einen kurzen routinemäßigen Blick auf seinen Terminkalender. „Dienstwaffe zur Inspektion", stand da in Rot. Da konnte er den Spaziergang gleich mit der Ablieferung seiner Pistole bei den Waffentechnikern im Haus verbinden. Er holte sie aus dem Schreibtischkasten heraus und steckte sie in sein Gürtelholster. In Abständen mussten die Dienstwaffen zur technischen Überprüfung. Sie wurden gereinigt und verschlissene Teile wurden ersetzt. Im Ernstfall musste er sich auf die Schusswaffe verlassen können.

Der Kollege in der Waffentechnik nahm die Pistole entgegen. „Entladen und gesichert", erklärte Kauswitz knapp.

„Danke", erwiderte der Beamte kurz, entnahm das Magazin und öffnete den Verschluss.

„Ich sagte doch, entladen und gesichert", mokierte sich Kauswitz schlecht gelaunt.

„Ludwig, reg dich nicht auf. Ich behandle jede Waffe, die ich in die Hände bekomme, so, als wäre sie geladen. Du machst dir keine Vorstellungen, was ich hier schon alles erlebt habe." Er trug die Waffennummer in eine Kladde ein und bestätigte per Unterschrift den Empfang. Anschließend unterschrieb Kauswitz.

„Gut, dann bekommst du jetzt deine Ersatzwaffe. Identisches Modell. Munition hast du noch?"

Kauswitz nickte.

„Na, dann hier bitte noch eine Unterschrift für den Empfang.

„Was für ein Papierkrieg", murmelte der Kriminalbeamte. Auf der Liste entdeckte er einige Linien weiter oben die Unterschrift von Brunner. „Ah, der Kollege hat auch schon abgeliefert. Vorbildlich wie immer", stellte er leicht ironisch fest.

Der Techniker musste grinsen. „Na ja, so pauschal möchte ich das jetzt nicht bestätigen", stellte er fest. „Sie war ziemlich verdreckt und der Lauf voller alter Pulverrückstände. Höchste Zeit, dass die mal gründlich gereinigt wird."

Kauswitz zuckte mit den Schultern. „Tja, der Kollege ist ehrgeizig und verbringt einige Zeit auf dem Schießstand. Er will wohl beim nächsten Kollegenturnier den Pokal ergattern."

Ludwig Kauswitz steckte die Pistole ungeladen in das Holster und verließ mit einem kurzen Gruß die Waffenkammer.

Am nächsten Morgen erledigte Eberhard Brunner drei Anrufe. Jeder der drei Protagonisten des letzten Tages nahm seine positive Entscheidung wohlwollend zur Kenntnis. Anschließend suchte er seinen Stellvertreter in seinem Büro auf, um ihm die Nachricht über seine Zusage persönlich mitzuteilen. Für Kauswitz kam diese Entscheidung nicht überraschend.

„Ludwig, wir werden mit Sicherheit gut zusammenarbeiten", versicherte Brunner seinem Kollegen.

„Ab wann ist diese Änderung in Kraft?", wollte Kauswitz wissen.

„Wir haben jetzt Donnerstag", erwiderte Brunner, „ich denke ab Montag. Ich muss jetzt gleich rüber ins Präsidium, weil einige organisatorische Dinge zu erledigen sind. Wenn's nach dem Landeskriminalamt ginge, hätten wir schon gestern anfangen sollen. So schnell geht's natürlich nicht. Die Technik ist einzurichten und dann müssen wir zusehen, dass wir entsprechend qualifiziertes Personal zusammenbekommen. Da gibt es noch einiges zu tun."

„Na dann", erwiderte Kauswitz bemüht freundlich, „Hals und Beinbruch!" Er drückte Brunner die Hand, dann ging er in sein Büro zurück. Brunner hatte ihm angeboten, während seiner Abwesenheit sein Dienstzimmer zu benutzen, da es etwas geräumiger war. Aber Kauswitz hatte dankend abgelehnt.

Brunner verabschiedete sich von seinen Kolleginnen und Kollegen in der Abteilung, dann verließ er das Haus. Unter dem Arm trug er einen kleinen Karton, in dem einige persönliche Dinge untergebracht waren.

5

Die Stimme:

Die Person schaltete das Gerät ein, mit dem sie ihre Stimme am Telefon verfälschte. Nun würde keiner mehr feststellen, ob der Anrufer weiblich oder männlich war. Eine reine Vorsichtsmaßnahme, da man nie wusste, wer mithörte.

Es war deutlich nach Mitternacht; obwohl die Nummer anonymisiert war, wusste der Angerufene, um wen es sich handelt.

„Ich nehme an, du hast wichtige Nachrichten für mich", erklärte der Angerufene. „Es freut mich, dass du nicht vergessen hast, was ich alles für dich getan habe."

„Wie könnte ich das vergessen!", erklärte die Stimme. „Bisher gab es keinen Anlass, das Risiko einer Entdeckung einzugehen. Das wäre in unserer beider Interesse nicht wünschenswert. Wie du weißt, steht für mich wesentlich mehr auf dem Spiel als für dich." Obwohl die Stimme verfremdet war, konnte man eine gewisse Verärgerung heraushören.

„Gut, gut, ich wollte dich nur dran erinnern. Sprich, was gibt es?"

„Der Freistaat macht Ernst. Ihr habt euch zu lange zu sicher gefühlt. Der Innenminister wird einen Staatssekretär ernennen, dessen primäre Aufgabe darin besteht, die beiden Clanfamilien politisch zu bekämpfen. Darüber hinaus wird eine *Sonderkommission Spessart* eingerichtet, die in enger Zusammenarbeit mit dem Staatssekretär, gewissermaßen als dessen polizeilicher Arm, fungiert."

„Interessant, aber die haben schon des Öfteren versucht uns ans Bein zu pinkeln und immer fehlte es ihnen vor Gericht an Beweisen …"

Die Stimme unterbrach ihn. „Das ist diesmal etwas anderes. Dieser Staatssekretär Dr. Haenisch und der Erste Kriminalhauptkommissar Brunner, der die Leitung der Soko übernimmt, sind beides scharfe Hunde, die auch vor grenzwertigen Aktionen nicht zurückschrecken." Es trat eine Pause ein, in der die Worte ihre Wirkung entfalteten.

„Du kannst mir sicher sagen, wo diese Männer wohnen", wollte der Angerufene wissen.

„Nicht aus dem Handgelenk, da muss ich erst etwas recherchieren. Ich würde mit irgendwelchen Aktionen noch warten. Erst mal zusehen, wie sich die Sache entwickelt. Nicht gleich schlafende Hunde wecken! Aber wachsam sein!" Nach einer weiteren Kunstpause fuhr die Stimme fort: „Ich hoffe, es sind alle kritischen Urkunden und Beweise so sicher verwahrt, dass sie bei einer Hausdurchsuchung nicht in falsche Hände geraten. Sie nehmen bei derartigen Aktionen auch alle Computer und Datenträger mit … du weißt, was ich meine …"

„Keine Sorge, auf den Rechnern befinden sich nur saubere Daten. Da können sich die Herrschaften die Zähne dran ausbeißen. Außerdem haben wir ausgezeichnete Anwälte, die dann für das viele Geld, das sie kassieren, auch etwas Nutzbringendes zustande bringen werden."

„Ich wollte das nur noch einmal gesagt haben", erklärte die Stimme leise.

„Das ist in Ordnung. Im Gegenzug verlasse ich mich darauf, dass du mich regelmäßig informierst."

Die Leitung wurde unterbrochen.

6

Sechs Tage später:

Der Learjet kam kurz nach elf Uhr in dem für Privatflugzeuge reservierten Teil des Flughafens Frankfurt/Main zum Stillstand. Die Triebwerksgeräusche reduzierten sich auf ein tiefes Brummen, bis sie ganz verstummten. Eine Stewardess ließ die Kabinentür nach außen aufschwingen, bis sie sanft am Flugzeugrumpf anschlug und sich automatisch arretierte. Dann drückte sie auf einen Knopf und die Klappe mit den integrierten Stufen sank hydraulisch gebremst auf das Rollfeld hinab.

Simon Kerner betrat das erste Mal seit Jahren wieder deutschen Boden. Obwohl die Außentemperatur fast dreißig Grad betrug, fröstelte ihn ein wenig, er war von der Rangerstation Temperaturen um die vierzig Grad gewöhnt.

Der Abschied dort war heftig gewesen. Sofort nach Erhalt der Diagnose und der getroffenen Entscheidung, Clara in Deutschland behandeln zu lassen, war Kerner losgefahren, um mit dem zuständigen Mann der Bezirksregierung zu sprechen. Der fiel aus allen Wolken, als Kerner ihm seine Pläne eröffnete. Der Mann stellte aber schnell seine Versuche ein, Kerner zu bewegen, sein Kind in Südafrika behandeln zu lassen, als er die Entschlossenheit des Chiefrangers erkannte. Kerner empfahl ihm, seinem Stellvertreter Richard die Leitung der Rangerstation zu übertragen, was dann auch geschah. In den nächsten Tagen war die Übersiedlung zu organisieren. Seine Männer waren über die Ereignisse tieftraurig, Clara war der Liebling der Rangerstation. Zu hören, dass sie schwer krank war, ließ die Stimmung der rauen Männer auf einen Tiefpunkt sinken.

Sehr überrascht war Kerner, als er an einem Abend einen Anruf erhielt. Am Telefon war Jeremia McArthur, ein afrikanischer Musiker, der in Deutschland viel Geld mit seinen Platten verdiente. McArthur war ein Mensch, dem die Natur seiner Heimat sehr am Herzen lag und der den Wildschutz im Nationalpark mit beträchtlichen Summen unterstützte.

„Hallo Mr. Kerner", begann Jeremia McArthur, ich habe erfahren, dass Ihre Tochter schwer krank ist und Sie deshalb zurück nach Deutschland wollen. Das Schicksal Ihrer Tochter Clara bedauere ich sehr. Sosehr mich der Verlust schmerzt, den der Nationalpark durch Ihren Weggang zu tragen hat, möchte ich gerne alles tun, damit Clara möglichst schnell in kompetente ärztliche Hände kommt. Ich verfüge über einen Learjet, den ich Ihnen gerne für die Reise zur Verfügung stellen möchte. Eine schnelle Behandlung, so habe ich mir sagen lassen, erhöht die Chance auf eine Heilung dieser Krankheit enorm. Das Flugzeug steht im Augenblick in Pretoria. Besprechen Sie das mit Ihrer Familie. Ihre Zustimmung erwarte ich bis morgen Vormittag."

Theresas Gesicht überzog ein Hoffnungsschimmer.

„Simon, das ist ein Wink des Schicksals. Durch dieses Angebot gewinnen wir mindestens zwei Tage. Bitte ruf ihn an und sag ja!"

Am nächsten Morgen rief Kerner McArthur an und nahm das Angebot dankend an. Bittere Tränen gab es, als Kerner seiner Familie mitteilen musste, dass man Rex nicht mitnehmen konnte. Theoretisch gab es zwar die Möglichkeit, aber es war nicht möglich, in der kurzen Zeit bis zur Abreise alle Formalitäten für den Rüden zu erledigen. Nachdem Rex aber auch Richard, seinen Nachfolger, als Bezugsperson anerkannte, beschloss er, den Rüden bei ihm zu lassen. Der Hund war an ein freies Leben im Camp und im Busch gewohnt und würde in einer Wohnung in der Stadt verkümmern. Am Tag der Abreise unternahm Richard mit Rex eine längere Kontrollfahrt durch den Busch. Etwas, was er schon häufiger praktiziert hatte und wobei Rex immer freudig mitgegangen war. Als Richard den Rüden diesmal aufforderte in den Jeep zu springen, verweigerte er den Gehorsam und hielt sich dicht an Kerner. Erst als Simon Kerner ihm streng befahl einzusteigen, fügte er sich. Den Blick, den der Rüde ihm zuwarf, als der Jeep vom Hof fuhr, würde Kerner nie vergessen. Wahrscheinlich war das eine Trennung auf Dauer. Clara hatten sie gesagt, Rex würde bald nachkommen. Womit sich das Mädchen nach vielen Tränen trösten ließ.

Simon Kerners Blick ging suchend in Richtung Flughafenterminal. Sie hatten einen Krankentransport vom Flughafen zur Uniklinik in Würzburg organisiert. Zu ihrer Freude erfuhren sie, dass bei kleineren Kindern die Mutter mit im Krankenzimmer übernachten durfte. Dieses Angebot wollten sie natürlich annehmen, zumal sie ja noch keine Wohnung hatten. Clara würde so vom ersten Tag an eine kompetente ärztliche Rundumversorgung bekommen und war nicht dem Stress der Trennung von ihrer Mutter ausgesetzt. Damit war auch das Problem der Wohnungssuche nicht mehr ganz so brandeilig. Eberhard Brunner bot Kerner an, so lange in seiner Wohnung zu leben, bis er etwas Geeignetes gefunden hatte. Durch die Aufstellung der Soko und die damit verbundenen organisatorischen Anstrengungen würde Brunner sowieso häufig unterwegs sein. Brunner hatte es sich aber nicht nehmen lassen, den Freund und sein Gepäck vom Flughafen abzuholen.

Da entdeckte Kerner, vom Terminal kommend, einen Transporter heranfahren. Das Zeichen des Roten Kreuzes war schon von der Ferne aus zu erkennen.

Der geräumig Rettungswagen hielt neben dem Flugzeug und zwei Rettungsassistenten stiegen aus. Sie stellten sich kurz vor, dann fragte der Ältere: „Es soll um den Transport eines kleinen, an Leukämie erkrankten Mädchens gehen. Wie ist ihr Gesundheitszustand? Ist sie ansprechbar?" Er warf einen Blick zur Flugzeugluke.

Kerner erläuterte ihm den Gesundheitszustand seiner Tochter. „Sie ist häufig matt und schläft viel. Sie hat auch den Flug weitgehend verschlafen."

„Okay", stellte er fest. „Dann wollen wir sie mal holen." Er gab seinem Kollegen einen Wink. Der ging zum Heck des Wagens und öffnete die Doppeltür. Gemeinsam zogen die beiden Männer eine fahrbare Liege heraus, die sie aufklappten. In dem Augenblick erschien Theresa oben in der Luke und sah auf Kerner herab.

„Sie ist wach", erklärte sie halblaut.

Simon Kerner legte dem älteren der beiden Sanitäter seine Hand auf den Arm. „Warten Sie. Wenn Sie damit einverstanden sind, werde ich Clara selbst aus dem Flugzeug heraustragen. Der Flug und die ganzen Erlebnisse der letzten Zeit haben sie ziemlich angegriffen."

„Das geht selbstverständlich in Ordnung."

„Gut, dann gehe ich jetzt rein und hole sie. Meine Frau wird ja bei Clara mitfahren?"

„Selbstverständlich", erwiderte der jüngere der beiden. Kerner sprang die paar Stufen zum Flieger hinauf.

Clara lag bleich auf dem umgeklappten Sitz. Theresa saß dicht bei ihr und strich ihr mit der Hand über die Stirn. Clara hatte wieder deutlich fühlbar erhöhte Temperatur.

„Schatz, wir sind schon in Deutschland gelandet", erklärte sie ihrer Tochter, die gerade ausgiebig gähnte. „Du hast fast den ganzen Flug verschlafen. Wie geht es dir?"

„Wo ist Daddy?", wollte sie wissen."

„Hier bin ich", sagte Kerner und trat einen Schritt nach vorne. „Draußen wartet schon ein Wagen, der Mama und dich nach Würzburg bringt. Komm, mein Schatz, ich nehme dich auf den Arm und trage dich raus."

„Müssen wir lange mit dem Auto fahren? Werden wir da auch Tiere sehen?"

Simon Kerner musste etwas schmunzeln. „Nein, Clara, größere Tiere werden wir hier nicht sehen. Vielleicht ein paar Vögel. Die Fahrt dauert höchstens eine gute Stunde, dann sind wir da." Obwohl sich Clara sicher das Zeitmaß Stunde nicht wirklich vorstellen konnte, gab sie sich zufrieden und ließ sich von ihrem Vater auf den Arm nehmen. Im Vorbeigehen winkte das Mädchen den beiden Piloten und der Stewardess zu, die im vorderen Teil der Kabine standen und zurückwinkten. Kerner und Theresa bedankten sich bei der Crew, dann traten sie auf die Treppe des Fliegers hinaus.

Als Kerner die erste Stufe betrat, sah er blinkendes Blaulicht, das sich vom Terminal her näherte. Wenig später kam mit Schwung ein schwarzer SUV neben dem Rettungswagen zum Stehen. Der Motor und das Blaulicht erloschen, dann wurde die Fahrertür aufgerissen und Eberhard Brunner sprang heraus. Kerner war mittlerweile freudig die restlichen Stufen hinuntergestiegen.

Mit dem Kind auf dem Arm wandte er sich Brunner zu.

„Hallo, lieber Freund, ich grüße dich! Schön, dass du kommen konntest!" Er warf einen Blick auf den SUV. „Aber warum denn nicht gleich mit Sirene …?"

Der grinste und erwiderte: „Da haben so ein paar Sonntagsfahrer gemeint, sie müssten mir im Weg herumzuckeln. Ein bisschen Heulton und schon waren sie wach!" Er lachte.

„Wenn man schon die Möglichkeit hat … Nicht ganz legal, aber wer viel fragt, bekommt viele Antworten …"

Die beiden klopften sich gegenseitig zur Begrüßung auf die Schulter. Es war jetzt fast drei Jahre her, dass Brunner in einem Urlaub Kerner im Nationalpark besucht hatte. Dann betrachtete er Clara, die ihn mit großen Augen musterte.

„Hallo Clara, du bist aber groß geworden. Ich bin der Onkel Eberhard …, aber du wirst dich nicht mehr an mich erinnern. Da warst du noch ganz klein." Dann nahm er Theresa herzlich in den Arm.

„Ich hätte mir gerne ein Treffen unter anderen Vorzeichen gewünscht." Sie nickte und hatte Mühe, die Tränen zu unterdrücken.

Der ältere Rettungsassistent näherte sich und räusperte leise. „Ich denke, wir sollten langsam los. Wir werden schon im Krankenhaus erwartet."

„Aber selbstverständlich, Sie haben recht", gab Kerner zurück. „Wissen Sie, wir haben uns nur schon lange nicht mehr gesehen …"

Kerner gab Clara einen Kuss, dann hob er sie auf die Liege, wo sie in sitzender Position in den Wagen geschoben wurde. Einer der Männer sicherte sie mit zwei Gurten. Theresa verabschiedete sich von Kerner ebenfalls mit einem Kuss, dann stieg sie ein und setzte sich auf den Sessel neben ihrer Tochter. Das Letzte, was Kerner von seinen beiden Frauen sah, waren zwei winkende Hände. Einen Moment später rollte der Rettungswagen vom Rollfeld.

Kerner und Brunner luden die Gepäckstücke in den Kofferraum und auf die Rückbank des SUV, dann fuhren auch sie los.

„Was ist mit dem Zoll?", wollte Kerner wissen.

„Kein Problem, ich habe das geregelt. Mit einem Dienstausweis des Landeskriminalamts kommt man ganz gut durch. Du bist im Augenblick ein hoher Polizeibeamter aus Südafrika, der zu einer Konferenz nach Bayern kommt." Wenig später passierten sie eine Kontrollstelle, die, wie Brunner erläuterte, üblicherweise von Beamten der Bundespolizei benutzt wurde, die auf dem Flughafen Dienst taten. Nachdem Brunner seinen Dienstausweis vorgezeigt hatte, wurde er durchgewunken. Zehn Minuten später waren sie auf der Autobahn A 3 in Richtung Würzburg.

„Ich denke, ich verzichte jetzt mal auf Sonderrechte, damit wir uns in Ruhe unterhalten können", eröffnete Brunner das Gespräch. „Jetzt sag mal, wie geht es der Kleinen? Das ging in den letzten Tagen ja alles ratzfatz. Wie kann es sein, dass ein so kleines Mädchen aus heiterem Himmel Blutkrebs bekommt? Als ich das hörte, hat es mich regelrecht umgehauen!"

Simon Kerner schaute aus dem Fenster, wo die zwischenzeitlich für ihn ungewohnte Landschaft vorüberzog.

„Wenn ich, respektive die Ärzte, das wüssten, wären wir um einiges schlauer. Das kann unterschiedliche Ursachen haben: genetische Disposition, Einfluss von Strahlen, Viren, Schwächung des Immunsystems und, und, und. Such dir was aus. Endgültig kann dir niemand sagen, woher Claras Leukämie kommt. Fakt ist, der Krebs ist nachgewiesen, ist ziemlich aggressiv und muss schleunigst behandelt werden. Das erschien uns in Afrika zu riskant. Würzburg hat ja diesbezüglich einen ausgezeichneten Ruf. Insbesondere bei derart jungen Kindern wie Clara."

„Ihr habt da aber auch gewaltig was aufgegeben", stellte Brunner fest.

Kerner drehte sich dem Freund zu. „Eberhard, wenn dein Kind lebensbedrohlich erkrankt, wirst du alles menschenmögliche unternehmen, um ihm zu helfen. Da ist es völlig egal, ob deine Existenz über den Jordan geht oder nicht."

„Völlig klar", gab Brunner zurück. „Ich meinte ja nur … Immerhin bist ja damals nach Afrika gegangen, weil du hier durch den Tod von Steffi den Halt verloren hattest und dort eine neue Existenz aufbauen wolltest. Was willst du jetzt machen? du musst doch deine Familie ernähren und die Behandlung von Clara dürfte ziemlich viel Geld verschlingen."

Bei Erwähnung seiner ehemaligen Partnerin, die so tragisch ums Leben gekommen war, schwieg Kerner einen Moment gedankenverloren, dann riss er sich zusammen und fuhr fort: „Das ist jetzt erst mal sekundär. Wir haben einiges angespart. Im Busch kannst du ja nicht viel Geld ausgeben." Er atmete tief durch. „In den Staatsdienst kann ich natürlich nicht mehr zurückkehren. Aber ich habe mir überlegt, bei der Rechtsanwaltskammer in Bamberg einen Antrag auf Zulassung als Rechtsanwalt im Bereich Würzburg, Main-Spessart und des Oberlandesgerichts Bamberg zu stellen. Bei meinen Qualifikationen dürfte das eigentlich kein großes Problem sein. Ich könnte mir vorstellen, dass sich der eine oder andere noch an mich erinnert. – Aber jetzt muss erst einmal alles unternommen werden, um Clara zu helfen. Wahrscheinlich wird es darauf hinauslaufen, dass wir einen Rückenmarkspender benötigen. Aber das ist wie die sprichwörtliche Suche nach der Stecknadel im Heuhaufen."

„Wie geht es euch dabei? Ich kann mir vorstellen, dass es sehr quälend ist, wenn das eigene Kind von einer derart lebensbedrohenden Krankheit befallen wird."

„Ja, das nimmt uns beide sehr mit! Ich möchte für die beiden da sein, bin aber jetzt erst mal gezwungen, mich um die Organisation unseres Lebens zu kümmern. Ich bin dir wirklich sehr dankbar, dass ich bei dir für einige Zeit wohnen kann."

„Wie du bereits sagtest, sind Clara und Theresa im Augenblick in der Klinik gut aufgehoben. Wenn du bei mir wohnst, hast du den Rücken frei und kannst eine geeignete Wohnung suchen. Ich habe dir ja schon gesagt, dass diese Soko ihren Dienstsitz im Main-Spessart-Bereich haben wird. Da wird es sicher die Notwendigkeit schneller Einsätze geben. Da muss ich vor Ort sein und deshalb ist an tägliches Pendeln nicht zu denken." Er stellte das Gebläse eine Stufe niedriger. „Bevor du denkst, ich würde die Wohnung nur wegen dir behalten, kann ich dich beruhigen. Ich hätte sie auf jeden Fall behalten. Wie Wohnungssituation in Würzburg ist extrem schwierig. Ich bin froh, wenn sie bewohnt ist und nicht ständig leer steht. Deine ganzen Möbel etc. kannst du einlagern, bis du eine feste Bleibe gefunden hast."

Sie fuhren eine Strecke wortlos dahin, weil der Verkehr Brunners Aufmerksamkeit beanspruchte. Plötzlich schob sich der Verkehr, trotz der Dreispurigkeit der Autobahn, zusammen und verdichtete sich.

„So ein Mist", schimpfte Brunner. Seine Hand bewegte sich in Richtung Schalter des Sondersignals.

„Lass es gut sein", bat Kerner. „Vielleicht dauert es nicht lange." Er setzte sich bequemer hin. „Deine Erzählungen über dein neues Aufgabengebiet sind etwas diffus. Was soll diese Soko bezwecken? An diesem Dienstwagen kann ich schon ersehen, dass du dich jetzt in einer höheren Liga bewegst."

„Das ist eine Polizeiaktion, die politisch von ganz oben angeordnet wurde und natürlich weitgehend geheim ist. Wir haben im Spessart, in den Grenzgebieten zu Hessen und in Teilen Frankens ziemlichen Ärger mit zwei arabischen Clans, die sich dort wie ein Krebsgeschwür eingenistet und breitgemacht haben. Sie handeln mit allen möglichen Waren und Gütern und zahlen mit ihren legalen Geschäften auch Steuern. Das Problem ist, dass viele dieser Menschen keinerlei Interesse haben, unseren Staat anzuerkennen. Sie machen ihre eigenen Gesetze, die sich überwiegend an die Scharia halten. Die Frauen werden oftmals unterdrückt und es wird auch die Zwangsehe praktiziert. Nicht hier in Deutschland, dazu sind sie zu schlau. Die Familien lassen die Mädchen entführen und die Hochzeit findet dann in Syrien, dem Irak oder einem anderen arabischen Land statt. Es gibt natürlich auch Mädchen, die sich dieser Praxis widersetzen. Vielleicht weil sie einen deutschen Mann oder einen anderen Nichtmuslim kennengelernt haben. Diese Frauen sind in ständiger Gefahr, vom eigenen Vater oder einem Bruder oder einem Cousin zur Rettung der Familienehre ermordet zu werden.

Vor kurzem hatten wir einen Prozess vor dem Schwurgericht in Würzburg. Ein junger Moslem hatte seine Schwester erschossen, weil sie sich in einen Deutschen verliebt hatte und sich weigerte einen entfernten Verwandten, der ihr von der Familie zugedacht war, zu heiraten. Fünfzehn Jahre wegen Totschlags hat die Kammer ihm aufgebrummt." Brunner gab Gas, weil sich die Schlange jetzt zügiger weiterschob, dabei fuhr er fort: „Der Oberstaatsanwalt, der dieses Verfahren angeklagt hatte, ein Dr. Christian Haenisch, wurde jetzt vom Ministerpräsidenten zum Staatssekretär im Innenministerium ernannt. Spezialauftrag: Unter Federführung des Landeskriminalamtes Bekämpfung der illegalen Machenschaften der beiden Clans hier in Bayern. Zerschlagung der illegalen Untergrundstrukturen der beiden Familienclans, Schutz von verfolgten Frauen und letztlich Beweisbeschaffung zur gerichtlichen Verfolgung dieser Straftaten. Federführend durch meine Soko!"

Simon Kerner stieß bewundernd die Luft aus. „Da hat sich Bayern aber was vorgenommen!"

„Das kannst du laut sagen!"

Brunner gab mehr Gas, weil sich der Stau langsam auflöste, ohne dass ersichtlich wurde, warum er sich eigentlich gebildet hatte.

„Dir ist schon klar, das ist eine verdammt gefährliche Sisyphusarbeit!", äußerte Kerner seine Einschätzung. „Warum hast du dir das angetan? War es dir bei der Mordkommission zu langweilig?"

„Dr. Haenisch hat mit mir in zahlreichen Strafverfahren zusammengearbeitet. Er wollte mich ausdrücklich für diesen Job haben."

Kerner schwieg.

„Wir bekommen für die Soko jede personelle und technische Unterstützung, die wir benötigen. Da werden wirklich Nägel mit Köpfen gemacht. Der Staatssekretär wird auch nicht in München residieren. Er wird irgendwo im Spessart, im Zentrum der Bandentätigkeit, ein geeignetes Haus beziehen. Wir sind auch für seinen persönlichen Schutz zuständig. Du kannst dir ja vorstellen, wir stechen da in ein böses Hornissennest."

Das blaue Wegweiserschild zeigte noch zwanzig Kilometer bis zur Abfahrt Würzburg – Heidingsfeld. Die restliche Strecke legten sie schweigend zurück.

Brunner fuhr zuerst bei sich zuhause vorbei, um Kerner die Möglichkeit zu geben, sein Gepäck unterzubringen und sich kurz frisch zu machen. Währenddessen räumte er selbst einige Sachen in einen Koffer zusammen, damit er sich an der neuen Dienststelle umziehen konnte. Als Kerner aus der Dusche kam, zeigte Brunner ihm seinen Kleiderschrank.

„Ich habe dir, soweit es ging, Platz gemacht." Er wies auf einen kleinen Tresor, der in den Schrank eingebaut war. „Der ist für meine Dienstwaffe, wenn ich nach Feierabend zuhause bin. Aber ...", er drückte in die Tastatur eine Zahlenkombination ein und die gepanzerte Tür schwang auf, „... hier verwahre ich auch meine private Zweitwaffe." Er griff in den Tresor und brachte einen Revolver zum Vorschein, der in einem Corduraholster steckte. „Für alle Fälle. In meinem Beruf weiß man ja nie ..." Er zog den kurzläufigen Revolver heraus und klappte die Trommel auf. „Er ist immer geladen. Munition liegt auch dabei." Er deutete auf eine Munitionsschachtel. „Ich werde ihn nicht mitnehmen, sondern hierlassen." Er legte die Waffe wieder zurück. „Falls du mal Bedarf hast ... Die Kombination ist simpel." Er nannte ihm die Zahlenreihe.

„Besser nicht, das wäre illegal", gab Kerner zurück. „Ich habe gerade andere Sorgen."

Wenig später händigte Brunner seinem Freund einen Schlüssel für seine Wohnung aus, dann fuhr er ihn zur Universitätskinderklinik. Er bat Kerner, Theresa und Clara liebe Grüße auszurichten, dann verabschiedete er sich. In den nächsten Tagen würde er wohl nicht nach Hause kommen.

7

Die Stimme

Der Anruf mit dem speziellen Klingelton kam wieder kurz nach Mitternacht. Der Angerufene nahm das Gespräch an, wohl wissend, wer sich am anderen Ende der Leitung befand.

„Ja", meldete er sich knapp. „Ich habe deinen Anruf schon seit geraumer Zeit erwartet." Seine Stimme klang streng.

Wegen der Verfremdung waren ihr keine Emotionen anzumerken.

„Du weißt, dass ich mit diesen Informationen Kopf und Kragen riskiere. Außerdem sind die aktuellen Entwicklungen noch nicht hundertprozentig abgeschlossen."

Er nahm den Einwand zur Kenntnis, ging aber nicht weiter darauf ein. „Sprich!"

„Ihr solltet Folgendes wissen: Es muss dem Landeskriminalamt schon vor längerer Zeit gelungen sein, einen Spitzel undercover in die Familie von Mustafa al-Asmani einzuschleusen. Jedenfalls haben sie Informationen über einen Teil bestimmter Geschäfte dieser Familie. Ich vermute, dass sie das auch bei euch versuchen werden – oder vielleicht schon getan haben. Diese Information ist streng geheim, davon weiß nur ein kleiner Kreis in der Führungsspitze, da diese Menschen ihr Leben riskieren. Ich bin sicher, dabei handelt es sich um Männer mit Migrationshintergrund, da sie ja weder durch Aussehen noch durch Sprache auffallen dürfen."

„Bis jetzt haben wir bei uns keinerlei Aktivitäten eines Spitzels festgestellt. Alle unsere Geschäfte sind reibungslos über die Bühne gegangen. Nie wurde ein Deal gestört oder verhindert."

„Sie haben jetzt diese Soko eingerichtet. Dahinter steckt ein massiver politischer Wille, sonst hätten sie nicht ihre Aktivitäten auf die Ebene eines Staatssekretärs gehoben. Vermutlich warten sie auf den großen Coup, um zuzuschlagen. Sie werden sicher ihre Undercover-Leute nicht wegen einer Kleinigkeit verbrennen."

„Gut, wir sind gewarnt", gab der Angerufene zurück, „und werden die Augen offenhalten."

„Ihr solltet aber jetzt nicht anfangen alle Familienmitglieder misstrauisch zu beobachten. Wenn sie merken, dass ihr gewarnt wurdet, werden sie die eingeschleuste Person sofort zurückziehen. Ach, noch etwas. Meine Quellen sind für mich nicht mehr so leicht zugänglich, ohne mich verdächtig zu machen. Es kann sein, dass der Informationsfluss ein wenig ins Stocken gerät. Es wäre daher sinnvoll, sich auch von anderer Seite Informationen zu beschaffen."

Die Antwort ließ ein paar Sekunden auf sich warten. Dann kam sie mit aller Bestimmtheit. „Du strengst dich ganz einfach weiterhin an. Sie werden versuchen, unsere Geschäfte zu stören, das müssen wir unterbinden. Ich wiederhole mich: Vergiss nicht, was du uns zu verdanken hast!"

Er wartete keine Antwort ab, sondern legte auf. Nachdenklich betrachtete er die Muster der beiden wertvollen Wandgobelins, die das Zimmer zierten. Schließlich trank er sein Glas Tee leer und stand auf, um sich ins Bett zu legen. Die Tatsache, jemand in vorderster Spitze der Verbrechensbekämpfung zu haben, war nicht mit Gold aufzuwiegen. Dieser Mensch würde loyal bleiben, solange er wusste, dass er wirksame Druckmittel in einem Bankschließfach liegen hatte. Wann diese Schuld beglichen war, entschied er. Er wusste natürlich, dass diese Person der Familie keine echte Loyalität entgegenbrachte. Andere hätten es wahrscheinlich das Ergebnis von Erpressung genannt. Auf solche Leute konnte man sich allerdings oftmals besser verlassen als auf Familienbande. Er zuckte mit den Schultern, löschte das Licht und verließ den Raum. Er lag noch lange wach. Mittlerweile verdienten sie ihr Geld auch mit legalen Geschäften. Nicht immer, aber immer häufiger. Eine Störung auf diesem Weg zur Seriosität konnten sie absolut nicht gebrauchen. Man musste vorsichtig sein. Trotzdem war ein warnender Fingerzeig in Richtung dieser neuen Polizeitruppe angezeigt. Es war sicher nicht schwierig, herauszufinden, wo dieser Staatssekretär und der Leiter dieser Sonderkommission wohnten.

8

Zehn Tage später:

Simon Kerner las mit zufriedener Miene das Schreiben, das er sich an Brunners Adresse schicken ließ. Vor knapp zwei Wochen hatte er den Antrag gestellt, heute gegen Mittag wurde er bereits vom Postboten eingeworfen.

„Gratuliere, Herr Rechtsanwalt Dr. Simon Kerner", stellte er im Selbstgespräch für sich fest. „Jetzt benötigt der Herr Rechtsanwalt ein Büro und dann vor allen Dingen Klienten."

Mittlerweile hatte sich Kerner einen dunkelgrünen Jeep Wrangler zugelegt, um wieder mobil zu sein. In einem früheren Leben, bevor er nach Südafrika ausgewandert war, fuhr er immer einen Land Rover Defender. Nachdem aber seine damalige Lebensgefährtin in seinem Wagen auf dramatische Weise zu Tode gekommen war, lehnte er diese Marke aus emotionalen Gründen ab. Obwohl er im Augenblick natürlich kein Geländefahrzeug benötigte, hatte er sich in Afrika derart an diesen Fahrzeugtypus gewöhnt, dass er sich auch hier einen Jeep gekauft hatte.

Im Augenblick stand er mit einer Anwaltskanzlei in Karlstadt in Verhandlung, deren Inhaber aus Altersgründen aufhören wollte. Er hoffte, dass sein Ruf als Jurist in Main-Spessart noch nicht vergessen war. Von daher hoffte er, die Mandanten des ausscheidenden Anwalts übernehmen zu können und neue hinzuzugewinnen. Er machte von der Zulassung ein Foto und schickte es mittels seines Mobiltelefons an den Kanzleiinhaber. Große Erläuterungen musste er dazu nicht schreiben. Die Botschaft war selbsterklärend. Er steckte das Handy wieder ein, das er zwei Tage nach ihrer

Ankunft in zweifacher Ausführung kaufte, eines für Theresa und eines für sich. Zunächst würden sie die Geräte als Prepaidhandys benutzen. Für Vertragsangelegenheiten hatte er jetzt nicht die Zeit.

Theresa würde sich freuen, wenn sie gleich erfuhr, dass sie wieder die Möglichkeit hatten, sich eine Existenz zu schaffen. Simon Kerner verließ die Wohnung seines Freundes und stieg ins Auto. Sein täglicher Besuch bei seiner Tochter lag an. Zuvor wollte er eine Kleinigkeit einkaufen, um Clara und Theresa eine Freude zu machen. Er kam an einer Buchhandlung vorbei und nahm für Theresa etwas Lesestoff mit. Wenig später fuhr er durch die Schranke an der Einfahrt zum Universitätsklinikum in der Josef-Schneider-Straße. Die Kinderkrebsstation lag nur ein paar Meter entfernt. Es dauerte etwas, bis er einen Parkplatz gefunden hatte. Da die Besuchsmöglichkeiten für Eltern ganztägig gegeben waren, konnte er direkt zu Claras Zimmer durchgehen. Er machte sich in einem dafür vorgesehenen Bereich steril, dann klopfte er leise an und trat ein. Mutter und Kind belegten im Augenblick ein gemeinsames Zimmer. Sein erster Blick ging zu seiner Tochter, die in ihrem Bett am Fenster lag. Sie schlief. Theresa, die neben dem Bett saß, legte die Zeitschrift, in der sie geblättert hatte, zur Seite und kam ihm entgegen. Sie umarmten sich kurz, dann fragte Kerner: „Wie geht es ihr heute?"

Sie zuckte mit den Schultern. „Die Chemotherapie schlaucht sie schon gewaltig. Sie hat kaum Appetit. Sie schläft viel. Der Professor meint, das würde ihr helfen Kraft zu schöpfen. Wenn man ihm Glauben schenken kann, verträgt sie die Chemo ganz gut und es sei schon gelungen, das Wachstum der Krebszellen etwas zu bremsen."

„Das ist ja schon mal eine gute Nachricht!" Kerner musterte den Infusionsbeutel, der an einem Ständer neben dem Bett hing und über einen Schlauch eine Flüssigkeit in ihre Venen tropfte.

„Ist das …?"

Theresa verstand ihn, ohne dass er es aussprach.

„Nein, das ist keine Chemikalie. Es handelt sich um eine Lösung, die ihre Kräfte unterstützen soll."

„Hast du schon etwas vom Typisierungsergebnis gehört?"

Da Clara mit hoher Wahrscheinlichkeit ohne einen Knochenmarkspender nicht auskommen würde, hatten sich Mutter und Vater sofort nach der Ankunft in der Klinik auf ihre Eignung als Spender untersuchen lassen. Außerdem lief eine Anfrage bei der zentralen Datenbank für Knochenmarkspender.

„Nein, leider noch nicht. Es würde im Augenblick auch noch nicht gehen, da ihr Immunsystem erst völlig heruntergefahren werden muss, damit es eine Spende nicht abstößt."

Simon Kerner setzte sich auf einen anderen Stuhl. Gemeinsam betrachteten sie ihr Kind, das in seinen jungen Jahren schon einen Kampf ausfechten musste, den oft ein Erwachsener nicht bestand.

„Wenn du mal gerne an die frische Luft gehen möchtest, dann geh nur. Ich bin ja jetzt da." Er nickte Theresa auffordernd zu. Sie zögerte einen Moment, dann meinte sie: „Nicht weit von hier ist ein großer Supermarkt. Ich könnte wirklich ein paar Dinge brauchen, Hygieneartikel und so. Außerdem geht mir langsam die Wäsche aus. Das Krankenhaus wäscht mir meine Sachen gegen eine Gebühr dankenswerterweise mit, wenn ich sie entsprechend markiere."

„Geh nur, wie gesagt, ich bin da."

Man konnte Theresa anmerken, wie schwer es ihr fiel, sich vom Krankenbett ihrer Tochter zu entfernen. Kerner stand auf und nahm sie in den Arm. Schließlich ging sie leise zur Tür und schlich sich hinaus. Kerner setzte sich auf das zweite Bett im Zimmer, das Theresa benutzte. Er zog seine Schuhe aus und lehnte sich bequem zurück. Auf der Seite liegend versank er in der Betrachtung seines Kindes, das mit blassem Gesicht in den Kissen lag. In Gedanken sah er sie lebenslustig, laut lachend über den Hof der Rangerstation toben. Rex, verspielt wie ein Welpe, immer um sie herum. Die Ranger waren ihr alle verfallen gewesen und ließen sich von ihr herumkommandieren. Während er so sinnierte, sank ihm der Kopf auf das Kissen und er fiel in einen flachen Schlummer.

Er schreckte hoch, als es an die Tür klopfte. Er richtete sich auf. Dr. Herbert Jansen, der Oberarzt, kam herein. Er warf Clara einen aufmerksamen Blick zu. Das Kind war nicht aufgewacht.

„Guten Tag, Herr Kerner, entschuldigen Sie bitte, dass ich Sie aufgeweckt habe, aber ich wollte Ihnen die positive Nachricht gleich persönlich überbringen …"

Simon Kerner sah ihn aufmerksam an. Jegliche Müdigkeit war verflogen.

„Ihre Frau ist …?" Der Arzt sah Kerner fragend an.

„Sie ist nur mal kurz an die frische Luft", erklärte er, „sie muss jeden Moment zurückkommen." Er hatte noch nicht ausgesprochen, als die Tür aufging und Theresa leise eintrat. Als sie Dr. Jansen sah, erschrak sie. Sie versuchte die Mienen der beiden Männer zu lesen. Ein besorgter Blick ging zu ihrem Kind.

„Ist etwas mit Clara?", fragte sie, während sie ihre Einkaufstüte in der Ecke auf dem Boden abstellte.

„Nein", gab Kerner zurück, „aber Dr. Jansen wollte uns gerade eine Nachricht überbringen."

„Ja", klinkte sich der Arzt ein, „wir haben soeben die Laborergebnisse der Typisierung bekommen." Er legte eine kleine Kunstpause ein, dann sah er Theresa direkt an und lächelte: „Ich kann Ihnen gratulieren, Frau Schönbrunn, Sie als Mutter sind mit Ihrer Tochter kompatibel und kommen daher als Spenderin in Frage!"

Für einen Augenblick herrschte in dem Krankenzimmer völlige Ruhe, die nur von dem leisen Piepsen des Infusionsapparats unterbrochen wurde. Theresa und Simon waren derartig geschockt, dass es ihnen die Sprache verschlagen hatte.

„… und da gibt es keinen Irrtum?", wollte Theresa wissen, die ihr Glück nicht fassen konnte. Sie griff nach der Hand Simons und drückte sie mit voller Kraft.

„Nein, das Ergebnis ist definitiv positiv", versicherte der Arzt. Er sah Simon Kerner an. „Bei Ihnen ist es leider negativ." Er hob bedauernd die Schultern. „Aber wir haben jetzt eine reelle Chance, Clara helfen zu können. Glauben Sie mir, so schnell einen Spender zu finden, ist wirklich nicht die Regel, eher die seltene Ausnahme."

Als sich Theresa und Simon in die Arme nahmen, lächelte er leise und verließ das Krankenzimmer. Solche glücklichen Momente waren in seinem Beruf leider nicht die Tagesordnung.

Als sich die beiden eine Minute später wieder voneinander lösten, waren beide tränenüberströmt.

„Warum weint Ihr?", kam die leise Stimme von Clara. Sie war offenbar aufgewacht. Sie hatte in den letzten Wochen viele Tränen ihrer Mutter erlebt, auch wenn diese sich sehr bemühte, sich nichts anmerken zu lassen.

Theresa setzte sich zu ihr ans Bett, strahlte sie an und nahm sie in die Arme. „Mein Schatz, wir haben gerade eine ganz wunderbare Nachricht von Dr. Jansen bekommen. – Stell dir vor, ich komme für dich als Knochenmarkspenderin in Frage!"

Clara sah ihre Mutter mit großen Augen an. Mittlerweile waren ihr trotz ihrem Kindsein viele Details ihrer Krankheit bekannt und sie wusste, dass das, was da in ihrem Körper wütete, eine gefährliche Krankheit war.

„Werde ich dann wieder gesund?"

„Ja, du wirst wieder gesund!", erwiderte Kerner im Brustton der Überzeugung. Es machte keinen Sinn, das Kind mit den vielen Unwägbarkeiten, die noch auf dem Weg zu ihrer Genesung warteten, zu belasten.

Kerner blieb noch eine Stunde, dann eilte er zu seinem Wagen und machte sich auf den Heimweg zu Brunners Wohnung. Er musste jetzt einige Telefonate erledigen und dann anschließend ein paar Wohnungen ansehen, um ihre Existenz hier in der Heimat auf sichere Füße zu stellen. Er wollte seinem Freund nicht länger als unbedingt notwendig zur Last fallen. Innerlich war er sehr froh!

9

Zwei Tage später

Simon Kerner war fast den ganzen Tag in Würzburg unterwegs gewesen und hatte sich Wohnungen angesehen. Jetzt kam er gerade vom Krankenhaus. Er hatte Theresa einige Sushi-Leckerbissen mitgebracht, um das Krankenhausessen etwas aufzupeppen. Bei allem Stress war es ihm wichtig, Zeit mit seiner Familie zu verbringen und Clara zu zeigen, dass ihr Papa für sie da war. Da es ihr aufgrund der durchzuführenden Chemotherapie in Abständen immer wieder schlecht wurde, war das Kind sehr anhänglich, brauchte Streicheleinheiten und wollte immerzu kuscheln.

Kerner kaufte sich am Krankenhauskiosk eine Tageszeitung, dann fuhr er zu Eberhard Brunners Wohnung. Wie erwartet war der Freund nicht da. Kerner ging zum Kühlschrank und warf einen Blick hinein. Er seufzte. Der Bestand hatte sich gegenüber der letzten Inhaltskontrolle nicht geändert. Wie sollte er auch, nachdem er nicht zum Einkaufen gekommen war. Lediglich ein paar Flaschen Bier dominierten die Fächer. Kurz entschlossen entschied sich Kerner, ein paar Straßen weiter einen Dönergrill aufzusuchen. Er hatte den Laden vor kurzem gesehen, als er mit seinem Wagen durch die Straßen gefahren war. In seiner derzeitigen Situation war Fastfood praktisch nicht zu vermeiden. Er schnappte sich den Hausschlüssel, dann verließ er die Wohnung. Die paar Schritte ging er zu Fuß.

Simon Kerner war in Gedanken so sehr mit der Krankheit seiner Tochter beschäftigt, dass ihm das doppelte Augenpaar, das ihn beim Verlassen des Hauses aus einem vor dem

Gebäude parkenden Fahrzeug verfolgte, nicht auffiel. Beide Männer starrten auf ein Foto, das offenbar mit einem Teleobjektiv aufgenommen worden war. Es zeigte Simon Kerner, wie er gerade die Kinderkrebsstation verließ. Omar, der Ältere, deutete darauf.

„Karim, das ist dieser Kerner, der momentan bei Brunner, der Satan soll ihn holen, wohnt. Geh ihm hinterher. Er ist ohne Auto unterwegs, da wird er sich vermutlich nicht weit entfernen. Ruf mich rechtzeitig an, wenn er zurückkommt. Du wartest dann, bis er hineingeht, und hältst dich bereit. Die Wohnung liegt ja im Parterre. Wenn ich ihn vor der Knarre habe, mache ich dir die Verandatür auf, dann kommst du nach. Vergiss nicht die Maske überzuziehen!"

Karim wartete einen Moment, bis Kerner gute hundert Meter entfernt war, dann stieg er aus, rückte seine Basecap zurecht und folgte ihm. Der Mann hinter dem Steuer geduldete sich, bis beide um die nächste Straßenecke verschwunden waren, dann drückte er seine Zigarette im Aschenbecher aus und verließ ebenfalls das Fahrzeug. Er warf sich einen kleinen Rucksack über, dann versicherte er sich, dass die Seitenstraße unbelebt war. Sein Handy steckte in der Brusttasche seiner dunklen Lederjacke. Es war lautlos, nur auf Vibration gestellt. Nachdem er sich diskret Gummihandschuhe übergezogen hatte, entnahm er einer der vorderen Taschen des Rucksacks eine kleine technische Apparatur. Schnell näherte er sich der Haustür, die Kerner vor wenigen Minuten durchschritten hatte. Er führte mehrere Stifte des Geräts ins Schlüsselloch ein, dann drückte er einen Knopf. Es dauerte nicht länger, als wenn er mit einem Schlüssel geöffnet hätte. Mit wenigen Schritten war er an Brunners Wohnungstür. Auch diese Tür war binnen Sekunden geöffnet, zumal Kerner beim Weggehen nicht abgeschlossen hatte. Der

Eindringling wusste, dass Eberhard Brunner zurzeit in seiner Dienststelle weilte, er also im Augenblick nicht mit einer Störung durch ihn rechnen musste. Langsam durchquerte er die Wohnung und sah sich um. Er hatte von Safar, seinem Clan-Boss und Cousin, den Auftrag, dem Leiter der Soko Spessart eine deutliche Botschaft zu hinterlassen. Sie lautete: „Lass die Finger von unserer Familie! Wir haben keinen Respekt vor dir und können jeden in deinem privaten Umfeld packen, wann immer wir wollen!" Wer war besser als Überbringer dieser Botschaft geeignet als der Freund Brunners? Der Typ war offenbar wegen eines kranken Kindes in Würzburg. Er machte optisch nicht den Eindruck einer wehrhaften Person. Ein harmloser Paragrafenreiter, für Omar also ein Kinderspiel. Er beschloss, im Wohnzimmer auf Kerner zu warten. Von dort aus konnte er blitzschnell die Verandatür öffnen und Karim, seinen ältesten Sohn, einlassen. Er hatte ihn heute mitgenommen, weil er bei dieser einfachen Aufgabe etwas lernen konnte. Er setzte sich in einen Sessel und zog sich die Gesichtsmaske über. Mit einem Griff holte er den Revolver mit aufgeschraubtem Schalldämpfer aus dem Schulterholster und legte ihn sich in den Schoß. Er würde ihn sicher nicht benötigen, aber er würde bestimmt Eindruck hinterlassen. In diesem Augenblick vibrierte sein Telefon. Er warf einen Blick auf das Display.

„Er kommt!", lautete die WhatsApp-Nachricht. Als Antwort schickte er einen *Daumen hoch*.

Fünf Minuten später betrat Simon Kerner wieder die Wohnung. Da er so großen Hunger verspürte, hatte er sich einen Döner-Teller mit frittierten Kartoffelchips genehmigt. Beim Weg durch den Flur in die Küche blieb er plötzlich stehen. Konnte es sein, dass es hier irgendwie schwach nach Rauch roch? Kerner schüttelte den Kopf. Wahrscheinlich war es das Essen in seiner Tragetasche, das sehr intensiv roch. Er holte den Styroporbehälter aus der Plastiktüte und stellte ihn auf den Küchentisch. Ein Teller war überflüssig, den musste man nur spülen. Das Bier aus dem Kühlschrank war schön kalt und würde zu der kräftigen Mahlzeit passen. Simon Kerner holte aus einer Schublade Besteck, dann setzte er sich mit dem Rücken zur Tür an den Küchentisch und schob die erste Gabel in den Mund. Plötzlich hielt er inne. Seine über Jahre in der wilden Natur Afrikas geschärften Instinkte sagten ihm, dass hier etwas nicht stimmte! Aber statt herumzufahren und aufzuspringen, blieb er ganz ruhig sitzen und kaute weiter. Aus den Augenwinkeln heraus nahm er einen dunklen Schatten in der Türöffnung zum Wohnzimmer wahr.

„Ganz langsam aufstehen und die Hände hoch", befahl eine sonore Männerstimme. „Wird's bald!"

Kerner stand im Zeitlupentempo auf. Ohne groß nachzudenken, ließ er mit einer Hand das Küchenmesser im Ärmel seines Hemdes verschwinden, wo er es hinter dem Armband seiner Uhr festklemmte. Simon Kerner schoss Adrenalin ein und übergangslos kam er in den Kampfmodus. Vorsichtig blickte er hinter sich.

„Jetzt mach dir nicht gleich in die Hosen!", erklärte der Maskierte, der Kerners langsame Bewegungen als Ausdruck seiner Furcht betrachtete. „Los, komm rüber ins Wohnzimmer!"

Ohne Kommentar folgte Kerner dem Mann, der rückwärts vor ihm herging, dabei musterte er seinen Revolver. Ein größeres Kaliber mit Schalldämpfer, wie er sehen konnte. Wie es aussah, war der Kerl ein Profi. Er gab sich keine Blöße, die Kerner hätte nutzen können.

„Stehen bleiben!", verlangte er, dann ging er weiter rückwärts zur Verandatür und öffnete sie. Dabei ließ er Kerner keine Sekunde aus den Augen. Einen Augenblick später kam ein zweiter Mann herein, ebenfalls maskiert, gleichfalls mit einem schallgedämpften Revolver bewaffnet. Seinem Verhalten entnahm Kerner, dass er nicht so routiniert war wie sein Partner. Er zögerte verschiedentlich und sah seinen Kumpan fragend an, weil er offenbar nicht genau wusste, wie er sich verhalten sollte. Er bekam von seinem Anführer ein paar Anweisungen in arabischer Sprache, wie Kerner erkannte.

„Umdrehen, Hände auf den Rücken", befahl er wieder auf Deutsch.

Offenbar sollte sein Kumpel ihm die Hände auf den Rücken fesseln, denn er zog einen Kabelbinder aus der Oberschenkeltasche seiner Hose. Um dieses Vorhaben zu realisieren, benötigte er allerdings beide Hände, was bedeutete, dass er seinen Revolver ablegen musste. Das war Kerners Chance, denn mit gefesselten Händen würde ein Gegenschlag schwierig werden.

Der Maskierte näherte sich Kerner von hinten. Es sprach für seine Unerfahrenheit, dass er dabei seinem Kollegen direkt in die Schussbahn trat. Der bemerkte dies auch sofort und schrie ihn auf Arabisch an. Dadurch war der Angerufene irritiert, zögerte und ließ seine Waffe etwas sinken. Die Chance für Simon Kerner. Er explodierte regelrecht! Herumwirbeln und die Waffenhand seines Gegners fassen war eine flüssige Bewegung. Kerner entriss ihm den Revolver. Dabei achtete er darauf, dass der Mann zwischen ihm und dem anderen Angreifer stand. Der war total geschockt und riss seinen Revolver in die Höhe. Die beiden Schüsse fielen fast gleichzeitig, so dass sie sich zu einem gemeinsamen Plopp vereinigten. Der Gegner, den Kerner als Schild benutzt hatte, zuckte zusammen und knickte mit einem heiseren Schrei nach vorne ein. Kerner war jetzt schutzlos. Sein Schuss hatte den anderen Mann nicht erkennbar getroffen. Er hatte keine Zeit zum Zielen gehabt. Sein Gegner registrierte, dass er statt Kerner seinen Kumpel getroffen hatte, und zögerte einen Moment.

„Waffe weg!", brüllte Kerner.

Mit einem wütenden Schrei riss der Maskierte den Revolver wieder in die Höhe, um erneut zu schießen. Kerner blieb Zeit, die Waffe mit beiden Händen zu fassen. Er beugte sich leicht nach vorne und schoss. Sein Angreifer kam nicht mehr dazu, abzudrücken. Das Projektil aus Kerners Waffe traf ihn mitten in die Stirn. Tödlich getroffen brach er zusammen.

Ganz langsam richtete sich Kerner wieder auf und atmete hörbar aus. Das war knapp gewesen! Sofort beugte er sich über den Mann, der stöhnend vor ihm auf dem Boden lag. Auf der Brust seines Hemdes bildete sich auf der rechten Seite ein roter Fleck, der sich rasant vergrößerte. Obwohl sich Kerner vergewissert hatte, dass von dem anderen Gegner keine Gefahr mehr ausging, schob er dessen Revolver mit dem Fuß außer Reichweite. Er beugte sich über den Verwundeten und zog ihm die Maske vom Kopf. Jetzt konnte er sehen, wie jung sein Gegner war.

„Bleib ganz ruhig", versuchte er auf ihn einzuwirken, während er zum Telefon griff und die Notrufzentrale anwählte. „Es ist gleich Hilfe unterwegs!"

Nachdem er den Notruf abgesetzt hatte, wählte er sofort die Nummer von Eberhard Brunner.

„Eberhard, ich wurde in deiner Wohnung angegriffen", rief er ins Handy. „Einen der Kerle habe ich in Notwehr erschossen, der andere wurde von seinem eigenen Mann schwer verletzt. Was soll ich machen? Soll ich die Mordkommission verständigen? Das muss ja polizeilich aufgenommen werden."

Brunner brauchte einen Augenblick, um die Nachricht zu verdauen, dann erwiderte er: „Das ist ja Wahnsinn! Bist du in Ordnung?" Kerner beruhigte ihn. „Bleib einfach vor Ort", fuhr Brunner dann fort, „ich werde alles Weitere veranlassen."

Der Notarzt war zuerst da. Ihm folgte im kurzen Abstand ein Rettungswagen. Da Lebensgefahr bestand, wurde der überlebende Angreifer sofort in die Notaufnahme des Zentrums für Innere Medizin des Universitätsklinikums eingeliefert. Wenig später folgte die alarmierte Mordkommission unter KHK Kauswitz, in deren Gefolge die Spurensicherung und die Rechtsmedizin. Die Straße rund um die Wohnung Brunners war total verstopft, zwei Streifenwagenbesatzungen leiteten den Verkehr um.

Kauswitz saß mit Kerner in der Küche von Brunners Wohnung und führte die erste Vernehmung. Kerner war ihm kein Unbekannter. Kauswitz war damals bei den Ermittlungen um den Tod von Steffi, Kerners damaliger Lebensgefährtin, beteiligt gewesen. Kerner hatte die Dönerbox zur Seite geräumt. Während der Aussage von Kerner kam Brunner herein.

„Ist mit dir alles in Ordnung?", wollte er besorgt wissen. Kerner beruhigte ihn. Nachdem er den gesamten Ablauf nochmals in allen Einzelheiten geschildert hatte, gab es für Brunner nur einen Schluss.

„Dieser Überfall galt mir. Davon bin ich überzeugt. Wenn vielleicht nicht direkt meiner Person, dann doch zumindest indirekt als Botschaft an mich." Er stand auf und sah durch die Tür ins Wohnzimmer hinaus. „Es ist dir klar, dass du in den nächsten Tagen hier nicht wohnen kannst, das ist ein Tatort und wird versiegelt werden, bis die Kollegen fertig sind."

Simon Kerner sah Kauswitz an. „Wie lange wird die Wohnung nicht betretbar sein?"

„Ich denke, drei Tage, dann können wir sie wieder freigeben."

„Dann gehst du so lange in ein Hotel", erklärte Brunner. „Ich werde das organisieren."

„Wir benötigen dann auch noch ein offizielles Protokoll", stellte Kauswitz fest. „Es ist zwar offensichtlich, dass es sich hier um Notwehr handelt, trotzdem müssen wir eine Anzeige aufnehmen."

Kerner nickte. Er war Jurist und das Prozedere war ihm bekannt.

*

Safar ibn Abdallah al-Hilabar lief außer sich vor Wut in seinem Arbeitszimmer auf und ab und tobte. Er hatte diese Aktion in der Sanderau angeordnet und war sich dabei sehr raffiniert vorgekommen. Eine deutliche Botschaft als Beginn eines Drohpotentials, das man bei Bedarf, Stück für Stück sich steigernd, abspielen konnte. Stattdessen jetzt dieses Desaster! Omar tot, sein Sohn schwer angeschossen. Einer der Sanitäter des Rettungswagens zeigte sich gegen ein kleines Honorar sehr redefreudig. Offenbar hatten sie diesen Kerner total unterschätzt. Oder seine beiden Sendboten hatten sich angestellt wie die letzten Anfänger. Omar war tot. Das war bedauerlich und würde zur gegebenen Zeit gerächt werden. Das Problem war Karim. Der Junge war zwar schwer verletzt, aber seine Mutter hatte die Auskunft erhalten, dass er die Operation wohl überleben würde. Es war ein Fehler gewesen, dass Omar ohne seine Zustimmung den Jungen zu dieser Aktion mitgenommen hatte. Er hatte seine Zweifel, ob Karim der trickreichen Vernehmung durch erfahrene Kriminalbeamte standhalten würde. Die Frage, wie viel Informationen Omar seinem Sohn weitergegeben hatte, war im Augenblick nicht zu beantworten. Safar pflegte derartige Probleme rational anzugehen. Für solche Probleme gab es Achmed. Achmed hatte längere Zeit für eine Spezialeinheit im Irak gekämpft und war mit allen Mitteln der Problembeseitigung vertraut. Safar hatte ihn aufgenommen, weil er trotz seines Saubermannimages, das er sich in den letzten Jahren angeeignet hatte, hin und wieder doch einen Mann fürs Schmutzige benötigte.

10

Der fensterlose Raum hatte ungefähr fünfundzwanzig Quadratmeter, war rechteckig und einschließlich Boden völlig weiß gekachelt. In der Mitte des Bodens konnte man einen versenkten Ablauf in einen Kanal erkennen. An der Decke hing eine Klimaanlage, die auch als Absaugeinrichtung fungieren konnte. An einer Längsseite stand ein durchgehender Metalltisch. Über dem Tisch verbreitete eine Reihe Neonröhren ein fast blendendes Licht.

Fast lautlos öffnete sich eine Tür an der einen Schmalseite und ein kräftiger Mann mittleren Alters mit kurzen schwarzen Haaren und Vollbart trat ein. Der Bärtige hatte einen stabilen Holzstuhl mit Lehne dabei, den er über den Gully in der Mitte stellte. Die Sitzgelegenheit war eine Spezialanfertigung, beste Schreinerarbeit. An den Armauflagen, den Beinen und der Lehne befanden sich stabile Gurte mit Metallschließen. Wie es aussah, hatte hier ein *Elektrischer Stuhl* Modell gestanden. Danach betrat er die Tiefgarage und klopfte an die Schiebetür eines Mercedes Sprinters, der gerade eben eingefahren war. Ein Typ mit Glatze und Piercings im Ohr öffnete.

„Kann's losgehen?", fragte er.

„Bringt ihn rein", befahl der Bärtige.

Der Glatzkopf sprang aus dem Wagen und drehte sich zum Führerhaus um. Ein zweiter Mann, genauso kahlköpfig, packte dort einen dritten, der auf dem mittleren Sitz in sich zusammengesunken lag, vorne am Hemd und zerrte ihn unsanft in eine sitzende Position.

„Der Kerl ist noch total weggetreten", stellte er fest.

„Ich hoffe, er kommt schnell zu sich", äußerte der Bärtige, „sonst kann es Ärger geben."

„Keine Sorge, ein paar aufmunternde Worte und er ist wieder topfit." Er lachte keckernd.

Die beiden packten den schlanken, dunkelhaarigen, etwa ein Meter achtzig großen Mann an den Armen und zerrten ihn aus dem Sprinter. Einer schlug die Schiebetür zu, dann nahmen sie den Mann zwischen sich und betraten den Gang in Richtung Kellerraum. Drinnen schleppten sie den betäubten Mann zu dem Stuhl.

„Zieht ihn aus!", befahl der Bärtige. Ohne Zögern riss ihm der eine die Kleidung vom Leib, während ihn der andere festhielt.

„Anbinden!"

Die beiden Kahlköpfe setzten ihn jetzt richtig auf den Stuhl und führten den breiten Gurt über seine Brust, damit er nicht vom Sitz herunterrutschen konnte. Seine Hände gurteten sie an den Armlehnen fest, seine Unterschenkel an den Stuhlbeinen. Während der ganzen Prozedur hing ihm der Kopf haltlos auf die Brust, aus seinem Mund lief Speichel.

„Was jetzt?", wollte einer der Glatzköpfe wissen.

„Wir wecken ihn auf!", erwiderte der Bärtige. „So kann Mustafa al-Asmani jedenfalls nichts mit ihm anfangen." Er stellte sich vor den Gefangenen und gab ihm ein paar klatschende Ohrfeigen. Sein Kopf pendelte dabei haltlos hin und her und aus seinem Mund kam halblaut ein weinerlicher Ton, ansonsten veränderte sich nichts. Der Bärtige zuckte mit den Schultern. Das war ziemlich sinnlos.

Er trat an die andere Seitenwand und öffnete eine Klappe. Auch hier öffnete sich die Wand auf Knopfdruck, fuhr nach oben und gab eine Nische frei. Der Bärtige zog einen kleineren Tisch und verschiedene Gerätekonsolen heraus, von denen Stromkabel abgingen. Als die beiden Kahlköpfe die Utensilien sahen, wurden sie ganz unruhig. Der Bärtige bemerkte es und zeigte ein böses Lächeln.

„Macht euch nicht in die Hosen!", bemerkte er bissig. „Das ist nicht für euch bestimmt. Ihr könnt euch verpissen! Bleibt aber telefonisch erreichbar, es kann sein, dass Ihr heute noch einen weiteren Transport durchführen müsst." Er warf dem Mann auf dem Stuhl einen bezeichnenden Blick zu. Das ließen sich die beiden nicht zweimal sagen.

Der Bärtige prüfte den Puls des Gefangenen. Er raste regelrecht. Seine medizinischen Kenntnisse sagten ihm, hier musste gegengesteuert werden, sonst bestand die Gefahr eines Herzinfarkts. Die beiden Kerle hatten dem Mann offenbar eine ziemlich hohe Dosis des Narkotikums verabreicht, um zu verhindern, dass er ihnen während der Fahrt Schwierigkeiten machte. Er öffnete einen Kühlschrank und entnahm ihm eine verschweißte Packung einer Einwegspritze. Er durchstieß mit der Nadel die Alumembran einer Medikamentenflasche und zog den Kolben der Spritze hoch, bis die Kammer zur Hälfte gefüllt war. Das müsste reichen, dachte er, dann trat er an die Seite des Gefangenen. Als er den Oberarm mit einem Desinfektionsmittel besprühte, musste er leise lachen. Der Mann würde sicher nicht mehr so lange leben, dass er von dem Einstich eine Infektion bekommen könnte. Er drückte den Kolben ganz herunter, dann zog er die Nadel heraus und wischte flüchtig mit dem Tupfer über die Einstichstelle. Die Wirkung setzte relativ schnell ein. Langsam richtete sich der Mann auf und hob den Kopf. Sein trüber Blick klärte sich und er musterte mit erstaunten Augen seine Umgebung. Aus seinem Mund kam ein heiseres Krächzen.

„Na, ausgeschlafen?" Der Bärtige stelle sich direkt vor ihn, packte ihn an den Haaren und sah ihm direkt in die Augen. „Willkommen in der Hölle!"

Jetzt bemerkte der Gefangene, dass er nackt und gefesselt war, und begann panisch an den Gurten zu zerren. Der Bärtige ließ die Haare des Mannes los und gab ihm eine schallende Ohrfeige. „Lass das, sonst wird es sofort unerfreulich für dich!" Er sprach dabei ganz ruhig, als würde er ein paar Sätze über die aktuelle Wetterlage äußern.

„Was ist …?", lallte der Mann auf dem Stuhl. „Wo bin ich hier?"

„Das wirst du schon noch früh genug erfahren", erklärte der Bärtige emotionslos. Er musterte den Gefangenen kurz. Es würde noch einen Moment dauern, bis er wieder voll da war. Ohne eine Erklärung abzugeben, verließ er den Raum und betrat die Tiefgarage. Sie war technisch so ausgestattet, dass man hier Funkempfang hatte. Die Zielnummer war als Kurzwahl auf seinem Handy eingespeichert. Es dauerte zwei Klingeltöne, ehe die Gegenstelle abnahm.

„Hier Jamal", meldete er sich, „es ist alles vorbereitet."

Die Antwort war knapp. Langsam schlenderte der Bärtige zurück. Auf dem Weg dahin holte er aus dem angrenzenden Kellerraum einen bequemen Campingstuhl. Der Gefangene saß mittlerweile mit klarem Blick auf dem Stuhl und sah Jamal ängstlich entgegen. Anscheinend begann er langsam seine Situation zu begreifen, wusste aber nicht, wo er war und mit wem er es zu tun hatte. Jamal stellte den Stuhl vor dem Mann auf. Dann machte er einige Schritt in den Raum hinein, so dass er hinter dem Gefangenen zu stehen kam. Jetzt konnte der ihn nicht mehr sehen. Eine stressige Situation, da er die Bedrohung hinter sich fühlte, aber nicht erkennen konnte, was sein Bewacher machte. Ständig drehte er den Kopf, aber Jamal stand im toten Winkel. Er begann zu zittern.

Wenig später öffnete sich die Tür und Mustafa al-Asmani betrat langsam den Raum. Als der Gefangene den Clan-Chef erkannte, erschrak er zutiefst. Mustafa al-Asmani fixierte den nackten Mann einige Zeit. Ohne Gemütsbewegung registrierte er jede Reaktion des Gefangenen. Schließlich trat er noch immer wortlos einige Schritte nach vorne und ließ sich in den Campingstuhl fallen.

„Du weißt, wer ich bin?", fragte er auf Arabisch.

Der Gefangene nickte. „Ja, Ya Sayyid, Herr." Er antwortete automatisch in derselben Sprache.

„Du bist Fahdi, der Sohn meines verstorbenen Cousins aus dem Norden Syriens, wie man mir sagte."

Der Gefangene nickte erneut.

„Gib eine respektvolle Antwort!", kam Jamals Stimme scharf aus dem Hintergrund, garniert mit einem Schlag. Der Gefangene zuckte zusammen.

„Ja, Ya Sayyid.", beeilte er sich zu antworten.

„Du bist 2015 mit dem großen Flüchtlingstreck nach Deutschland gekommen und wurdest von meinem ältesten Sohn Malik in seine Familie aufgenommen, da dein Vater und seine Familie von dem Henker in Damaskus getötet wurden."

„Ja, Ya Sayyid."

„Malik hat dir Essen, Kleidung und eine neue Familie gegeben. Er gab dir Arbeit und die Möglichkeit, viel Geld zu verdienen, damit du auf eigenen Füßen stehen kannst. Du hast eine schöne Wohnung, ein teures Auto und viel Spaß mit Frauen, die man für Geld kaufen kann. Mein Sohn hat dich ins Vertrauen gezogen und mit dir über Geschäftsgeheimnisse gesprochen, was er nicht hätte tun sollen."

„Ja, Ya Sayyid.", antwortete er leise.

Al-Asmani sah ihn lange an, dann fuhr er fort: „Kannst du mir dann sagen, weshalb du dich dann von der al-Hilabar-Familie bezahlen lässt, um unsere Geschäfte zu verraten? Um uns, deinen Wohltätern, zu schaden?"

„Herr, das habe ich nicht getan! Ich schwöre bei Allah und sämtlichen Propheten, dass ich das nicht getan habe!" Seine flehende Stimme überschlug sich.

Al-Asmani schüttelte bedauernd den Kopf. „Du solltest nicht solche frevelhaften Schwüre ausstoßen. Du bist ein Lügner und wirst in der tiefsten Hölle brennen. Du solltest deine Seele erleichtern und ein Geständnis ablegen. Jamal, mein Sohn, ist ein Spezialist auf dem Gebiet dieser Art der Befragung. Je schneller du redest, desto leichter wird dein Tod sein. Das solltest du bedenken. Ich will wissen, was du genau Safar verraten hast. Wir haben demnächst, wie du von Malik erfahren hast, ein großes Geschäft vor, das uns vor Safar al-Hilabar einen Vorsprung auf dem Markt geben wird. Wir müssen wissen, ob er uns durch deinen Verrat in die Quere kommen kann."

Der Gefangene wand sich auf dem Stuhl. „Bitte, Herr, ich habe nichts verraten!"

Al-Asmani gab Jamal ein Zeichen. „Mein Sohn, du weißt, welche Fragen du ihm stellen musst. Ruf mich, wenn er sich zur Wahrheit entschlossen hat." Mit diesen Worten erhob er sich und verließ den Raum. Die Schreie des Gefangenen verfolgten ihn, bis sich die schalldichte Tür des Kellers hinter ihm schloss. Der ganze Raum war schalldicht. Aber das war eigentlich egal, hier in dem Haus befanden sich nur die Zentral-Büros des Firmenkonsortiums *al-Asmani Enterprises* und im obersten Stockwerk seine Wohnung. Hier lauschten keine fremden Ohren.

Jamal zog eines der Geräte, das auf Rollen lief, aus der

Nische nach vorne. Es war mit einem Kabel ans Stromnetz angeschlossen. Es sah wie ein überdimensionales Batterieladegerät aus. Von ihm gingen zwei lange Kabel ab, die in einer roten Plus- und einer schwarzen Minusklemme endeten. Jamal arbeitete ganz gemächlich und achtete darauf, dass der Gefangene alle seine Handlungen gut beobachten konnte. Mit aufgerissenen Augen wimmerte er vor sich hin.

„Bitte, ich habe niemand verraten! Bitte, ich bin kein Verräter!"

Der Bärtige sah ihn nur emotionslos an. „Ich habe dir gesagt, du bist hier in der Hölle." Er schaltete das Gerät ein, auf dessen Oberseite sich eine Skala mit einem Drehrad befand, das offenbar zum Einstellen der Stärke der Stromstöße diente.

Jamal stellte sich breitbeinig vor den Gefangenen und beugte sich nach vorne, um die rote Klemme an seinem Ohrläppchen zu befestigen. Fahdi wich immer weiter nach hinten aus.

„Das nützt dir nichts", brummte der Bärtige.

In diesem Augenblick schnellte Fahdis Kopf mit einem Schrei nach vorne und seine Stirn knallte Jamal mit voller Wucht gegen die Nase, die mit einem hörbaren Knacken brach. Jamal brüllte vor Schmerz. Seine Hände ließen das Kabel los und fuhren zu seinem Gesicht. Blutüberströmt taumelte er nach hinten.

Aus Fahdi, dem wimmernden Gefangenen, wurde von einem Augenblick auf den anderen eine explodierende Kampfmaschine. Vorhin, als er, Verzweiflung vortäuschend, den Kopf nach vorne sinken ließ, hatte er sich ausgerechnet, dass er mit den Zähnen den Gurt der rechten Hand würde lösen können. Das gelang ihm auch. Mit einer befreiten Hand, riss er blitzschnell den Brustgurt auf und löste die Schnalle an der anderen Hand. Die Fußgurte folgten. Er wusste, es kam auf Sekunden an. Jamal würde sich schnell erholen und angreifen. Zum Glück hatte er bei ihm keine Waffe festgestellt. Da griff der Bärtige auch schon mit blutüberströmtem Gesicht und einem tierischen Brüllen an. Sein Angriff wurde von Wut gesteuert und entbehrte jeglicher Kampftaktik. Fahdi war aufgesprungen und wartete, bis er in Reichweite seiner Hände war, dann stieß er seine Finger mit Wucht nach vorne, hinein in die Augen seines Gegners. Der Schwung des Angriffs riss Jamal trotz der Schmerzen in den Augen nach vorne. Erneut schlug Fahdi zu, diesmal gegen den Oberkörper Jamals, dessen Schwung nach vorne dadurch in eine Seitenbewegung umgelenkt wurde. Fahdi machte eine halbe Drehung und traf mit Wucht mit der Handkante die Halswirbelsäule. Als Jamal den Boden berührte, war er bereits tot. Das Blut aus seiner gebrochenen Nase suchte sich in einem dünnen Rinnsal den Weg in den Ablauf.

Der Kampf hatte nur Sekunden gedauert. Fahdi atmete tief durch, dann suchte er nach seinen Kleidern. Die beiden Kahlköpfigen hatten sie achtlos in eine Ecke geworfen. Schnell zog er sich an. Die ganze Prozedur der Gefangennahme, die Betäubung durch das Narkosemittel, das Theater, um als ängstlicher Gefangener zu wirken, und der finale Kampf hatten ihn doch ziemlich mitgenommen. Jetzt musste er zusehen, dass er hier heil herauskam. Er hatte keine Ahnung, wie die Leute von al-Asmani ihm auf die Schliche gekommen waren. Für eine Analyse war aber später Zeit. Hastig durchsuchte er die Taschen des Bärtigen. Wie erwartet fand er ein Mobiltelefon, das er einsteckte.

Er sah sich um. Hier in diesem Raum konnte er zwar keine Kamera entdecken, aber er war sich sicher, dass draußen die Tiefgarage überwacht wurde. Er musterte kurz die Gerätschaften in der Nische. Vielleicht konnte er notfalls irgendetwas als Waffe benutzen, obwohl er davon ausging, dass in der nächsten Zeit niemand den Raum betreten würde, weil der Clan-Chef ja auf ein Ergebnis durch Jamals Verhör wartete. Eine Art Brechstange schien ihm geeignet. Mit einem letzten Blick auf den toten Jamal verließ er das Labor.

Die Tiefgarage war menschenleer, es brannte nur eine Notbeleuchtung. Ein Blick zur Ausfahrt zeigte ihm, dass es draußen dunkel war. Durch die Betäubung hatte er sein Zeitgefühl völlig verloren. Als die beiden Kahlköpfe ihn überrumpelten, war es früher Nachmittag gewesen. Eilig verließ er seine Deckung. Sofort sprangen an der Decke Neonröhren an. Bewegungsmelder, dachte er, dann sprintete er los. Die Ausfahrt war durch ein Gitter verschlossen. Ein Stück davor hing ein Kabel von der Decke herab. Er zog hastig daran und das Gitter setzte sich zügig in Bewegung. Einen Augenblick später war es so weit offen, dass er sich darunter durchrollen konnte. Die Dunkelheit schützte ihn vor den Blicken vorbeifahrender Autofahrer. Jetzt konnte er sich orientieren. Das Gebäude befand sich, wie er wusste, in einem Industriegebiet am Rande von Aschaffenburg. Er war sich sicher, dass er während seiner Flucht von verschiedenen Überwachungskameras aufgenommen worden war. Das konnte er jetzt aber nicht ändern. Fahdi öffnete das Handy. Wie erwartet war es mit dem Fingerabdruck des Besitzers verschlüsselt. Wie bei allen Mobiltelefonen konnte man aber, ohne sich einzuloggen, einen Notruf über die 110 absetzen. Er wählte. Als sich die Einsatzzentrale meldete, gab er folgende Nachricht durch:

„Achtung! Dies ist ein Notruf der Priorität eins von einem Agenten im Außeneinsatz. Mein Deckname ist Fahdi. Verständigen Sie bitte umgehend das LKA München, Kriminaldirektor Seebach, dass ich enttarnt wurde. Ich fahre mit einem Taxi zur Autobahnraststätte Spessart, in Fahrtrichtung Würzburg. Er soll mich am dortigen Kinderspielplatz abholen lassen. – Ich wiederhole nochmals: Das ist ein Notruf und kein Fake."

Er unterbrach das Gespräch. Mit einem Ruck öffnete er den Deckel des Handys, entfernte den Akku und die SIM-Karte. Das Telefon und den Akku ließ er in einen Gully fallen. Die SIM-Karte rieb er über eine raue Hauswand, dann warf er sie auf die Ladefläche eines vorbeifahrenden Lasters, der Erdaushub transportierte. Er war sich sicher, dass die al-Asmani-Familie über Möglichkeiten verfügte, die Handys ihrer Leute zu orten. Jetzt jedoch nicht mehr. Anschließend warf er das Brecheisen mit Schwung in ein Gebüsch.

Unwillkürlich tastete er nach seiner Gesäßtasche, um sich erneut zu versichern, dass sein Geldbeutel vorhanden war. Zügig marschierte er los. Hier irgendwo in der Nähe war sicher ein Taxistand. So schnell wie möglich musste er von hier weg. Er war verbrannt, seine Mission damit beendet.

Nach fast zwei Stunden sah Mustafa al-Asmani wieder einmal auf seine Armbanduhr. Er wunderte sich, dass sich Jamal noch nicht gemeldet hatte. Konnte es sein, dass der Gefangene ein derartiges Durchhaltevermögen hatte? Er kannte das Geschick seines ältesten Sohnes, aus Menschen auch die letzten Geheimnisse herauszupressen. Jamal war nicht der Intelligenteste, aber wenn es um die Kunst ging, Schmerzen zu erzeugen, war er der Beste. Mittlerweile ging es schon in den späten Abend hinein. Mustafa al-Asmani wählte Jamals Handynummer. Er war nicht erreichbar. Der Alte wollte sich persönlich nach den Fortschritten der Befragung erkundigen. Der Aufzug hielt in der Tiefgarage. Langsam schlenderte er durch den schmalen Gang zu der Tür. Als er öffnete, kam ihm Lichtschein entgegen. Jamal war also offenbar noch bei der Arbeit. Beim Betreten des Raumes erstarrte er zur Salzsäule. Nachdem er das Bild in Gänze in sich aufgenommen hatte, stieß er einen heiseren Schmerzensschrei aus. Sein Sohn lag auf der Seite in seinem Blut und starrte mit gebrochenen Augen auf die Bodenfliesen. Es dauerte geraume Zeit, bis sich seine Verzweiflung und Trauer in Wut verwandelte. Bevor er den Raum wieder verließ, schloss er seinem Sohn die Augen. Er reckte die geballte Faust in den Raum. Das würde Safar ibn Abdallah al-Hilabar bitter büßen!

11

Eberhard Brunner saß am Schreibtisch des erst vor kurzem für die Soko Spessart angemieteten ehemaligen Forsthauses. Er las gerade in den Akten des Undercoveragenten Fahdi. Sein richtiger Name war Felix Yusuf Fleckenstein.

Das LKA hatte Brunner am Abend mit einem Prio-1-Funkspruch verständigt, dass ein Agent namens Fahdi einen Notruf abgesetzt hatte. Seit ihrer Gründung war die Soko auch für die Führung der Außenagenten zuständig. Brunner war von dem Notruf zwar überrascht worden, hatte aber sofort ein Zivilfahrzeug zur Autobahnraststätte Spessart geschickt, um den Agenten abzuholen. Brunner wusste, dass man vor dem Einsatz dem Agenten zu seinem eigenen Schutz einen Chip unter die Haut eingepflanzt hatte, so dass man ihn im Ernstfall identifizieren konnte. Irgendwelche Papiere durften sie ja nicht bei sich haben, da sonst die Gefahr der Enttarnung gegeben war. Brunner holte das Chip-Lesegerät aus dem Panzerschrank und überzeugte sich von der Identität des Agenten, dann nahm er ein Protokoll auf. Felix berichtete ihm, dass er der Folter mit knapper Not entkommen konnte. Er schilderte ihm den Kampf, mit dem er sich befreien konnte, wobei er aber den Folterer in Notwehr töten musste. Brunner war heilfroh, dass der Mann der Folter entgangen war. Der Umstand der Tötung eines der Söhne al-Asmanis war bei näherer Betrachtung für die Strategie der Soko eigentlich gar nicht so ungünstig. Al-Asmani war ja nach wie vor der Überzeugung, dass Fahdi für Safar spioniert hatte, der Tod seines Sohnes also auf deren Konto ging. Das konnte der Auftakt für eine Fehde zwischen den beiden Familien sein.

Damit hatte „Fahdi" indirekt seine ihm ursprünglich zuge-
dachte Rolle als *Agent Provocateur* erfüllt.

Felix hatte seine Schilderung beendet und goss sich Wasser
in ein Glas, das Brunner ihm hingestellt hatte.

Eberhard Brunner richtete sich auf und drückte den Knopf
des digitalen Aufnahmegeräts, mit dem er das Gespräch aufgenommen hatte.

„Wir können Sie natürlich nicht mehr hier in der Soko
einsetzen. Hier in Bayern wäre Ihr Leben im Augenblick
hochgradig gefährdet. Ich habe vorhin ein Gespräch mit
dem Staatssekretär Dr. Haenisch geführt, der über entsprechende Entscheidungsbefugnisse verfügt. Sie werden
in Absprache mit dem Bundesinnenministerium an die
Bundespolizei versetzt und bekommen eine neue Identität
sowie eine Planstelle als Polizeioberrat in Hamburg. Damit sind Sie aus der Gefahrenzone raus. Morgen früh geht
Ihr Flieger von Nürnberg nach Hamburg. Ein Kollege fährt
Sie zum Flughafen. Melden Sie sich dort bei der Bundespolizei, bei einem Polizeirat Mulscher. Er hat alle Papiere
für Sie bereit."

Brunner stand auf und gab seinem Gegenüber die Hand.
„Felix, Respekt vor Ihrem Einsatz, kann ich nur sagen. Ich
wünsche Ihnen alles Gute!"

Die beiden verabschiedeten sich voneinander. Nachdem der
Mann die Tür hinter sich geschlossen hatte, starrte Brunner
noch einige Zeit sinnierend vor sich hin. Der Kollege hatte
unwahrscheinliches Glück gehabt, dort wieder heil herauszu-
kommen. Brunner fuhr seinen Computer hoch und startete
ein spezielles E-Mail-Programm. Alle Texte und Dateien,
die er damit verschickte, gingen mit einer hochgradigen Ver-
schlüsselung hinaus. Seine Soko war an ein internes Netz
des Innenministeriums angeschlossen, das keine Verbindung

zum normalen Internet hatte. Er verfasste einen kurzen Bericht, dann hängte er die Tondatei mit der Aussage des Agenten an und verschickte sie an Staatssekretär Dr. Haenisch und an das Landeskriminalamt. Ihm war klar, die Nachricht würde von dort auch noch an ein paar weitere ausgewählte Empfänger gehen.

12

Die Stimme

Der Anruf kam wieder deutlich nach Mitternacht. Der Angerufene nahm das Gespräch an, weil es sich nur um eine sehr wichtige Angelegenheit handeln konnte.

„Was gibt es?"

„Es gab einen Undercoveragenten", sagte die technisch verfälschte Stimme ohne Einleitung. „Nicht bei euch. Bei den anderen."

Kleine Pause. An der etwas schwerfälligen Sprache bemerkte der Angerufene, dass offenbar Alkohol im Spiel war.

„Du sagtest, es *gab*. Wurde er ... eliminiert?"

„Nein. Sie dachten, Ihr hättet ihn bei ihnen eingeschmuggelt. Einige Planungen wurden offenbar im Vorfeld den Behörden bekannt und von der Soko vereitelt. Sie vermuten, dass er ein Spion von euch ist und sie an die Spezialeinheit verraten hat. Bei einem harten Verhör wollten sie ein Geständnis von ihm erpressen."

Wieder eine Pause.

„Hat er behauptet, einer von uns zu sein?"

„Nein. Er war ein Kämpfer. Er konnte sich vor dem Verhör befreien, dabei tötete er einen der Söhne."

„Verdammt! Sie glauben also noch immer, dass wir ihn geschickt haben? Außerdem steht jetzt auch noch der Tod eines der Söhne auf der Rechnung." Die Stimme des Angerufenen klang extrem angespannt.

„So wird es wohl sein ..."

Der Angerufene atmete schwer durch. „Das wird Krieg bedeuten, wenn wir ihnen nicht beweisen, dass das unzutreffend ist. Es war ein eingeschleuster Bulle, nicht wahr?"

„Das ist richtig. Er war schon einige Zeit vor der Gründung der Soko durch das LKA eingeschleust worden. Ich wusste nichts von seiner Existenz." Es klang nach einer Entschuldigung.

„Wir müssen ihnen beweisen, dass wir mit der Sache nichts zu tun haben. Sie werden Rache nehmen wollen. Krieg ist aber schlecht fürs Geschäft! Wir müssen ihnen einen Beweis liefern, der sie überzeugt. Kannst du mir einen Hinweis zur Identität dieses Spitzels geben?"

Die Stimme überlegte. Man konnte Trinkgeräusche hören. Schließlich erklärte sie ihm mit bedächtigen Worten, wie eine Lösung aussehen könnte. Danach wurde die Verbindung unterbrochen.

Die Stimme saß noch eine ganze Zeit auf der Couch. Es war an der Zeit, sich von diesem Zwang zu befreien. Durch die Ernennung des Staatssekretärs und die Gründung der Soko bekam die Verfolgung der Clans eine völlig neue Qualität und Intensität. Das Ziel war klar: Sprengung dieser beiden Familienbanden. Früher oder später würden die Ermittler darauf stoßen, dass hier Informationen geflossen waren, die nur von Insidern kommen konnten.

Als die Rotweinflasche leer war, begann es draußen langsam hell zu werden. Die Person war auf der Couch eingeschlafen. Beim Aufwachen taten ihr alle Knochen weh. Zur Verwunderung der Reinemachefrau war die Stimme am nächsten Morgen die Erste im Büro. Vereinbarungsgemäß suchte sie in ihrem Rechner nach dem Bild des Undercoveragenten und schickte es verschlüsselt an den Kontakt des nächtlichen Gesprächs. Die Stimme war den ganzen Tag mit Terminen massiv eingedeckt, was ihre ganze Aufmerksamkeit verlangte. Dennoch musste sie sich immer wieder zwingen, den Gedanken zu verdrängen, dass sie mit ihrem Verrat wahrscheinlich einen verdienten Polizeibeamten zum Tod verurteilt hatte.

13

Am frühen Vormittag des nächsten Tages erhielt Mustafa al-Asmani einen Anruf auf seinen persönlichen Telefonanschluss in seinem Büro. Seine Sekretärin teilte ihm mit, dass Safar ibn Abdallah al-Hilabar in der Leitung sei und ihn dringend sprechen wolle. Einem ersten Impuls folgend, wollte Mustafa die Entgegennahme des Gesprächs verweigern. Seine Wut sein Schmerz und sein Hass auf die Al-Hilabar-Familie, die ihm, wie er glaubte, einen Sohn geraubt hatte, war im Augenblick einfach zu groß und verwehrte ihm eine nüchterne Sachlichkeit. Bisher hatten die beiden Familien ihre Konkurrenz auf dem Schlachtfeld des freien Marktes ausgetragen. Es konnte dabei schon einmal vorkommen, dass ein Familienmitglied körperlich zu Schaden kam, aber das begrenzte man tunlichst auf subalterne Mitarbeiter und verschonte die engeren Familienmitglieder. Der Tod seines Sohnes war nicht hinnehmbar. Das verlangte nach Blut.

Schließlich erklärte er sich bereit, mit Safar zu sprechen, allerdings nur, um ihm den Krieg zu erklären.

„Safar, du Sohn einer Hündin, du wagst es, mich anzurufen. Du kannst um Gnade winseln, so viel du willst, meine Rache wird grausam sein."

„Mustafa, zügle für einen Moment deinen Zorn und hör mir zu", unterbrach Safar den Wortfluss. „Ich kann deinen Schmerz verstehen und teile ihn mit dir. Was ich dir zu sagen habe, ist, ich schwöre beim Namen des Propheten, die Wahrheit. Ich habe aus sicherer Quelle die Information, dass der Mann, der deinen Sohn getötet hat, ein Polizeispitzel war. Er wollte dich glauben machen, ich, Safar ibn Abdallah al-Hilabar, hätte ihn in deine Familie eingeschleust, um dir

Schaden zuzufügen. Das ist die Wahrheit! Der Zorn Gottes soll mich augenblicklich treffen, wenn ich die Unwahrheit sage!" Er schwieg und wartete auf eine Reaktion seines Gesprächspartners.

Mustafa al-Asmani benötigte einen Moment, um zuzulassen, dass die Worte Safars die Mauer seines Hasses durchdrangen. Schließlich presste er hervor: „Ich will den Beweis! Schicke mir den Kadaver dieses Hundes! Ich will die Wahrheit in der Zeitung lesen! Bis dahin übt meine Familie Vergeltung. Das Blut meines Sohnes schreit nach Rache!" Die Verbindung wurde abrupt unterbrochen.

Safar ibn Abdallah al-Hilabar legte den Hörer langsam auf die Ladeschale. Die Reaktion war hart, doch immerhin hatte er mit ihm gesprochen. Er überlegte, wem er diese heikle Aufgabe übertragen konnte. Es war eine höchst gefährliche Aktion. Dank seiner Informationen wusste er, wann der Inlandsflug von Nürnberg nach Hamburg mit dem Polizeibeamten an Bord gehen würde. Er betrachtete das gefaxte Foto. Das Bild hatte natürlich nicht die Schärfe eines entwickelten Fotos. Man konnte aber trotzdem am Äußeren erkennen, warum der Mann so problemlos als Familienmitglied der al-Asmanis durchgegangen war. Er griff zum Telefon und rief in der Kfz-Werkstatt in der Tiefgarage an.

„Hier Safar. Sag Achmed, ich möchte ihn sofort sprechen."

Mehr musste er nicht sagen. Safar wusste, dass man seine Anordnung sofort weitergeben würde. Acht Minuten später läutete es an der Tür seines Penthauses. Er ließ Achmed ein und bot ihm einen Platz an. Ohne große Umschweife erläuterte Safar seinem Mann fürs Grobe die Aufgabe, die er für ihn erledigen sollte.

Achmed überlegte, dann meinte er: „Das ist ein Job, bei dem man schnell in den Flughafen rein- und wieder rausmuss. Dort wimmelt es wahrscheinlich von bayerischen Grenzpolizisten. Ich brauche auf jeden Fall einen Fahrer mit einem neutralen Auto, der vor dem Flughafen wartet, damit wir schnell wieder abhauen können."

„Du bekommst alles, was du benötigst", entgegnete Safar. „Geh runter zu unserem Fuhrpark und nimm dir ein Fahrzeug. Am besten eine alte Mühle, weil wir das Auto abschreiben können. Wenn du den Job erledigt hast, rein ins Auto und weg!"

Die beiden sprachen die Angelegenheit noch einmal in allen Details durch, da sie nichts dem Zufall überlassen wollten. Irgendwann waren keine Fragen mehr offen. Achmed steckte das Foto der Zielperson ein und verabschiedete sich. Kurz vor der Tür hielt Safar ibn Abdallah al-Hilabar ihn noch einmal auf.

„Wenn ihr von den Bullen erwischt werdet, werden sie versuchen euch zu grillen. Ihr müsst also alles unternehmen, dass sie euch nicht verhaften könnten."

Achmed nickte. Ihm war klar, was der Clan-Chef ihm da durch die Blume sagen wollte.

14

Der knapp sechzehn Meter lange Lkw mit der Firmenaufschrift *Al-Hilabar Im- und Export* wurde seit sieben Uhr mit einer Ladung Landmaschinen bestückt, die für den osteuropäischen Markt bestimmt waren. Stück für Stück wurden die Maschinen im Hamburger Hafen ordnungsgemäß auf den Sattelschlepper verladen und vorschriftsmäßig gesichert. Ibrahim ben Mohammad al-Hilabar, ein Cousin dritten Grades des Clan-Chefs, überwachte den Ladevorgang peinlich genau. Heute wollte er wieder einmal diese Fracht von Hamburg bis zum ersten Abladepunkt, dem Bahnhof Cheb in Tschechien, persönlich begleiten. Gestern Abend war er mit der Bahn in Hamburg eingetroffen und hatte die Nacht in einem Hotel verbracht. Gegen Mittag war die Fracht verladen und die Transportpapiere ausgestellt. Da er einen Lkw-Führerschein besaß, pflegte er sich in diesen Fällen gerne auch mal hinters Steuer zu setzen. Das war für ihn Erholung pur.

Ibrahim stellte den Tempomat ein und nahm den Fuß vom Gas.

„Du kannst jetzt pennen", erklärte er Rosario, dem Fahrer, der es sich auf dem Beifahrersitz bequem gemacht hatte. Rosario ließ sich nicht zweimal auffordern, lehnte sich zurück und schloss die Augen. Ibrahim schaltete den Verkehrsfunk ein, um ständig über die vor ihnen liegende Strecke informiert zu sein. Der geschlossene neutrale Transporter, der sich in gut zweihundert Metern Entfernung hinter ihnen eingereiht hatte, fiel ihm nicht auf.

Nach zwei Stunden fuhr Ibrahim von der Autobahn ab und lenkte auf einen Parkplatz. Sein Beifahrer schreckte hoch. Er hatte wirklich tief und fest geschlafen. Das gleichmäßige Brummen des Dieselmotors war eine angenehme Schlafmelodie.

„Rosario, ich muss mal austreten", erklärte Ibrahim. „Ich habe heute zum Frühstück zwei große Pott Kaffee getrunken. Brauchst du etwas? Soll ich dir was mitbringen?"

Der Fahrer schüttelte den Kopf. „Nein, danke, aber wenn du nichts dagegen hast, würde ich schnell eine Zigarette rauchen."

Ibrahim nickte nur. „Aber bitte außerhalb der Kabine und du bleibst dabei beim Lkw."

Der Fahrer nickte. Beide verließen die Kabine. Der Transporter hatte ebenfalls die Autobahn verlassen und hielt einige Parkbuchten weiter entfernt. Es stieg aber niemand aus.

Knapp fünfzehn Minuten später lenkte Ibrahim den Lkw wieder auf die Autobahn hinaus. Wie mit Rosario besprochen, würde der Sizilianer das Lenkrad übernehmen, sobald sie die hessisch-bayerische Grenze hinter sich gelassen hatten.

Stunden später passierten sie die Grenzwaldbrücke. Ab der Raststätte Rhön sollte dann Rosario das Lenkrad übernehmen. Kurz vor der Brücke wurde der Lkw von dem Transporter überholt, der sie lange Zeit verfolgte und sich jetzt ein ganzes Stück vor sie setzte. Ibrahim hatte etwa ein Drittel der Brücke hinter sich, als in dem Transporter der Beifahrer an einem kleinen schwarzen Kästchen den Kippschalter umlegte. Eine rote Lampe begann zu blinken, um dann nach einer Sekunde auf konstantes Grün zu wechseln. Die Fernbedienung war scharf. Mittlerweile erreichte der Lkw die höchste Stelle der sechsundneunzig Meter hohen Brücke. Der Mann im Transporter ließ noch drei Pkws, die gerade den Lkw überholten, passieren, dann drückte er ohne Zögern auf den Knopf. Zunächst geschah gar nichts. Einen Augenblick später brach hinter ihnen jedoch die Hölle los. Der Lkw buckelte an der Nahtstelle zwischen Zugmaschine und Auflieger wie ein Rodeopferd und die Verbindung flog auseinander. Die Zugmaschine wurde heftig seitlich nach vorne geschleudert und durchbrach wie ein Panzer das Brückengeländer. Der gut gefüllte Benzintank explodierte und folgte der in die Tiefe stürzenden Kabine wie eine riesige Fackel. Die freigesetzte Druckwelle schleuderte den führungslos gewordenen Auflieger ein Stück in die Luft, dabei stürzte er auf die Seite, stellte sich quer und folgte der Zugmaschine mit einem metallischen Kreischen in die Tiefe. Auf der Autobahn brach das Chaos aus. Mehrere Pkws, die von der Druckwelle erfasst wurden, flogen gegen die Mittelleitplanke und verkeilten sich ineinander. Binnen Sekunden war die Autobahn total verstopft. Menschen wurden in den Fahrzeugen eingeklemmt und teilweise schwer verletzt. Einer starb noch in seinem Fahrzeug, ein anderer später, kurz nach seiner Einlieferung ins Krankenhaus.

Zwei nachfolgende Lkws starteten eine Vollbremsung, wobei der zweite auf den ersten auffuhr. Die beiden Fahrer kamen mit leichteren Verletzungen davon.

„Das war's", stellte der Mann, der die beiden Bomben gezündet hatte, fest. Das Semtex aus alten osteuropäischen Militärbeständen tat noch immer zuverlässig seinen Dienst. Er griff grinsend zum Handy und setzte zynischerweise über die 112 einen Notruf ab. Sein Fahrer gab Gas, das Chaos auf der Autobahn hinter ihnen beeinträchtigte sie nicht.

Der Lkw der Firma Al-Hilabar Im- und Export ging zwischen den Säulen der Autobahnbrücke auf einem Roggenfeld in Flammen auf. Weder der Fahrer noch der Beifahrer überlebten den Aufschlag auf dem Boden, in der Hitze der brennenden Kabine blieb nur wenig von ihnen übrig. Von dem

Auflieger und der Ladung blieben nur verkohlte Metallskelette. Das Feld brannte großflächig ab.

Safar ibn Abdallah al-Hilabar erfuhr von dem Bombenanschlag durch einen Mitarbeiter, der von dem Unglück über das Internet erfahren hatte. Er saß in seiner Firma in seinem Arbeitszimmer und schlug vor ohnmächtiger Wut mit der Faust auf den Schreibtisch. Mit seinem Anruf bei Mustafa al-Asmani hatte er offenbar nichts bezweckt. Das hätte er sich eigentlich denken können. Kurz entschlossen griff er zum Telefon und wählte Achmeds Nummer.

„Wo bist du?", wollte er wissen.

„Wir werden pünktlich in Hamburg ankommen. Bis jetzt läuft alles nach Plan." Er sprach gut verständlich über die Freisprechanlage des Fahrzeugs.

„Wir brechen die Aktion ab", befahl Safar mit heiserer Stimme. „Ihr könnt umdrehen."

„Habe ich das richtig verstanden?", vergewisserte sich Achmed, „der Einsatz ist abgebrochen?"

„Korrekt", gab al-Hilabar knapp zurück. Er unterbrach die Verbindung. Nachdem al-Asmani den Krieg eröffnet hatte, war es sinnlos, durch die Tötung des Polizeispitzels eine Versöhnung zu erreichen. Safar musste sich unbedingt etwas einfallen lassen, um diesen Teufelskreis von Rache und Vergeltung zwischen den beiden Familien zu durchbrechen. Al-Asmani war ein erzkonservativer Moslem, der in seinen Vorstellungen von Blutrache und Vergeltung gefangen war. Safar erhob sich, sagte seinem Sekretär Bescheid, dann verließ er das Gebäude und spazierte durch die Grünanlagen in der näheren Umgebung. Er musste nachdenken.

15

Die am nächsten Tag kurzfristig zusammengerufene Besprechung des Führungsteams fand am Nachmittag in Bamberg im Büro der Generalstaatsanwältin statt. Dieser Raum wurde rein prophylaktisch regelmäßig auf Wanzen untersucht, war also abhörsicher.

Anwesend waren neben dem Staatssekretär Dr. Haenisch die Generalstaatsanwältin Dr. Römer, der Polizeipräsident von Würzburg Häfner, Kriminaldirektor Seebach vom LKA und Eberhard Brunner als Leiter der Soko. Brunner, der ja auch für die Sicherheit von Dr. Haenisch verantwortlich war, hatte den Staatssekretär in einem zwischenzeitlich angeschafften gepanzerten Dienstwagen hierhergefahren. Der Polizeipräsident war in Würzburg zugestiegen.

„Meine Dame, meine Herren", ergriff Dr. Haenisch schließlich das Wort, „zunächst mein Dank an die Frau Generalstaatsanwältin, dass wir uns hier in ihrem abhörsicheren Büro besprechen können." Er warf einen Blick in die Runde. „Wie Sie alle wissen, sind in jüngster Zeit Dinge eingetreten, die eine Eskalation der Gewalt zwischen den beiden Familien zur Folge hatten. Das gipfelte in dem gestrigen Bombenanschlag auf der Autobahn A 7 auf einen Lkw der Firma *Al-Hilabar Im- und Export*, dem Fahrer, Beifahrer und einige Insassen beteiligter Autos zum Opfer fielen. Die Autobahn musste ganztägig gesperrt werden und die Brücke, auf der die Sprengung stattfand, kann erst nach einer gutachterlichen Untersuchung wieder für den Verkehr freigegeben werden. Dieser Anschlag ist sicher auch das Ergebnis unserer Strategie, die beiden Clans intern gegeneinander aufzuhetzen. Diese extreme Eskalation war natürlich nicht vorauszusehen und schon gar nicht beabsichtigt. Es dürfen dabei natürlich keine unbeteiligten Zivilisten zu Schaden kommen. Ich denke hierbei nur an den Angriff auf die Wohnung von EKHK Brunner. Bei der dabei erfolgten Schießerei wäre fast ein zurzeit bei ihm wohnender Freund zu Schaden gekommen. Der Mann konnte sich Gott sei Dank wehren und schaltete die beiden Angreifer aus. Zum Glück hat die Presse noch keinen Zusammenhang mit unserer Arbeit und diesem Bombenattentat auf der A 7 hergestellt. Wenn erst mal die Sensationsblätter mit den großen Buchstaben darin herumrühren und herausbekommen, dass dahinter eine etwas missglückte Polizeistrategie steckt, wird man uns grillen."

Kriminaldirektor Seebach musterte die Runde. „Herrschaften, aber das ist ja genau das Ziel, das wir verfolgen: verunsichern und Misstrauen streuen. Unser Undercoveragent Fahdi ist ja leider ausgefallen. Die Familien sind natürlich jetzt alle hochsensibilisiert. Da werden wir so schnell keinen mehr installieren können. Allerdings hat uns unser Mann noch ein paar Hinweise geben können, denen wir nachgehen sollten."

„Sie meinen die Durchführung von breit gestreuten Razzien?", warf der Polizeipräsident ein.

„Genau das. Damit und mit der Beschlagnahme von Wirtschaftsgütern hat man in anderen Bundesländern doch einige Erfolge erzielt", ergänzte Seebach. „Deshalb sollten wir umgehend einen Schlachtplan ausarbeiten", warf KD Seebach ein. „Am effizientesten wäre, wenn wir gleichzeitig an verschiedenen Firmenstandorten der Clans zuschlagen."

„Das sehe ich genauso", bestätigte Dr. Haenisch. „Ich werde jetzt mit allem Nachdruck vorgehen und den Clans die Geschäfte so schwer wie möglich machen." Er sah Brunner direkt an. „Die Soko ist jetzt mit ausreichend Personal und technischer Ausrüstung ausgestattet, so dass wir entsprechende Razzien durchführen können." Brunner nickte.

Haenisch wechselte einen Blick mit Dr. Römer.

„Die Generalstaatsanwaltschaft sollte im Bedarfsfall die schnelle Beantragung der erforderlichen gerichtlichen Durchsuchungsanordnungen durchführen. Es stört die Geschäfte dieser Clans empfindlich, wenn plötzlich ganze Computeranlagen beschlagnahmt werden. Bei der Auswertung der Daten müssen wir dann keine unnötige Eile an den Tag legen. All das schüttet Sand in deren digitales Getriebe!"

Die Arbeitsgruppe saß bis in die Abendstunden zusammen und entwarf ein schlüssiges Konzept, wie man in den nächsten Tagen vorgehen würde. Oberste Priorität hatte in diesem Zusammenhang die absolute Vertraulichkeit des Besprochenen. Wenn das Überraschungsmoment bei den Razzien verloren ging, stand der ganze Erfolg der Bekämpfung der Clan-Kriminalität in Frage.

Kurz nach zwanzig Uhr gingen die Mitglieder des Arbeitskreises auseinander. Brunner brachte den Staatssekretär und den Polizeipräsidenten wieder zurück. Diesmal blieb Haenisch keine Möglichkeit, mit der Generalstaatsanwältin die Nacht zu verbringen. Hätte er den Dienstwagen abgelehnt, wäre das aufgefallen. Sie hatten beide kein Interesse daran, dass ihre Liaison bekannt wurde.

16

Die Stimme

Diesmal erfolgte der Anruf eine Nacht darauf in umgekehrter Richtung. Als das Telefon, das die Stimme normalerweise für diese Anrufe nutzte, läutete, war sie total geschockt. Das war ein regelrechter Tabubruch! Aber das war dem Anrufer egal, er war in Sorge.

„Wie kommst du dazu, mich anzurufen", fauchte ihn die Stimme an. Sie hatte schnell das Verfremdungsmodul eingeschaltet. „Du bringst mich in Teufels Küche!"

„Das ist mir egal! Ich muss wissen, welche Reaktionen bei euch intern auf den Bombenanschlag erfolgten! Da müssen doch die Drähte geglüht haben!"

In der Leitung war kurz Stille, dann kam die Antwort: „Es wird damit gerechnet, dass nun ein Krieg zwischen den beiden Familien ausbricht. Deshalb werden in der nächsten Zeit Durchsuchungen und Beschlagnahmen stattfinden. Ich würde die Daten, die möglicherweise kritisch sind, beseitigen und extern speichern. Ein paar eher harmlose Sachen sollten sie allerdings finden. Wenn die Festplatten völlig gesäubert sind, werden sie misstrauisch und vermuten in den Reihen der Polizei einen Maulwurf. Das darf auf keinen Fall geschehen!"

„Bei wem wollen sie durchsuchen?"

„Das kann ich definitiv nicht sagen. Ich würde damit rechnen, dass sie sich in einer konzertierten Aktion gleich mehrere Objekte beider Familien vornehmen werden."

„Wieso sind sie auf einmal so aggressiv?"

„Mit dem neuen Mann im Innenministerium haben sie euch einen Terrier auf die Fährte gesetzt, von dem Erfolge erwartet werden. Immerhin hat man ihm eine teure, personell gut ausgestattete Sonderkommission zur Seite gestellt, die technisch top ausgerüstet ist. Da gibt es ziemlichen Erfolgsdruck. Der wird natürlich noch zusätzlich dadurch befeuert, dass ihr euch jetzt gegenseitig an die Kehle geht! Todesopfer, wie bei dem Überfall auf die Wohnung des Leiters der Soko und bei diesem Anschlag auf den Truck, führen dazu, dass die Politik Ergebnisse verlangt. Die Presse wird unangenehme Fragen stellen!" Nach einer kurzen Pause fuhr die Stimme fort: „Ich werde mit hoher Wahrscheinlichkeit zukünftig keine Informationen mehr weitergeben können. Es wird für mich einfach zu riskant! Wenn immer wieder Planungen der Soko scheitern, die eigentlich nur einem begrenzten Kreis bekannt sind, kommt sehr schnell der Verdacht auf, dass da Interna verraten wurden."

„Solche Gedanken solltest du sehr schnell wieder aus deinem Kopf verbannen", kam die Antwort des Anrufers ziemlich scharf aus dem Hörer. „Vergiss nicht, dass ich einige Unterlagen verwahre, die dir richtig Ärger machen können. Ich verlange absolute Loyalität, daran solltest du immer denken!" Dann war die Leitung unterbrochen.

Die Stimme betrachtete das Handy in ihrer Hand. Sie zitterte vor Zorn. Mit einem Wutschrei schleuderte sie das Telefon quer durch den Raum, wo es unbeschadet auf einem Sessel landete. Diese Erpressungen waren nicht länger zu ertragen! Es mussten Maßnahmen ergriffen werden, um diesen Zustand zu ändern. Die Stimme goss sich ein Glas Rotwein ein und setzte sich vor die große Verandatür. Ganz langsam reifte in der Person ein Plan.

17

Es dauerte ein paar Tage, ehe sich Mustafa al-Asmani zu einem Treffen mit Safar al-Hilabar bereit erklärte. Es fiel auch Safar nicht leicht, über seinen eigenen Schatten zu springen und die Initiative für ein Gespräch zu ergreifen, aber die Vernunft siegte letztlich. Sie trafen sich in einem Hinterzimmer in einer Autobahnraststätte in der Nähe der hessischen Grenze, die ein Vasall al-Asmanis führte. Al-Asmani rührte langsam in seinem Glas Tee, dabei sah er seinen Gegner mit zusammengekniffenen Augen an.

„Du wolltest ein Treffen. Hast du das Herz eines Hasen bekommen? Fürchtest du dich vor mir? Willst du um Gnade winseln?" Er sprach arabisch. Safar sah den Mann mit blitzenden Augen an und antwortete in derselben Sprache.

„Mustafa, du solltest Vernunft nicht mit Angst verwechseln. Dass du den Verlust deines Sohnes nur schwer verwinden kannst und dein Herz von Schmerz erfüllt ist, kann ich gut verstehen. Auch ich trauere um einen Verwandten, den seine Familie und sein Kind nie wiedersehen werden." Er nahm einen Schluck aus seinem Teeglas, dann fuhr er fort: „Ich habe dir schon einmal gesagt, dass nicht wir den Spitzel bei dir eingeschleust haben. Der Tod deines Sohnes geht auf das Konto der Polizei."

„Du behauptest das. Wir haben Fahdi genau durchleuchtet, bevor wir ihn in unsere Familie aufgenommen haben. Es gab dann später Verdachtsmomente, dass er für dich arbeiten könnte."

Al-Hilabar schüttelte den Kopf. „Ich habe eine Quelle, deren Hinweise absolut vertraulich und zutreffend sind. Du wirst verstehen, dass ich darüber nicht sprechen kann. Diese

Person hat mir gesagt, der Mann, der deinen Sohn auf dem Gewissen hat, sei schon vor geraumer Zeit bei euch eingeschleust worden. Er muss eine absolut sichere Vita gehabt haben, sodass deine Überprüfungen ihn nicht verraten haben. Bei Allah und allen Propheten schwöre ich dir, dass ich den Tod deines Sohnes nicht zu verantworten habe." Er legte seine rechte Hand auf das Herz. Einen Augenblick später fuhr er wieder sachlich fort: „Laut meiner Quelle müssen wir in der nächsten Zeit vermehrt mit Razzien in unseren Geschäften rechnen. Die Regierung in München hat einen eigenen Staatssekretär ernannt, der unsere Geschäfte vereiteln und den Bestand unserer Familien gefährden soll. Er verfügt über eine Sonderkommission der Polizei, die gegen uns ermittelt. Lauter Spezialisten, die unserer beider Geschäfte stören sollen. Wir haben bereits einen Angriff auf den Leiter dieser Sonderkommission gestartet. Dabei ist mein Cousin gestorben und sein Sohn schwer verletzt worden. Du siehst, auch bei uns ist Blut geflossen, das nach Vergeltung schreit."

Al-Asmani hatte Safar wortlos zugehört. Sein stechender Blick wich nicht von Safars Augen.

„Einmal angenommen, es stimmt, was du sagst. Wenn du eine gut informierte Quelle hast, die dich vorwarnt, kannst du diesen Polizeiaktionen doch leicht entgehen. Ich nicht. Letztlich könntest du mir doch schaden, indem deine Quelle die Polizei gegen mich lenkt. Was hast du also davon, wenn wir uns verständigen?"

Safar schüttelte entschieden den Kopf. „Es macht wirklich keinen Sinn, wenn wir das Blut unserer Familien in einem Krieg vergießen. Bis jetzt sind wir uns mit unseren Geschäften nie wirklich in die Quere gekommen. Ich schlage dir heute zwei Dinge vor, die unsere Geschäfte für längere Zeit sicher machen können."

Al-Asmani überlegte einen Augenblick, dann hob er die Hand.

„Sprich!"

Safar atmete innerlich auf. Zumindest würde ihm sein Gegenüber erst einmal zuhören.

„Wir müssen uns gegen diesen Staatssekretär und seine Soko zusammentun und gegen sie kämpfen!"

Al-Asmani zog die Augenbrauen in die Höhe. „Du willst gegen sie Krieg führen?"

Safar zuckte mit den Schultern. „Man müsste ihnen eine blutige Niederlage zufügen, die sie vor der Presse nicht verheimlichen können. Verluste an Menschenleben muss man gegenüber der Bevölkerung erst einmal erklären. Wir müssen dafür sorgen, dass sich die Presse daraufstürzt. Wir haben doch beide Verbindungen zu den Medien, die wir nutzen können. Wenn die Stimmung in der Bevölkerung kippt, wird man sie sicher schnell zurückpfeifen!"

Al-Asmani hörte zu. Er wirkte sehr nachdenklich. Schließlich erwiderte er: „… wie lautet dein zweiter Vorschlag?"

Safar atmete innerlich auf. Die schwierigste Hürde schien er überwunden zu haben.

„Wir müssen von den Streitigkeiten zwischen unseren Familien wegkommen. Damit spielen wir unseren Gegnern nur in die Hand. Wir sollten ein Band knüpfen, das jeder Familie ihre Geschäfte überlässt, aber im Streitfall uns zwingt, miteinander zu reden und es nicht zu einer Eskalation kommen zu lassen."

„Was soll das sein? Ein Vertrag? Verträge können gebrochen werden."

„Ich spreche von einem Band – einem Blutsband."

Al-Asmani sah ihn fragend an.

„Wir sollten das tun, was früher schon die alten Adelsdynastien praktiziert haben, um Feindschaften zu beenden: Wir verheiraten ein Mitglied meiner Familie mit einem Mitglied deiner Familie!"

Safar schwieg und ließ seine Worte wirken. Mustafa al-Asmani saß nur stumm da und starrte sein Gegenüber an. In seinem Kopf wirbelten die Gedanken. Schließlich griff er nach seinem Glas und trank den Tee, der mittlerweile schon kalt geworden war, mit einem Zug aus.

„Ich werde über deine Worte nachdenken. Du bekommst von mir in den nächsten Tagen eine Antwort. Bis dahin sollten wir Frieden halten." Er stand auf und reichte Safar, der sich ebenfalls erhoben hatte, über den Tisch hinweg die Hand.

18

Der Kleinwagen fuhr um die Mittagszeit in die unterste Ebene der Marktgarage in Würzburg und suchte sich dort einen bestimmten Parkplatz, der im hintersten Bereich der Tiefgarage lag. Insider wussten, dass man dort auch zu Hochfrequenzzeiten einen Stellplatz ergattern konnte. Der Fahrer blieb sitzen und machte keine Anstalten die Tiefgarage zu verlassen. Er hatte die fünfzig schon lange überschritten. Seine Korpulenz verdankte er seinem Job, der ihn häufig an den Schreibtisch fesselte, und einer ausgeprägten Behäbigkeit. Sein schütteres Haar trug er quer über den kahlen Teil seines Kopfes gekämmt. Eine dunkle Brille verlieh ihm das Äußere eines etwas verhuschten Buchhalters. Nervös trommelte er mit den Fingern auf dem Lenkrad herum. Immer wieder glitt sein Blick unstet in die Umgebung seines Stellplatzes. Plötzlich verdunkelte sich die Scheibe auf der Beifahrerseite, es wurde an die Tür geklopft, gleichzeitig wurde sie geöffnet und ein deutlich jüngerer Mann ließ sich mit Schwung auf den Beifahrersitz fallen. Der Kontrast zwischen den beiden hätte deutlicher nicht sein können. Der Jüngere war sportlich schlank mit kurzen schwarzen Haaren und einem scharf ausrasierten Dreitagebart, der zu seinem dunklen Teint passte. Auf dem rechten Handrücken hatte er einen Halbmond eintätowiert. Er trug einen teuren Anzug und hatte einen beigen Aktenkoffer aus Leder bei sich, den er sich auf den Schoß legte. Er roch nach einem feinen Eau de Toilette, das eine leichte Note nach Sandelholz hatte und den abgestandenen Mief im Innenraum des älteren Wagens überdeckte. Auffällig war, dass er Gummihandschuhe trug.

„Hast du alles dabei?", fragte er.

Der Ältere nickte. Er sah den Mann neben sich nicht an, sondern starrte durch die Frontscheibe auf die Betonwand der Tiefgarage.

„Worauf wartest du? Lass sehen!", fauchte er ungeduldig. Der Fahrer löste den Sicherheitsgurt, den er noch immer umgelegt hatte, beugte sich nach vorne und holte unter seinem Sitz einen Gegenstand hervor. Es handelte sich um einen gefütterten Umschlag, der ein gewisses Gewicht zu haben schien. Der Beifahrer hielt die Hand auf. Nach kurzem Zögern legte der Fahrer das Päckchen in die Hand seines Nebenmannes.

„Ich muss mich darauf verlassen können, es in einer Woche wieder zurückzubekommen. Sonst bekomme ich echte Probleme!"

Der Jüngere öffnete den Umschlag, der mit zwei Metallklemmen verschlossen war, und ließ den Inhalt in die Hand gleiten.

„… und es ist mit Sicherheit seine Waffe und auch die richtige Munition?" Er hielt die Pistole am Griff und las auf der Seite die eingravierte Typenbezeichnung Heckler & Koch SFP9 und die Waffennummer. Er legte sie auf dem Umschlag ab, um das Leder seines Koffers nicht durch möglicherweise anhaftendes Waffenöl zu beschmutzen, und daneben das Magazin und eine Packung Munition im Kaliber 9 mm Parabellum.

„Hundertprozentig", gab der Ältere gequetscht zurück. Der Mann auf dem Beifahrersitz ließ die Waffe und das Zubehör wieder in den Umschlag gleiten und verschloss ihn, dann legte er ihn in seinen Aktenkoffer. Stattdessen griff er sich ein Kuvert und drückte es dem Fahrer in die Hand, der es blitzschnell in die Brusttasche seines Jacketts steckte.

„Du kannst gerne nachzählen", sagte der Jüngere. „Es sind

die vereinbarten 10.000 Euro. Ziemlich viel Geld für eine Leihgabe, wenn du mich fragst – aber gut. Du vergisst auf jeden Fall schleunigst unser heutiges Treffen. Wenn wir die Waffe zurückgeben wollen, werden wir dich erreichen. Sollte sich in den nächsten Tagen durch gewisse Ereignisse in der Presse dein Gewissen einstellen, denk daran, dass wir über einige unschöne Beweise deiner Illoyalität gegenüber deinem Dienstherrn verfügen.

Der Ältere ließ den Kopf hängen, sagte aber nichts. Er wusste, dass sie ihn in der Hand hatten. Wie sie an diese Informationen gekommen waren, war ihm absolut schleierhaft. Wobei er keine Ahnung hatte, wer SIE waren. Vor zwei Wochen war dieser junge Mann in seinem Leben aufgetaucht und hatte ihm erklärt, dass er eine Interessengruppe vertreten würde, die gelegentlich gerne die Hilfe eines Polizeiinsiders in Anspruch nehmen würde. Selbstverständlich gegen eine angemessene Entschädigung. Als er dieses Ansinnen erbost von sich wies und dem Mann drohte, zu seinen Vorgesetzten zu gehen, hatte dieser ihm einige Papiere vorgelegt, aus denen zu ersehen war, dass zwischen den Listen von beschlagnahmten Waffen und den Aufstellungen der vernichteten Waffen durch das Polizeiverwaltungsamt immer wieder mal eine unerklärliche Diskrepanz bestand. Daraufhin hatte er seinen Widerstand aufgegeben.

19

Zwei Tage später trafen sich Mustafa al-Asmani und Safar al-Hilabar erneut. Die beiden Clan-Chefs verabredeten sich zu einem Spaziergang am Main in der Nähe des Klosters Himmelspforten. Jeder von beiden hatte zwei Leibwächter dabei, die außerhalb Hörweite hinter den zwei Alten herschlenderten. Obwohl es unhöflich war, bei Geschäften sofort mit der Tür ins Haus zu fallen, durchbrach Mustafa diese Gepflogenheit.

„Ich habe mir deine Worte durch den Kopf gehen lassen", eröffnete al-Asmani das Gespräch. „Obwohl es mir sehr schwerfällt, will ich akzeptieren, dass du nicht die Schuld am Tod meines Sohnes trägst. Es ist sicher sinnvoll, wenn wir uns gegen einen gemeinsamen Gegner zusammentun. Vielleicht hast du schon davon gehört, diese Teufel haben gestern eine meiner Immobilienfirmen in Bamberg mit fünfzehn Polizisten überfallen und durchsucht. Sie haben alle Ordner und Unterlagen mitgenommen und die ganze Computeranlage beschlagnahmt." Seine Stimme zitterte vor Wut. „Sie werden dort zwar nichts finden, aber sie machen uns damit jede Menge Ärger. Das werde ich nicht hinnehmen!"

Als Safar etwas erwidern wollte, hob Mustafa die Hand.

„Warte, ich bin noch nicht fertig."

Sie kamen gerade an mehreren Parkbänken vorbei und al-Asmani setzte sich. Safar nahm daneben Platz. Ihre Leibwächter ließen sich auf etwas entfernteren Parkbänken nieder.

„Dein Vorschlag, zwischen unseren Familien eine Hochzeit zu stiften, ist bei mir auf fruchtbaren Boden gefallen. Ich habe Hamid Yusuf ben al-Asmani, den fünfundzwanzigjährigen Sohn eines meiner Neffen, ausersehen, eine solche Verbindung einzugehen. Ich habe schon mit seinem Vater gesprochen, er wäre einer Hochzeit nicht abgeneigt. Es kommt jetzt natürlich darauf an, welche junge Frau aus deiner Familie dafür in Frage käme und wie hoch die Mitgift ist."

Safar war richtig überrascht, dass Mustafa so schnell in seine Pläne einwilligte.

„Lass mir diesbezüglich noch etwas Zeit", gab er zurück. „Ich habe da auch ein Mädchen im Auge, muss aber erst mit einigen Familienmitgliedern Gespräche führen. Ich werde mich wieder bei dir melden."

Er drehte sich so auf der Bank, dass er Mustafa direkt ansah.

„Was die andere Sache betrifft, erscheint mir diese eiliger zu sein. Es ist mit Sicherheit nur eine Frage der Zeit, bis sie auch bei mir auftauchen werden. Ich habe mittlerweile erfahren, dass der Urheber und Verantwortliche dieser Aktionen ein Staatssekretär im bayerischen Innenministerium namens Dr. Christian Haenisch ist. Er hat im Spessart ein altes Bauernhaus gekauft und es mit bester Sicherheitstechnik zu einer schwer einnehmbaren Burg ausgebaut. Außerdem haben sie eine Sondereinheit gegründet, die diesem Dr. Haenisch direkt unterstellt ist. Sie residieren irgendwo bei Lohr am Main. Wo genau, das muss ich noch herausfinden. Sie haben dort jede Menge Spezialkräfte zusammengezogen und die Gruppe mit neuester Hightech ausgestattet. Ihr Chef ist Eberhard Brunner, ein Leitender Erster Kriminalhauptkommissar, den man zu diesem Zweck zum Landeskriminalamt versetzt hat. Wenn man den Strafverfolgungsbehörden einen richtigen Schlag versetzen will, der längere Zeit anhält, muss man diese beiden Männer ausschalten."

Safar schwieg und ließ seine Worte wirken. Mustafa zog eine nachdenkliche Miene.

„Selbst wenn wir unsere Männer zusammenlegen, können wir diese Einrichtungen nicht angreifen. Das gäbe ein Gemetzel, bei dem wir untergehen würden!"

„Wer sagt denn etwas von einem offenen Angriff", erwiderte Safar. „Hier hilft nur Guerillataktik. Einige Vorbereitungen sind bereits im Gange." Er lehnte sich zurück und erläuterte Mustafa seine Pläne.

*

Safar ibn Abdallah al-Hilabars jüngster Bruder Chalid zog es nicht nach Europa. Er wollte mit seiner Familie in einem arabisch sprechenden Land leben. Safar akzeptierte diesen Wunsch, zumal Ägypten unter der Herrschaft des Militärs gute Geschäfte ermöglichte. Daraufhin eröffnete Safar in Kairo ein großes Autohaus und machte seinen Bruder zum Geschäftsführer. Chalid und seine Familie lebten in Ägypten einen eher westlich orientierten Lebensstil. So trugen die Frauen der Familie kein Kopftuch, was von der Regierung toleriert wurde. Rana, Chalids einzige Tochter, war sehr behütet aufgewachsen und hatte bis zu ihrem siebzehnten Lebensjahr noch kein westliches Land gesehen. Eines Tages rief Safar an und bat seinen Bruder Chalid nach Deutschland zu kommen, weil er etwas Wichtiges mit ihm besprechen müsse, was er nicht am Telefon erledigen könne. Obwohl er nicht in unmittelbarer Nähe seines Bruders lebte, empfand Chalid ihm als Clan-Chef gegenüber eine gewisse Gehorsamspflicht und er flog nach Deutschland. Als Chalid einige Tage später zurück nach Kairo kam, war er verändert. Er erklärte seiner Familie, dass er mit Safar verabredet hätte, Rana nach Vollendung des achtzehnten Lebensjahres für einige Zeit nach Deutschland zu schicken. Ziel sei es, die deutsche Sprache und Lebensart zu erlernen, um später einmal in einer der Firmen des Onkels arbeiten zu können.

Safar telefonierte mit Mustafa al-Asmani und teilte ihm mit, dass das Mädchen, das er für die Ehe zwischen den Clans vorgesehen habe, demnächst nach Würzburg komme und einige Zeit bei ihm leben würde.

Der Tag der Anreise war für das Mädchen sehr aufregend. Safar holte sie in seiner Luxuslimousine vom Flughafen ab. Zuhause ließ er sie in seiner großzügigen Wohnung in dem Geschäftshaus auf dem Hubland wohnen. Nachdem sie sich etwas eingelebt hatte, unternahm sie begleitete Ausflüge auf dem nahen Campus der Universität. Dabei freundete sie sich mit arabisch sprechenden Studentinnen an, die ebenfalls eine sehr tolerante Lebensweise pflegten. Nachdem sie aus Sicht ihres Onkels sehr brav lebte, gestattete er ihr auch die Teilnahme an Partys, wo sie auch mit Jungs arabischer Abstammung zusammenkam. Ihr Onkel Safar hatte bei all ihren Unternehmungen immer ein wachsames Auge auf sie.

Eines Tages teilte ihm Mustafa al-Asmani mit, dass Hamid, der Sohn seines Neffen, den er bei ihrer Unterredung als zukünftigen Ehemann erwähnt hatte, nach Deutschland kommen würde, um hier zu studieren und um nebenbei in einer der Firmen Mustafas zu jobben.

Es war nicht schwer, bei einem der studentischen Zusammenkünfte ein Treffen mit Hamid und Rana zu arrangieren. Sie unterhielten sich längere Zeit miteinander und eine stille Beobachterin, die von Safar beauftragt worden war, die beiden im Auge zu behalten, erklärte, dass die beiden sich gut unterhalten hätten. In allen Ehren selbstverständlich. Später erzählte Rana ihrem Onkel von dieser Begegnung und dass Hamid sie gefragt habe, ob er sie wiedersehen könne. Sie ver-

abredete sich dann auch mit ihm am Rande eines Basketball-
spiels in der s.Oliver-Arena in Würzburg. An diesem Abend
nahm Hamid zum ersten Mal Anstoß an Ranas lockerer Art
des Umgangs mit Männern. Beim Jubel über erzielte Punkte
geschah es einmal, dass ein begeisterter Fan sie kurzfristig
an sich drückte. Sofort tauschte Hamid mit ihr den Platz.
Auf dem Heimweg sprach sie Hamid darauf an. Er erklärte
ihr, dass er es unangemessen finde, wenn eine Frau ihre ge-
lockten schwarzen Haare für alle Männer sichtbar offen trug,
um bei ihnen Begehrlichkeiten zu wecken. So freizügig wäre
eine Frau nur, wenn sie mit ihrem Ehemann in der Wohnung
alleine sei. Er bat sie ziemlich nachdrücklich, zukünftig ein
Kopftuch zu tragen. Rana fand den jungen Mann wirklich
nett, vor allen Dingen, weil sie sich mit ihm in ihrer Mutter-
sprache unterhalten konnte. Als er ihr aber diese Vorhaltun-
gen machte, reagierte sie ablehnend. Beim nächsten Treffen
kam sie wieder ohne Kopftuch, worauf Hamid richtig schroff
wurde. Er erklärte ihr, dass er von ihr verlange, sich wie eine
sittliche Muslima zu verhalten. Ihrem Onkel erzählte sie davon allerdings nichts, da sie wusste, Safar hegte Hoffnung,
dass sich durch ihre Verbindung mit Hamid das Verhältnis
zur al-Asmani-Familie verbessern würde. Rana ignorierte
Hamids Anrufe einfach. Sie traf sich wieder mit Freundin-
nen und ging aus.

Eines Tages lernte sie auf einer Party Alexander kennen.
Alexander war Deutscher. Er studierte Orientalistik und
freute sich darüber, sich mit ihr auf Arabisch unterhalten zu
können. Er war ein lustiger Typ, blond, sportlich und sehr
ungezwungen. Sie trafen sich wieder, wobei es ihr gelang,
ihre Aufpasserin abzuschütteln. Es dauerte nicht lange und
Rana verliebte sich in den jungen Mann. Immer öfter trafen
sie sich heimlich in Alexanders Zimmer im Studentenwohn-

heim. Es war ein kühler Frühlingstag, als Rana dort in Alexanders Armen ihre Unschuld verlor.

Hamid blieb diese Entwicklung natürlich nicht verborgen. Sein Blut kochte und er machte Rana eines Tages eine Riesenszene, in der er ihr vorwarf, seine Ehre und die seiner Familie mit Füßen zu treten, was er nicht hinnehmen könne. Safar erfuhr von dem Zwist, weil ihn Mustafa al-Asmani eines Abends anrief und ihm von den Schwierigkeiten der beiden jungen Leute berichtete. Er erklärte ihm, dass Hamids Vater niemals mit einer Verbindung zwischen den beiden einverstanden sei, wenn Rana diese unsittliche Verbindung nicht aufgeben würde.

Da zog Safar die Reißleine! Er führte mit dem Mädchen ein sehr ernstes Gespräch, dann schloss er sie in die Wohnung ein. Sie solle sich mit der Hochzeit mit Hamid abfinden. Rana saß in ihrem Zimmer und weinte sich die Augen aus. Sie wusste, dass sie kaum die Möglichkeit hatte, sich gegen den Willen der Verwandten durchzusetzen. Als ihr auch ihr Vater am Telefon erklärte, sie solle sich mit dieser Heirat arrangieren, brach für sie eine Welt zusammen.

Mustafa al-Asmani und Safar ibn Abdallah al-Hilabar verabredeten, Rana außer Landes zu bringen und die beiden in Kairo im Beisein ihrer Familie zu verheiraten. Allerdings unter einer Bedingung: Mustafa verlangte von Safar ein ärztliches Zeugnis, dass Rana noch Jungfrau sei. Ein Attest von einem Gynäkologen, den Mustafa selbst aussuchen würde.

20

Ein paar Tage später verließ Alexander am späten Abend die Sportanlagen des Postsportvereins im Frauenland. Als er sich gerade auf sein Fahrrad schwingen wollte, wurde er von drei maskierten Männern überfallen und in ein angrenzendes Wäldchen gezerrt. Er wehrte sich zwar heftig, hatte aber gegen die Kerle keine Chance. Als er zu schreien begann, steckte ihm einer der Männer einen Revolverlauf in den Mund.

„Ein Ton und du bist tot!", zischte er. Alexander fügte sich widerstrebend. Der Lauf wurde wieder zurückgezogen. Einer der Kerle trat vor ihn hin, während die beiden anderen ihn festhielten, und nahm seine Maske ab. Alexander erkannte Hamid, den er von der Uni her kannte.

„Mann, was soll der Scheiß", fauchte Alexander Hamid an.

„Das ist kein Spaß", erklärte ihm der junge Araber. „Du hast meine Freundin Rana, die ich als meine Ehefrau auserkoren hatte, missbraucht, entehrt und zur Hure gemacht. Gib es zu! du wirst dann einen schnellen Tod sterben."

Langsam stieg in Alexander ein Gemisch aus Wut und Angst hoch. „Mann, drehst du jetzt völlig am Rad? Ich glaube, du bist verrückt! Ich habe Rana nicht entehrt. Sie liebt mich und ich sie auch. Alles, was wir getan haben, war ihr freier Wille!" Ihm fiel auf, dass alle drei Männer Gummihandschuhe trugen. Eine beunruhigende Erkenntnis.

„Du gibst es also zu", erwiderte Hamid mit einer gewissen Betroffenheit. Damit war seine letzte Hoffnung, dass er sich vielleicht geirrt hatte, verloren. Nach einer kurzen Pause hob er den Kopf und sah Alexander direkt in die Augen.

„Du hast damit nicht nur meine, sondern auch die Ehre

meiner Familie und die der Familie al-Hilabar in den Schmutz getreten. Du studierst unsere Kultur und hast gar nichts begriffen. Es muss dir klar sein, dieser Ehrverlust kann nur mit Blut abgewaschen werden."

Hamid schlug ihm völlig überraschend mit der Faust ins Gesicht. Seine Wut und seine Enttäuschung benötigten ein Ventil. Alexander gab einen heiseren Schmerzensschrei von sich. Blut lief ihm aus der Nase und tropfte auf seinen Jogginganzug. Alexander wusste dank seines Studiums, dass Hamid vermutlich nicht scherzte. Seine Angst wandelte sich in Panik.

„Hamid, mein Gott, wo leben wir denn?", machte er den Versuch, etwas zu retten. „Mach jetzt bitte nichts, was du später bereust! Wenn es dir so wichtig ist, werde ich Rana zukünftig in Ruhe lassen."

Urplötzlich stemmte Alexander sich gegen die Hände der beiden Männer und versuchte sich loszureißen. Doch ihre Griffe waren unerbittlich. Keuchend sank Alexander in sich zusammen.

„Das ist leider zu spät", kam es leise von Hamid. „Ich muss tun, was ich tun muss."

Mit einer schnellen Bewegung zog er einen beidseitig geschliffenen Dolch mit dünner, schmaler Klinge aus einer Scheide, die er am Gürtel trug. Mit einer fließenden Bewegung stieß Hamid Alexander den Dolch unterhalb des Brustbeins direkt ins Herz. Alexander riss ungläubig die Augen auf, dann schnappte er kurz nach Luft und sackte in den Armen der beiden Komplizen tot zusammen. Hamid drehte sich hastig um und verließ den Ort der Hinrichtung. Seine Augen waren feucht. Er hatte noch nie einen Menschen getötet und die Befriedigung, die er nach diesem Racheakt eigentlich erwartet hatte, trat nicht ein. Der junge Mann fühlte sich ausgesprochen schlecht. Er warf die Gummihandschuhe in einen Abfalleimer, an dem er vorbeikam, dann eilte er zu seinem Auto, das einige Straßen entfernt parkte. Ohne loszufahren, saß er eine ganze Zeitlang hinter dem Steuer. Plötzlich begann er am ganzen Körper zu zittern. Schnell riss er die Fahrertür auf und erbrach sich in den Rinnstein.

Es dauerte geraume Zeit, ehe er wieder einigermaßen normal denken konnte. Nach dieser Erfahrung mit Alexander war ihm klar, dass er einen Racheakt an Rana nicht fertigbrachte. Er liebte das Mädchen trotz ihrer Verfehlungen noch immer. Irgendwann startete er den Motor und fuhr hinunter in die Stadt. Sein Leben war aus der Bahn geworfen.

Die beiden Helfer trugen die Leiche zu einem Weg auf der anderen Seite des Wäldchens, wo ein Caddy parkte. Sie verstauten den Toten in einem Leichensack und legten ihn in den Kofferraum. Hamid hatte sich in seiner seelischen Not an einen seiner Cousins gewandt. Der hatte die beiden schweigsamen Männer geschickt, von denen Hamid noch nicht einmal den Namen kannte. Sie hatten die Schusswaffen und den Dolch mitgebracht. Ihr Auftrag lautete, Hamid bei seiner Rache zu unterstützen und, sollte er zu schwach sein, Alexander zu töten. Sie fuhren die Leiche geraume Zeit durch die Nacht zu einer Schrottpresse, in der Autowracks in Metallquader verwandelt wurden. Sie gehörte einem entfernten Verwandten der al-Asmani-Familie. Noch in der Nacht setzten sie den Toten in ein Unfallfahrzeug, dann wurde das Wrack von einem Kran in die Autopresse geladen. Wenig später landete der unter hohem Druck entstandene Schrottquader auf einem Berg bereits fertiger Metallkuben, die in den nächsten Tagen für die Schmelze abgeholt werden würden.

Der Student der Orientalistik Alexander Henning verschwand, als hätte die Erde ihn verschluckt. Keiner seiner Kommilitoninnen und Kommilitonen konnten sich sein Verschwinden erklären. Auch Hamid war nirgendwo mehr anzutreffen. Von einer Studentin, mit der Rana öfters zusammentraf, erfuhr sie, Hamid habe sich in Würzburg exmatrikuliert und studiere jetzt in Bamberg.

21

Kurze Zeit später blieb bei Rana die Regelblutung aus. Zunächst dachte sie sich nichts dabei, sondern hielt es für eine harmlose Unregelmäßigkeit. Sie hatte erst zweimal mit Alexander geschlafen und der hatte ihr versichert, dass Kondome sicher seien. Mit jedem Tag, an dem ihr Körper ihr die beruhigende Gewissheit versagte, wurde sie unruhiger. Es war schrecklich für sie, weil sie sich niemand anvertrauen konnte. Schließlich fasste sie sich in ihrer Verzweiflung ein Herz und wandte sich an Hedda, eine Cousine ihres Onkels Safar, die dem Clan-Boss gewissermaßen den Haushalt führte. Hedda machte eine bekümmerte Miene, erklärte aber, man könne dies Safar keinesfalls verschweigen. Gemeinsam trafen sie sich einen Tag später zu einem Gespräch in den Privaträumen Safars. Der fiel zunächst aus allen Wolken, weil er von dieser Entwicklung nichts mitbekommen hatte. Außer sich, wie er war, verpasste er Rana einige Ohrfeigen, dann verordnete er ihr Hausarrest. Anschließend veranlasste er über Hedda einen Termin bei einem befreundeten libyschen Frauenarzt, der in Deutschland praktizierte und Safar viel zu verdanken hatte. In Begleitung von Hedda wurde das Mädchen am Abend in die Praxis des Arztes gefahren. Der bestätigte bei Rana eine Schwangerschaft in der achten Woche. Safar fragte sich, wie er dieses Unglück seinem Bruder in Kairo beibringen sollte. Rana legte ein umfassendes Geständnis über das Verhältnis mit Alexander ab. Sie versicherte aber, dass weder Hamid noch Alexander von der Schwangerschaft wussten. Zunächst setzte Safar alle Hebel in Bewegung, um dieses Studenten habhaft zu werden. Ihm schwebte vor, ihn der al-Asmani-Familie auszuliefern, um deren Rachegedanken von Rana abzulenken. Sie Suche nach Alexander blieb aber erfolglos. Als Safar erfuhr, dass Hamid überraschend nach Bamberg umgezogen war, keimte in ihm ein starker Verdacht, dass Hamid mit dem Verschwinden Alexanders zu tun hatte. Er wusste aber auch, die Schande, die Rana über die beiden Familien gebracht hatte, musste gesühnt werden. Es war seine Aufgabe als Familienoberhaupt, diese Bestrafung durchzuführen. Tat er das nicht, würde seine Schande umso größer werden und die entehrte Familie al-Asmani würde die Sache selbst in die Hand nehmen. Safar wusste, es gab nur noch eine Möglichkeit, Ranas Leben zu retten, indem er das Gespräch mit Mustafa al-Asmani suchte. Eine Aufgabe, die ihm sehr schwerfiel, vor allen Dingen, weil die Ehe zwischen Hamid und Rana ja eigentlich den Frieden zwischen den beiden Clans sichern sollte. Diese Option war nun durch Ranas ehrloses Verhalten verbaut. Er hoffte aber immer noch, den Clan-Chef überreden zu können, die Ehrenschuld durch die Zahlung einer beträchtlichen Geldsumme abtragen zu können. Es gab Fälle, in denen so die Ehre einer Familie wiederhergestellt werden konnte. Safar hoffte, dass Mustafa, wie er, das große Ganze sehen würde: die Bekämpfung der Soko und der dahinterstehenden politischen Kräfte.

Das Treffen der beiden Clan-Chefs fand zwei Tage später am Nachmittag in dem renommierten Hotel ZUR SCHÖNEN AUSSICHT in Marktheidenfeld statt. Safar war zuerst eingetroffen und hatte einen Platz am Fenster eingenommen. Mustafa ließ ihn eine Viertelstunde warten, ehe er zusammen mit einem Leibwächter eintraf, der sich etwas abseits niederließ. Beide Clan-Chefs begrüßten einander mit kühler Distanz. Als die Bedienung an den Tisch trat, bestellte Safar für beide Kaffee, der wenig später serviert wurde. Dann bat er die Bedienung, sie möge nicht mehr stören. Nachdem sie einen Schluck getrunken hatten, eröffnete Safar ohne Umschweife das Gespräch.

„Ich muss mich entschuldigen, weil ich gleich mit der Tür ins Haus falle, wie man hierzulande sagt, aber ich denke, die Schwere der Beleidigung, die deine Familie erfahren hat, erlaubt keinen höflichen Plausch."

Mustafa sah einen Moment in seine Kaffeetasse, dann erwiderte er: „Die Regeln der Scharia sind für solche Fälle sehr eindeutig. Die Hure muss bestraft werden!"

Bei der Benutzung dieser Bezeichnung zuckte Safar al-Hilabar innerlich zusammen. So krass hatte er Mustafas Reaktion nicht erwartet.

„Sie ist das Kind meines Bruders, der in Kairo lebt und sie mir einige Zeit anvertraut hat. Ich schäme mich, dass ich der Verantwortung nicht gerecht worden bin. Sie ist völlig unerfahren und wurde von einem Deutschen verführt."

Mustafa hob seine beringte Hand. „Eine Frau muss so erzogen werden, dass sie ihre Jungfräulichkeit bis in die Ehe hütet. Wie man mir sagte, ließ sie sich zur Sünde verführen, obwohl Hamid ihr zu verstehen gegeben hatte, dass er sie für sich auserwählt hat."

„Wie du sagst, sie wurde verführt ... ich konnte den Jungen bisher nicht ausfindig machen ..."

Mustafa al-Asmani sah sein Gegenüber mit ernstem Blick an. „Um diesen Mann musst du dir keine Gedanken mehr machen", erklärte er. „Hamid hat insofern die Ehre der Familie wiederhergestellt. Bleibt nur noch die Rache an Rana. Er hat sich bisher noch nicht durchringen können, die Hure zu bestrafen. Wenn er es nicht selbst tun kann, wird ihn die Familie dabei unterstützen." Jetzt war die Drohung ausgesprochen. Ganz ruhig und fast gelassen stand sie wie ein Monument im Raum. Safar starrte in seinen Kaffee, dann erwiderte er: „Unsere Familie hat in den vielen Jahren unseres Lebens in diesem Land gelernt, dass manche Sitten und Gebräuche unserer alten Heimat überholt sind. Hamid hat sich offenbar an dem Verführer Ranas gerächt. Sollte man es nicht dabei bewenden lassen? Ich bin gerne bereit ein Schmerzensgeld zu zahlen. Wir sollten unsere Kräfte auf unsere Gegner konzentrieren. Wir brauchen keine Blutfehde zwischen unseren Familien, die uns schwächt und unsere Gegner stärkt. Nenne mir eine Summe und wir werden uns sicher einigen."

Mustafa al-Asmani ließ eine Weile die Perlen seiner Gebetskette durch seine Finger gleiten. Schließlich sagte er: „Ich erwarte, dass du diese Hure verstößt. Es kann nicht sein, dass sie weiterhin im Schutz deiner Familie lebt." Er erhob sich. „Über deine weiteren Worte werde ich nachdenken." Ohne Gruß verließ er mit seinem Leibwächter den Gastraum.

Safar sah ihnen hinterher. Er mochte gar nicht darüber nachdenken, was geschehen wäre, wenn al-Asmani gewusst hätte, dass Rana von dem Deutschen geschwängert worden war. Schließlich winkte er der Bedienung. Er würde die Zeche bezahlen, wahrscheinlich nicht nur die für den konsumierten Kaffee. Auf der Heimfahrt dachte er darüber nach, wie man mit Rana und dem Kind umgehen sollte. Zuerst musste sie mal weg aus Würzburg, weil hier die Gefahr eines Ehrenmordes durch einen der al-Asmani-Leute bestand.

22

Safar saß in seinem Wohnzimmer auf dem Diwan und rauchte Wasserpfeife. Gewöhnlich tat er das nur, wenn er nervös war. Er hatte kaum gefrühstückt. Die Probleme, die ihn gerade beschäftigten, ließen keine entspannten Mahlzeiten zu. Insgeheim verfluchte er den Tag, an dem er die Tochter seines Bruders in sein Haus aufgenommen hatte. Hinzu kamen die Schwierigkeiten, die ihm diese Soko Spessart bereitete. Gestern erst hatten sie wieder die Filiale eines seiner Handelsunternehmen auseinandergenommen.

Er grübelte: Wie sollte er mit Rana umgehen? Sie durfte das Kind auf keinen Fall behalten! Wenn sein Bruder von ihrer Schwangerschaft erfuhr, würde er ihm schlimmste Vorwürfe machen, vielleicht sogar mit ihm brechen. Seit Tagen war das Mädchen eingesperrt. Sie wurde von Pamina, einer absolut zuverlässigen Tochter Heddas, bewacht und betreut. Pamina war nur wenig älter als Rana und sprach einigermaßen Deutsch. Safar hoffte, dass Rana zu ihr etwas Vertrauen aufbauen würde. Hedda hatte ihre Tochter in alle Geheimnisse eingeweiht und zum Schweigen verdonnert. Rana weine sich die Augen aus dem Kopf, wurde ihm berichtet, außerdem würde sie die Nahrungsaufnahme verweigern. Safar musste eine folgenschwere Entscheidung treffen. Nachhause zu seinem Bruder konnte er sie in ihrem Zustand nicht schicken. Mustafa al-Asmani kannte genau ihre Herkunft und würde sofort erfahren, wenn sie plötzlich wieder in Kairo auftauchte. Zuerst musste die Schwangerschaft beendet werden, bevor jemand davon erfuhr!

Nach einem tiefen Zug aus der Pfeife griff er zu dem neben ihm liegenden Telefon und befahl Pamina zu sich. Wenig später betrat sie den Raum. Pamina war gläubig und trug auch zuhause ein Kopftuch.

„Was macht Rana?", wollte er wissen.

Die beiden Zimmer, in denen Rana eingesperrt war, waren mit Kameras ausgestattet, so dass Pamina in ihrem Raum ihre Aktivitäten auf dem Computerbildschirm verfolgen konnte. Safar hatte Angst, dass Rana sich etwas antun könnte.

„Sie schläft."

„Gut, setz dich." Sie nahm ihm gegenüber Platz. „Ich habe bezüglich Ranas Schwangerschaft eine Entscheidung getroffen." Er nahm einen Zug aus der Pfeife. „Wir bringen sie in einer meiner Wohnungen unter. In Karlstadt besitze ich ein dreistöckiges Haus. Im Parterre und im ersten Stock hat eine Anwaltskanzlei ihre Büros. In der obersten Etage sind jedoch alle Räume frei. Dort werde ich euch für einige Zeit unterbringen, damit einer unserer Ärzte einen Abbruch vornehmen kann. Die Schwangerschaft ist noch in einem sehr frühen Stadium, so dass es kaum größere Komplikationen geben dürfte. Du wirst sie begleiten und nicht aus den Augen lassen. Ich werde euch außerdem Edith Bohlen mitschicken. Sie ist zwar keine Muslima und gehört auch nicht zur Familie, aber sie ist eine äußerst zuverlässige Mitarbeiterin. Sie hat auch keine Skrupel, mal zur Waffe zu greifen, wenn es sein muss. Mustafa al-Asmani wird sehr schnell feststellen, dass ich seinem Wunsch, Rana aus der Familie auszustoßen, nicht entsprochen habe. Man muss damit rechnen, dass er euren Aufenthalt herausfindet und versucht, Rana zu entführen."

23

Zwei Tage später:

Rechtsanwalt Alois Schmidthuber erhob sich etwas schwerfällig und gab Simon Kerner die Hand. Heute früh machte ihm die Arthrose in den Gelenken wieder besonders zu schaffen. Sie war auch der Hauptgrund, weshalb er seine Kanzlei am Rande der Karlstadter Fußgängerzone aufgeben wollte. Hinzu kam das Alter. Mit vierundsiebzig Jahren hatte er nicht mehr die Souveränität, Mandanten zu vertreten, die von ihm Wunder erwarteten. Es war ihm daran gelegen, dass sein Nachfolger die treuen Mandanten, die ihm aus dem ländlichen Umfeld der Stadt geblieben waren, übernahm. Allerdings kamen seine Sekretärin und er auch nicht mehr ohne Computer aus, wie Kerner mit einem Blick auf den Monitor auf dem Schreibtisch feststellte.

„Herr Dr. Kerner, bitte nehmen Sie doch Platz." Er wies auf einen abgewetzten Polsterstuhl, dessen drei Ebenbilder sich um einen runden Besprechungstisch scharten, auf dessen Mitte ein gehäkeltes Deckchen als Unterlage für eine Schale mit Süßigkeiten diente.

„Den Doktor können Sie sich gerne schenken", erwiderte Kerner und ließ sich nieder. Der Stuhl quittierte sein Gewicht mit einem leichten Ächzen.

„Sie trinken doch sicher ein Tässchen Kaffee mit mir", erklärte der Rechtsanwalt. Er erwartete keine Antwort.

„Ida", rief er durch die offene Tür seines Büros nach draußen, „bitte Kaffee für Herrn Kerner und mich! Danke."

Ida Berger, seine Vorzimmerdame, die gleichzeitig Schreibkraft, Recherchemitarbeiterin, Terminverwalterin und irgendwie auch so etwas wie Ehefrauenersatz war, hatte den mittelalten, schlanken Mann mit dem gebräunten Teint beim Eintreten mit Argusaugen gemustert. Der Kaffee war offenbar schon vorbereitet, denn nur eine Minute später kam sie mit einem Tablett herein und stellte es auf dem Tisch ab. Nachdem sie alles Geschirr verteilt hatte, wollte sie nach der Thermoskanne greifen, um einzuschenken.

„Danke Ida, das mache ich", erklärte ihr Chef, „im Augenblick benötige ich Sie nicht. Wenn Sie rausgehen, schließen Sie doch bitte die Tür." Er lächelte sie freundlich an. Im beruflichen Umfeld pflegten sie sich mit Sie anzusprechen.

Es war deutlich zu sehen, dass sie etwas erwidern wollte, doch dann schnappte sie sich das Tablett und verließ das Büro. Die Tür schloss sie hörbar.

„Sie müssen meine Ida entschuldigen", erklärte Schmidthuber mit einem Schmunzeln, „sie befürchtet, dass ich mich bei den Verhandlungen über meine Kanzleiübergabe wegen meiner Gutmütigkeit benachteiligen lasse."

Kerner lächelte. „Es ist doch schön, wenn sich eine Mitarbeiterin so mit ihrem Arbeitgeber identifiziert."

„Na ja, manchmal übertreibt sie es auch", gab der alte Anwalt zurück und lehnte sich gegen die knarzende Rückenlehne.

„Lieber Herr Kerner, ich kenne Sie ja noch ganz gut aus Ihrer Zeit als Direktor des Amtsgerichts Gemünden und habe Ihr tragisches Schicksal in der Presse verfolgt. Dann waren Sie irgendwann verschwunden. Ich war wirklich sehr erstaunt, als Sie sich vor kurzem bei mir gemeldet haben und Interesse an meiner Kanzlei bekundeten. Wie haben Sie davon erfahren, dass ich aufhören möchte? Ich habe das noch gar nicht groß publiziert."

„Nun, ich habe noch alte Verbindungen. Als ich umständehalber überraschend von Afrika wieder nach Bayern zurückkehren musste, habe ich mich umgehört. Da ich nicht in den Staatsdienst zurückkehren kann, beabsichtige ich meinen Lebensunterhalt und den meiner Familie als Anwalt zu bestreiten. Ich hoffe, dass mein guter Ruf als Jurist dazu beitragen wird, dass sich mir Mandanten anvertrauen."

„Verstehen Sie mich nicht falsch und ich will gewiss nicht insistieren, aber können Sie mir ein paar Schlagworte geben, weswegen Sie Ihren Aufenthalt in Südafrika abgebrochen haben?"

Simon Kerner nahm einen Schluck vom Kaffee, dann schilderte er dem Rechtsanwalt in Kurzform seine familiäre Problematik.

Schmidthuber hörte ihm aufmerksam zu, ohne ihn zu unterbrechen. Schließlich erklärte er: „Da hat es Sie, respektive Ihre Familie, aber hart getroffen. Sehr gerne unterstütze ich da Ihre Existenzgründung. Wir werden uns sicher über eine Ablösesumme einigen."

„In diesem Zusammenhang eine Frage: Gehört Ihre Sekretärin mit zum ‚Inventar', wenn ich das mal so flapsig formulieren darf?" Kerner machte mit den Fingern Anführungszeichen in die Luft und lächelte. „Es wäre natürlich sehr hilfreich, gleich eine Unterstützung zur Seite zu haben, die sich mit dem Mandantenstamm und der Büroorganisation auskennt."

Der Anwalt sah sein Gegenüber mit schief gehaltenem Kopf an und schmunzelte.

„Wissen Sie, die liebe Ida ist die gute Seele dieser Kanzlei. Sie betreut seit Jahrzehnten mich und das Büro. Sie bemerken die Reihenfolge?"

Kerner nickte verstehend.

„Wie Sie sicher bemerkt haben", fuhr er fort, „ist Ida einige

Jahre jünger als ich und müsste eigentlich bis zu ihrer Verrentung noch ein paar Jährchen arbeiten." Er beugte sich zu Kerner hinüber und senkte vertrauensvoll die Stimme: „Sie müssen wissen, Ida und ich leben schon seit einigen Jahren in einer eheähnlichen Gemeinschaft. Ehrlich gesagt, ist die Gute ziemlich energisch. Ich wäre, offen gesagt, gar nicht sonderlich traurig, wenn Sie noch ein paar Jahre tagsüber hier beschäftigt wäre. Sie verstehen, was ich meine?" Er zwinkerte Kerner verschmitzt zu. „Allerdings hat sie mir schon gesagt, dass sie ihren zukünftigen Verbleib in der Kanzlei von der Sympathie zu meinem Nachfolger abhängig macht." Er nahm einen Schluck Kaffee, dann fuhr er fort: „Ida hat, das muss ich betonen, eine raue Schale, aber einen butterzarten Kern. Wenn sie von Ihrer derzeitigen familiären Situation hört, gehört sie schon Ihnen."

Die beiden unterhielten sich noch einige Zeit über Einzelheiten des Übernahmevertrags, dann erklärte Schmidthuber, dass er Kerner in den nächsten Tagen den Vertrag zukommen lassen würde. Als Schmidthuber ihn zum Ausgang geleitete, blieb Kerner im Vorzimmer stehen und verabschiedete sich von Ida, dabei kam ihm ein Gedanke.

„Sagen Sie mal, Sie beide kennen sich doch hier in Karlstadt aus. Können Sie mir eventuell eine Wohnung oder ein Haus empfehlen, welches man anmieten könnte? Es wäre schon sinnvoll, wenn man als Anwalt in der Nähe seiner Kanzlei wohnen würde."

Ida warf dem Anwalt einen scharfen Blick zu. Jetzt war die Katze aus dem Sack und ihr war klar, Kerner würde die Kanzlei übernehmen. Sie äußerte sich aber zu Kerners Frage nicht.

Schmidthuber dagegen fuhr sich über das Kinn, dann erwiderte er:

„Ida, sagen Sie mal, die Wohnung im obersten Stock hier im Haus ist doch immer noch frei … oder?"

Zu Kerner gewandt erläuterte er: „Wissen Sie, im zweiten Stock ist unsere Aktenregistratur, die werden Sie wohl benötigen. Aber ganz oben ist vor ein paar Wochen ein ganzes Stockwerk frei geworden, weil dort eine Versicherungsagentur residierte, die aber aufgelöst wurde. Nach meiner Kenntnis steht das Stockwerk leer, weil es renoviert werden soll. Das Haus hier gehört einer arabischen Handelsfirma." Er sah seine Sekretärin fragend an. „Wie heißt sie wieder? Ich kann mir das nicht merken."

„Al-Hilabar Im- und Export", kam es von Ida wie aus der Pistole geschossen.

„Sehen Sie, meine Ida, ein Gedächtnis wie ein Computer", stellte er fest. „Ich vermute, das Gebäude dient als Abschreibungsobjekt. Jedenfalls habe ich von der zuständigen Hausverwaltung so gut wie nie etwas gehört. „Ida, suchen Sie doch bitte mal die Kontaktadresse unserer Hausverwaltung raus."

Wortlos tippte sie etwas in ihren Computer, dann begann ein Drucker zu singen. Ohne Kommentar reichte sie Kerner das Blatt mit Anschrift und Adresse. Als Kerner kurz darauf die Treppen hinunterstieg, kam ihm eine junge Frau entgegen, die ihn auffällig musterte. Er grüßte und ging vorbei. Einen Treppenabsatz weiter blieb er plötzlich stehen und stutzte. Den Geräuschen nach war die Frau ganz nach oben gegangen. Für einen Moment dachte er auch, er hätte aus dem obersten Stock eine menschliche Stimme gehört. Hatte der Anwalt nicht gesagt, das oberste Stockwerk sei unbewohnt? Er zuckte mit den Schultern und ging weiter. Plötzlich gellte der laute Schrei einer Frau durch das Treppenhaus. Ihm folgte ein lautes Stimmenwirrwarr zwischen zwei Frauen in einer Sprache, die er nicht verstand, dann lautes Türenschlagen.

Danach waren die Stimmen wie abgeschnitten. Ohne Überlegung drehte er auf dem Absatz um und stürmte mehrere Stufen auf einmal nehmend die Treppen hinauf. Da benötigte anscheinend jemand Hilfe.

Im obersten Stock endete die Treppe vor einer breiten Holztür. Rechts vom Türstock konnte man eine rechteckige hellere Stelle erkennen, wo früher wohl mal ein Firmenschild hing. Darunter war eine Klingel angebracht, deren Knopf Kerner jetzt kurz entschlossen drückte. Es dauerte einen Moment, ehe die Tür geöffnet wurde. Die junge Frau vom Treppenhaus streckte den Kopf heraus und sah ihn wortlos an. Ihre Miene verriet Anspannung.

„Entschuldigen Sie bitte", sagte Kerner, „als ich gerade das Haus verlassen wollte, habe ich aus diesem Stockwerk laute Schreie gehört, die sich wie Hilferufe angehört haben. Ich wollte mich nur erkundigen, ob bei Ihnen alles in Ordnung ist. Kann ich irgendwie behilflich sein?"

Die junge Frau verzog ihr Gesicht zu einem schmalen Lächeln. „Das müssen Sie entschuldigen. Meine Cousine aus Kairo ist zu Besuch. Sie ist eine sehr temperamentvolle Frau, die leider unsere Sprache noch nicht versteht. Das führt gelegentlich zu Missverständnissen, die dann lautstark ausdiskutiert werden." Kerner registrierte, dass sie sich etwas entspannte. „Machen Sie sich keine Gedanken, es ist alles in Ordnung. Trotzdem vielen Dank für Ihre Hilfsbereitschaft." Sie schloss wieder die Tür, ohne eine Reaktion von ihm abzuwarten.

Kerner blieb noch eine Sekunde stehen, dann zuckte er mit den Schultern und stieg wieder treppab. Wenig später verließ er das Haus. Seinen Jeep hatte er nur ein kleines Stück vom Gebäude entfernt auf einem öffentlichen Parkplatz abgestellt. Als er einsteigen wollte, fiel ihm ein paar Parkbuchten weiter ein kleiner Lieferwagen auf, der an der Seite die Aufschrift „al-Hilabar Im- und Export" trug. Langsam ließ er sich hinter das Steuer gleiten. Es war schon ein merkwürdiger Zufall, dass hier, in der Nähe des Hauses, das einer arabischen Handelsgesellschaft gehörte, ein Wagen mit der Firmenaufschrift ebendieser arabischen Handelsgesellschaft parkte. Es lag nahe, dass das Fahrzeug zu den Leuten auf dem obersten Stockwerk gehörte. Vermutlich waren die Schreie in arabischer Sprache erfolgt. Woher kam diese angebliche Cousine? Kairo, hatte die Frau an der Tür gesagt. In Ägypten sprach man arabisch. Simon Kerner wischte seine Gedanken zur Seite. Die Wohnung war also offensichtlich nicht frei, folglich brauchte er auch gar nicht bei der Hausverwaltung anzurufen.

Eine Stunde später betrat Simon Kerner leise Carlas Krankenzimmer. Das Kind schlief. Theresa saß mit einem Buch am Tisch am Fenster und las.

„Schschsch", zischte sie leise, legte ihren Zeigefinger auf den Mund und wies in Richtung Krankenbett. Mit Handzeichen signalisierte sie ihrem Lebensgefährten, er möge ihr auf den Krankenhausflur folgen. Direkt gegenüber dem Krankenzimmer war die Schwesternstation, daneben eine Nische mit Sitzgelegenheiten. Sie nahmen sich kurz in den Arm, dann ließen sie sich dort nieder.

„Was ist los?", wollte Kerner wissen. „Geht es ihr schlechter?"

Sie schüttelte den Kopf. „Das sind Schwankungen, die durch die Auswirkungen der Chemotherapie kommen. Sie müssen Schritt für Schritt ihr Immunsystem herunterfahren, damit sie meine Knochenmarkspende nicht abstößt."

Kerner erzählte ihr von dem Ergebnis der Verhandlungen mit Rechtsanwalt Schmidthuber.

„Das klingt ja gut", freute sie sich. „Aber ich weiß nicht, ob wir zukünftig über das Berufliche hinaus in Main-Spessart leben sollten."

„Das müssen wir ja auch nicht", gab Kerner zurück. Er blieb noch ein paar Stunden. Als es Abend wurde, verabschiedete er sich von seinen beiden Frauen, dann machte er sich auf den Heimweg zu Brunners Wohnung.

24

K erner spannte sich an. Als er die Wohnung aufschließen wollte, war bereits offen. Vorsichtig schob er die Tür einen Spalt auf und sofort schlug ihm wohlduftender Essensgeruch entgegen. Er öffnete die Tür vollends. Eberhard Brunner streckte den Kopf zur Küche heraus.

„Nicht erschrecken, ich bin's bloß! Ich habe heute und morgen beim Polizeipräsidenten zu tun und da dachte ich, dass ich heute in meiner Wohnung übernachten könnte. Morgen muss ich zudem in der Waffentechnik meine Dienstwaffe holen. Sie war bei der Inspektion und ich hätte sie schon lange abholen sollen. – Ich hoffe, ich komme dir nicht ungelegen", ergänzte er.

„Ich bitte dich, das ist deine Wohnung", gab Kerner zurück. Brunner lachte.

„Es gibt Rührei mit Speck und dann habe ich noch ein paar abgekochte Kartoffeln im Kühlschrank gefunden. Bratkartoffeln kommen mir heute gerade recht." Er drehte sich um und verschwand wieder in der Küche. Kerner folgte ihm und wurde von der Geräuschkulisse in der Pfanne brutzelnder Kartoffeln begrüßt.

„Es wird Zeit, dass ich wieder mal richtige Hausmannskost in den Magen bekomme", erklärte Brunner und drehte die Kartoffeln um. „Die Kollegen holen zwar immer Essen aus einer Wirtschaft, aber es geht doch nichts über Selbstgekochtes." Er wendete die Kartoffeln, dann wies er zum Schrank. „Bist du so nett und deckst auf? Ich brate jetzt noch die Rühreier."

Sekunden später erfüllte der Geruch nach gebratenem Speck die Küche. Kerner lief jetzt wirklich das Wasser im

Mund zusammen. Wenig später saßen sie sich am Küchentisch gegenüber und ließen es sich schmecken. Dazu trank jeder eine Flasche Bier. Erst als alles aufgegessen war, lehnten sie sich gesättigt zurück.

„Das war jetzt wirklich ein Genuss", stellte Brunner fest und stieß dezent auf, dann sah er Kerner prüfend an. „Sag, wie geht es Clara? Nachdem die Typisierung erfolgreich war, müsste es doch jetzt vorangehen."

Kerner berichtete ihm von den positiven Entwicklungen bezüglich seines Kindes.

„Heute hatte ich außerdem in Karlstadt ein gutes Gespräch mit einem Rechtsanwalt Schmidthuber, der aus Altersgründen seine Kanzlei aufgeben will. So wie es aussieht, werde ich sie übernehmen, einschließlich Sekretärin und Mandantenstamm. Die Konditionen sind in Ordnung."

„Klingt gut", gab Brunner zurück, „aber willst du dann jeden Tag pendeln?

„Das Haus, in dem die Kanzlei sitzt, gehört einer arabischen Handelsgesellschaft. Angeblich soll das oberste Stockwerk im Augenblick leer stehen und wäre womöglich zu vermieten. Als ich das Gebäude verlassen wollte, habe ich allerdings von dort lautes Geschrei einer Frau gehört. Ich habe kein Wort verstanden, weil sie offenbar arabisch sprach. Aber für mich klang es fast wie ein Hilferuf. Weil mir das komisch vorkam, bin ich raufgegangen und habe geläutet. Die Frau, die mir öffnete, versicherte mir, dass alles in Ordnung sei, ihre Cousine aus Kairo habe nur einen Wutanfall gehabt. Sie hat sich allerdings so merkwürdig benommen, dass ich ihr das nicht ganz abgenommen habe. Sie wirkte ziemlich angespannt und wollte mich offensichtlich abwimmeln. Und da ich aus der Wohnung nichts mehr hörte, bin ich wieder gegangen."

Eberhard Brunner sah seinen Freund aufmerksam geworden an. „Arabische Handelsgesellschaft sagst du? Weißt du, wie die Firma heißt?"

Kerner zuckte mit den Schultern. Die Sekretärin sagte, sie heiße ‚Al-Hilabar Im- und Export'. Mehr konnte mir Rechtsanwalt Schmidthuber dazu nicht sagen, da die gesamte Vermietung über eine Hausverwaltung läuft.

Eberhard Brunner richtete sich wie elektrisiert auf. „… und du bist sicher, der Name war ‚Al-Hilabar Im- und Export'?"

Simon Kerner sah ihn erstaunt an. „Ja, absolut sicher!"

Brunner stand auf und eilte zu seinem Rucksack, den er im Wohnzimmer abgestellt hatte. Er holte einen Laptop heraus, stellte ihn auf den Küchentisch, schloss das Stromkabel an und fuhr ihn hoch. Kerner verfolgte seine Handlungen etwas irritiert. „Eberhard, was gibt das, wenn es fertig ist?"

Brunner verfolgte die Abläufe auf dem Bildschirm, dabei erklärte er: „Was ich dir jetzt sage, ist streng geheim. Du weißt, dass wir als Soko zwei Clans in Bayern im Visier haben. Der eine ist die Familie von Mustafa al-Asmani, beim anderen ist Safar ibn Abdallah al-Hilabar der Clan-Chef. Beide haben weit verzweigte Geschäftsfelder, wobei sie zahlreiche Firmen gegründet haben, die legal erscheinen. Einige davon dienen jedoch dazu, Geld aus den illegalen Geschäften dort zu waschen. Beide haben jeweils für sich ein Firmengeflecht errichtet, das schwer zu durchschauen ist. Hier", er deutete auf den Bildschirm, auf dem er gerade eine Excel-Tabelle angeklickt hatte, „habe ich eine Auflistung aller Firmen, Zweigniederlassungen und Tochterfirmen, die uns von dem Clan al-Hilabar bekannt sind. Darunter eine Tabelle der Immobilien, die wir ihnen zuordnen können." Er schob den Laptop so, dass Kerner mit auf den Bildschirm schauen konnte.

„Da ist das Haus in Karlstadt nicht aufgeführt", stellte Kerner fest, nachdem er am unteren Ende der Tabelle angekommen war.

„Du sagst es." Brunner klickte das Icon von Google Earth an. Nachdem sich das Programm initialisiert hatte, gab er in die Suchmaske die Adresse der Anwaltskanzlei ein, die ihm Kerner gegeben hatte. Simon Kerner wies mit dem Finger auf den Bildschirm. „Das muss es sein", erklärte er.

„Altbau, drei Stockwerke", überlegte Brunner laut. „Hast du eine Ahnung, was da im zweiten Stock untergebracht ist?"

Kerner zuckte die Schultern. „Da ist die Aktenregistratur der Kanzlei untergebracht. Wieso interessiert dich das eigentlich so?"

Brunner lehnte sich zurück. „Die Clans tarnen sich mit einer ganzen Reihe von Firmen, über die legale Geschäfte abgewickelt werden. Wir wissen speziell von al-Hilabar, dass einzelne Familienmitglieder noch immer Geschäfte mit Drogen und Prostitution machen. Da muss es geheime Drogenlabore geben und getarnte Örtlichkeiten, wo sie die Mädchen verstecken."

„Aber du denkst doch nicht, im Haus mit einer ehrenwerten Rechtsanwaltskanzlei im Parterre sei so was möglich! Da hätten Schmidthuber und seine Sekretärin doch etwas merken müssen."

„In diesem Milieu ist alles möglich", gab Brunner knapp zurück. Noch am Abend rief er die Handynummer der Generalstaatsanwältin an. Er erreichte sie zuhause und bat sie, zu veranlassen, dass die Soko für dieses Gebäude einen Durchsuchungsbefehl bekam. Er bat um Übermittlung per Fax ins Forsthaus.

„Tut mir leid", erklärte Brunner angespannt, aber da muss ich nun für den Zugriff morgen noch einiges organisieren."

Anschließend verabschiedete er sich von Kerner und fuhr noch in der Nacht zu seiner Dienststelle. Kerner bedauerte, dass sein Freund nicht bleiben konnte. Er machte sich noch ein Bier auf, setzte sich vor den Fernseher und legte die Füße hoch.

25

Am nächsten Tag, kurz nach Sonnenaufgang, fuhren zwei schwarze Mannschaftsfahrzeuge und ein Pkw mit der Einsatzleitung ohne Blaulicht und ohne Sirene in die Karlstadter Fußgängerzone ein. Vor dem Gebäude mit der Anwaltskanzlei kamen sie zum Stehen. Die Männer stiegen aus und scharten sich um einen Kollegen, der mit einem Dietrich möglichst geräuschlos die Haustür öffnete. Einen Hinterausgang gab es nicht. Auf leisen Sohlen stiegen sie die Treppen hinauf. Vor der Anwaltskanzlei im Parterre und der Registratur im ersten Stock blieb jeweils ein Mann stehen. Die übrige Truppe stieg möglichst lautlos bis zum obersten Stockwerk und verteilte sich rechts und links vom Eingang. Eberhard Brunner stellte sich an das Treppengeländer und gab halblaut den Befehl: „Zugriff!" Die Ramme krachte auf Höhe des Schlosses gegen die Tür. Der Polizeitrupp stürmte in die Wohnung, laut „Polizei" brüllend. Im obersten Stock steigerte sich das Gebrüll der Soko-Leute, die von Raum zu Raum hetzten und jeweils mit „Sicher!" bekundeten, dass sie nicht auf Widerstand trafen – bis plötzlich ein Schuss fiel.

„Eine weibliche Person verletzt!", kam sofort die Meldung über die Headsets der Soko. „Wir benötigen einen Notarzt! Zwei weitere Personen neutralisiert. Sonst alles sicher!"

Eberhard Brunner, der wie die anderen auch maskiert war, eilte in das Zimmer, aus der die Verletzungsmeldung gekommen war. Auf dem Bett, umringt von maskierten Polizisten, saß eine Frau im Pyjama und hielt sich den blutenden Oberarm. Mit wutverzerrter Miene starrte sie die Soko-Leute an. Auf dem Boden, neben dem Bett, lag eine Pistole.

„Sie hat sich auf Zuruf nicht ergeben, sondern die Waffe gehoben. Die Entwaffnung war nur durch schnelle Schussabgabe möglich", erklärte einer der Maskierten, der am Fußende des Bettes stand. Vermutlich war er der Schütze. Ein anderer Beamter verständigte schon den Notarzt. Ein dritter SEK-Mann nahm die Pistole mit seiner behandschuhten Hand vom Boden auf und steckte sie in eine Beweismitteltüte.

„Wie heißen Sie?", wollte Brunner von der Frau wissen. Sie stierte ihm nur verstockt in die Augen.

„Auch recht", erklärte Brunner schulterzuckend, dann gab er seinen Männern einen Wink. „Legen Sie der Frau Handschellen an. Aber vor dem Körper", befahl er.

„... und Sie geben bitte Ihre Dienstwaffe ab", forderte er im gleichen Atemzug den Schützen auf. „Sie kennen ja das Prozedere."

Während seine Kollegen der Frau, die sich heftig wehrte und sie im besten Deutsch beschimpfte, Handschellen anlegten, ließ der Schütze seine Waffe in eine Beweismitteltüte fallen. Brunner steckte sie in die Beintasche seines Einsatzanzugs. Jeder Schusswaffeneinsatz musste untersucht werden. So waren die Regeln.

Der Einsatzleiter wandte sich ab und hörte Getrampel auf der Treppe. Der Notarzt war mit Rettungsassistenten im Anmarsch. Brunner schob seine Maske nach oben und stellte sich kurz vor. „Während der Versorgung bleibt sie gefesselt und bewacht. Danach sagen Sie mir bitte, ob wir sie mitnehmen können." Der Notarzt nickte und eilte vorbei.

Brunner betrat das Zimmer mit den beiden angetroffenen weiblichen Personen. Eigentlich waren es ja zwei Räume mit einer Verbindungstür. Auf dem Bett im ersten Raum saß total eingeschüchtert eine dunkelhaarige junge Frau, die sich die

Bettdecke schützend über die angewinkelten Knie bis unter das Kinn zog. Offenbar hatte sie sich ein Kopftuch hastig über den Kopf gezogen, da es ziemlich schief hing. Auf dem Stuhl neben dem Bett lagen ihre Kleidungsstücke. Sie beobachtete die Polizisten mit ängstlichen Blicken. Auf die Frage nach ihrem Namen hauchte sie nur leise: „Pamina." Sie verstand also offensichtlich Deutsch.

Brunner ging zur Verbindungstür und blickte in das andere Zimmer. Auch hier ein Bett und nur wenige Möbel. Das Mädchen in diesem Bett war eindeutig die Jüngste von den dreien. Als sie registrierte, dass die angeschossene Frau im Nebenzimmer abgeführt wurde, begann sie heftig gestikulierend einen Schwall von Sätzen auszustoßen. Brunner gab ihr ein Zeichen, dass er sie nicht verstehen konnte. Über das Kommunikationssystem forderte er die beiden arabisch sprechenden Kollegen an. Sehr schnell fanden die beiden heraus, dass sie Rana hieß und gegen ihren Willen hier festgehalten wurde. Die beiden anderen seien so etwas wie ihre Aufpasser. So richtig schlau wurden sie allerdings aus den teilweise sehr aufgeregt gemachten Aussagen nicht. Eberhard Brunner war schnell klar, die Angelegenheit würde er hier vor Ort nicht klären können. Er würde nach Möglichkeit alle drei mit ins Forsthaus nehmen und dort eine ordnungsgemäße Vernehmung bzw. Befragung durchführen. Eine der Polizistinnen bewachte die beiden, während sie sich anzogen. Der Notarzt verband die Schusswunde der Verletzten, gab ihr eine Tetanusspritze und erklärte, die Frau sei vernehmungsfähig. Brunner ließ die Festgenommenen zu den Wagen bringen, während er mit vier seiner Männer die Wohnung durchsuchte. Sie fanden keinerlei Drogen oder Hinweise auf sonstige kriminelle Aktivitäten. Blieb einzig der Vorwurf der Freiheitsberaubung oder gar der Entführung.

„Wir ziehen ab", befahl Brunner wenig später. Mittlerweile hatte er die Spurensicherung aus Würzburg angefordert, die vor allen Dingen wegen des Schusswaffengebrauchs die Spuren sichern sollte. Sie verließen die Wohnung und Brunner brachte an der aufgebrochenen Wohnung ein Polizeisiegel an. Zwei seiner Männer ließ er bis zum Eintreffen der Spurensicherung zurück.

Während der Rückfahrt zu ihrer Basis nutzte Eberhard Brunner die Zeit, griff zum Telefon und informierte das LKA über den Einsatz. Anschließend rief er den Staatssekretär an und erstattete Bericht. Er erreichte Dr. Haenisch zuhause in seinem neuen Domizil, das er erst vor kurzem in dem kleinen Spessartdorf Steinfeld bezogen hatte. Dr. Haenisch überlegte nicht lange.

„Ich bin in einer Dreiviertelstunde bei Ihnen im Forsthaus. Bei der Vernehmung der drei Frauen möchte ich gerne dabei sein."

„Wir haben sie getrennt voneinander verwahrt, weil diese Pamina mehrmals versucht hat, Rana zu beeinflussen."

Einige Zeit später fuhr Dr. Haenisch auf den Hof.

„Wir werden sie auch getrennt voneinander befragen", erklärte Brunner, nachdem Staatssekretär Dr. Haenisch eingetroffen war. „Rana und Pamina sprechen nur arabisch, das können wir mit unseren Leuten abdecken. Papiere hatten sie nicht bei sich, so dass wir die Staatsangehörigkeit bis jetzt nicht feststellen konnten. Die verletzte Frau spricht deutsch. Wahrscheinlich ist sie auch Deutsche. Sie schweigt seit der Verhaftung beharrlich."

„Ich schlage vor, zuerst die junge Frau zu befragen, die behauptet gegen ihren Willen festgehalten worden zu sein."

Wenig später saß das Mädchen in einem der Vernehmungszimmer an einem Tisch, Brunner ihr gegenüber. Das digitale

Aufzeichnungsgerät war bereits eingeschaltet. Neben Brunner saß einer der arabisch sprechenden Polizeibeamten. Beide jetzt in Zivil, um bei dem Gespräch durch die Uniform keine unnötige Anspannung aufkommen zu lassen. Der Staatssekretär stand in einem Nebenzimmer vor einem einseitigen Spiegel und hörte angespannt zu. Die junge Frau trug eine Jeans, darüber eine Art langer Jacke aus Wolle und flache Schuhe. Ihr Haar stand relativ wild nach allen Seiten. Wie es aussah, war es schwer zu bändigen. Ihr Teint war etwas dunkler als bei einem Westeuropäer, ihre Fingernägel waren kurz, aber gepflegt.

„Möchten Sie gerne Wasser oder einen Kaffee?", eröffnete Brunner die Befragung. Der Beamte neben ihm übersetzte. Sie schüttelte den Kopf. Man konnte sehen, dass die spartanische Einrichtung des Raums sie beeindruckte. Mit großen feuchten Augen musterte sie die weißen Wände und die beiden Männer.

„Wie ist denn Ihr vollständiger Name?", wollte Brunner wissen. „Sie haben keine Papiere bei sich."

Sie hörte dem Übersetzer aufmerksam zu, dann erwiderte sie:

„Ich heiße Rana al-Hilabar und bin die einzige Tochter von Chalid al-Hilabar, jüngster Bruder von Safar ibn Abdallah al-Hilabar."

Brunner zog die Augenbrauen in die Höhe. Da hatten sie ja einen ganz dicken Fang gemacht.

„… und von woher kommen Sie?"

„Ich wurde in Kairo geboren und lebe dort im Haus meines Vaters."

„Wieso sind Sie dann hier in Deutschland?"

„Mein Onkel und mein Vater wollten, dass ich hier die Sprache lerne und mich in die Geschäfte meines Onkels einarbeite. Er möchte, dass ich später einmal in einer seiner Firmen mitarbeiten kann."

„Wie kommt es, dass Sie quasi unter Bewachung in dieser Wohnung festgehalten wurden? Sie können offen mit uns sprechen. Was Sie sagen, wird vertraulich behandelt … es sei denn, Sie hätten eine Straftat begangen."

Sie schüttelte den Kopf und schluckte schwer. Sie überlegte einen Moment, dann begann sie Brunner und dem Dolmetscher ihre Geschichte zu erzählen. Erst stockend, dann immer flüssiger. Der Polizeibeamte hatte Mühe, so schnell zu übersetzen, wie sie sprach. Man konnte sehen, wie sehr ihr diese Aussage den Druck von der Seele nahm. Als sie zu dem Punkt kam, wo sie vom Verschwinden Alexanders berichtete, spannte sich Brunners Körperhaltung an.

„Sie haben wirklich keine Ahnung, wo Ihr Freund abgeblieben ist?", vergewisserte sich Brunner.

Sie schüttelte den Kopf. Das Thema griff sie sehr an. Die ersten Tränen liefen ihr übers Gesicht. Dann stieß sie einen Satz hervor, der den übersetzenden Beamten veranlasste, nochmals sichtlich erstaunt nachzufragen. Sie wiederholte den Satz.

Brunner sah den Kollegen fragend an.

„Sie hat gesagt, dass sie schwanger ist!"

Der Soko-Chef blies angestaute Luft aus, dabei sah er die junge Frau ernst an.

„Da gibt es keine Zweifel?"

Sie verneinte. „Sie haben mich in die Wohnung gebracht, weil ein Arzt dort das Baby wegmachen sollte. Es ist so schrecklich, weil ich das gar nicht will! Aber mein Onkel hat Angst, dass mich Mustafa al-Asmani sonst töten lässt."

„Wer weiß von der Schwangerschaft?", wollte Brunner wissen.

„Mein Onkel, ein Arzt und die beiden Frauen."

„Ihr Onkel hat Sie dann in diese Wohnung in Karlstadt bringen lassen, um einerseits den Abbruch vornehmen zu lassen und andererseits zu verhindern, dass die entehrte Familie al-Asmani sich an Ihnen rächt." Wieder nickte sie.

Brunner erhob sich. „Wir machen eine kurze Pause. Wenn Sie einen Wunsch haben, sagen Sie es bitte." Der Polizist übersetzte.

„Sie müsste mal auf die Toilette", gab er ihren Wunsch weiter. Brunner forderte eine weibliche Kollegin an, die Rana dorthin begleitete.

Brunner verließ den Raum und betrat das Nachbarzimmer, in dem Dr. Haenisch ihm entgegensah.

„So wie es aussieht, ist diese junge Frau eine garantierte Kandidatin für einen Ehrenmord", erklärte der Staatssekretär mit verkniffener Miene. „Wenn die Familie al-Asmani von der Schwangerschaft erfährt, ist sie gewissermaßen vogelfrei. Das wäre ihr Todesurteil! Außerdem würde das Krieg zwischen den beiden Clans bedeuten."

„Warum hat sie ihr Onkel dann in diese Wohnung schaffen lassen?", fragte Brunner.

Dr. Haenisch hatte da eine Idee. „Ich denke, hier hätte man den Abbruch in aller Stille vornehmen lassen können. Die beiden Frauen sind dazu da, sie zu betreuen beziehungsweise zu schützen, bis alles erledigt ist. Ich bin mir sehr sicher, dass Safar al-Hilabar eine Fehde mit Mustafa al-Asmani unter allen Umständen vermeiden will. Pragmatische Lösungen sind da denkbar. Man lässt das Kind diskret beseitigen und schickt dann die nicht mehr werdende Mutter zu ihrem Vater nach Kairo zurück. Irgendwann eine kleine Operation und sie ist wieder wie neu und kann als Jungfrau dem nächsten Hochzeitskandidaten vermählt werden. Wäre nicht das erste Mal, dass das funktioniert."

Eberhard Brunner zog die Augenbrauen in die Höhe. Eine derartige Lösung wäre ihm nie in den Sinn gekommen.

„Also …, was machen wir mit ihr?", fragte er dann zögernd.

„Wie es aussieht, will sie das Kind behalten. Das geht aber nur, wenn wir sie bis zur Entbindung in einem Frauenhaus unterbringen, wo sie garantiert nicht entdeckt wird. Das ist aber nicht so einfach, wie es klingt. Sie ein Dreivierteljahr in der Versenkung verschwinden zu lassen, ist sehr schwierig. Man müsste versuchen, sie im Ausland unterzubringen. Der polizeiliche Zugriff auf die Wohnung in Karlstadt wird sich bei den Clans sehr schnell rumsprechen und sie werden aus den unterschiedlichsten Motiven versuchen, herauszufinden, wo sie sich aufhält. Die beiden Begleiterinnen werden reden, darauf können Sie Gift nehmen. Die Verletzte können wir zwar eine Weile in U-Haft nehmen, schließlich hat sie eine Waffe auf einen Polizeibeamten gerichtet. Die Haft wird aber früher oder später aufgehoben werden, weil eine Kaution gezahlt wird. Auch diese Pamina müssen wir spätestens morgen laufen lassen."

Dr. Haenisch rieb sich über die Stirn. „Wir werden jetzt auf die Schnelle keine endgültige Lösung finden", überlegte er laut, dann traf er eine Entscheidung: „Ich werde die beiden Frauen mit zu mir in mein Haus nehmen. Einen sichereren Platz gibt es im Augenblick nicht. Dort kann Rana in Ruhe überlegen, ob sie das Kind wirklich austragen will, und wir können uns eine Lösung für ihren Aufenthalt einfallen lassen. – Oder haben Sie eine andere Lösung?"

Brunner schüttelte den Kopf.

26

Die Stimme

Mustafa al-Asmani saß am frühen Morgen in Aschaffenburg in seinem Büro und sah verwundert auf sein Handy. Es war das Zweithandy, das er nur für einen ganz bestimmten Personenkreis und nur für ganz bestimmte Nachrichten benutzte. Das Besondere an diesem Gerät war seine technische Ausrüstung. Man hatte ihm versichert, dass es absolut abhörsicher war. Nachrichten und Telefonate wurden zudem mit einer speziellen Verschlüsselungstechnik ausgetauscht. Das Handy hatte Unsummen gekostet und jetzt erschien darauf „Anonymus" als Kennung. Eigentlich gar nicht möglich! Etwas zögerlich nahm er das Gespräch an. Sofort bemerkte er, dass die Stimme des Anrufers technisch verändert war. Es war für ihn nicht feststellbar, ob eine Frau oder ein Mann auf der anderen Seite sprach.

„Mustafa al-Asmani?", fragte die Stimme.

„Wer will das wissen?", fragte er scharf. „… und wie kommen Sie an diese Nummer?"

„Beides unwichtig", erwiderte die Person knapp. „Es interessiert dich doch sicher, wo Safar ibn Abdallah al-Hilabar das Mädchen versteckt hat, das deiner Familie Schande zugefügt hat …"

Das war keine Frage, sondern eine Feststellung. Mustafa war wie elektrisiert. Ihm war schon lange klar, dass Safar, was diese Frage betraf, nicht mit offenen Karten spielte. Trotzdem fragte er: „Wer sind Sie? Wenn Sie sich nicht zu erkennen geben, lege ich auf!"

Die Stimme schien zu lachen, anders war das krächzende Geräusch aus dem Verzerrer nicht zu interpretieren. „Das wirst du nicht tun", erklärte die Person bestimmt, „sonst wirst du nicht erfahren, dass dieses Mädchen deinen Sohn nicht nur wegen der Liebschaft mit einem Deutschen abgelehnt hat." Die Stimme machte eine Pause, dann fuhr sie fort: „Sie ist schwanger! Das versucht Safar vor dir zu verbergen, weil er sie vor deiner Rache schützen will."

Mustafa verschlug es für den Moment die Sprache. Die Stimme pausierte kurz, als würde sie spüren, dass ihr Gesprächspartner den Schock dieser Nachricht erst überwinden musste.

„Sag mir auf der Stelle", stieß Mustafa schließlich heiser hervor, „wo hat er diese Hure versteckt?"

Die Person nannte ihm den Aufenthalt Ranas, dann unterbrach sie abrupt das Gespräch.

Mustafa al-Asmani saß wie versteinert an seinem Schreibtisch und starrte auf das Telefon. Sein Blut kochte! Er zweifelte keine Sekunde, dass diese Information zutreffend war. Das Motiv, das hinter diesem Anruf steckte, war ihm egal. Es musste auf jeden Fall ein Insider sein, denn dazu kannte diese Person zu viele Details. Mustafa al-Asmani erhob sich und sah zum Fenster hinaus. Er musste sich davor hüten, einem augenblicklichen Impuls zu folgen, sofort die Niederlassungen Safar al-Hilabars anzugreifen. Er ging zu seinem Schreibtisch zurück und rief nacheinander fünf Männer aus seinem engsten Familienzirkel zu sich. Die Konferenz dauerte fast drei Stunden, dann bestand das Grundgerüst eines Plans. Alle waren sich einig, die Hure musste getötet werden. Safar al-Hilabar musste für seine Lügen büßen.

27

Eine Woche später:

Hedwig Mostmann saß am Küchentisch und löste ein Kreuzworträtsel. Sie warf einen Blick auf die Wanduhr über dem Herd. Der Zeiger zerteilte mit hörbarem Klacken die Stunden in Minuten. Die Frau wandte den Blick vom Ziffernblatt und seufzte. Noch nicht einmal drei Uhr. Die Nacht wollte wieder nicht vergehen. Schon seit einigen Jahren litt sie wegen penetranter Schmerzen in der Halswirbelsäule unter ständiger Schlaflosigkeit, die sie fast täglich um diese Zeit aus dem Bett trieb. Dann saß sie am Tisch, eingehüllt in den wärmenden Bademantel ihres verstorbenen Mannes, und malte mit einem abgenutzten Bleistift Buchstaben in die vorgegebenen Felder des Rätselheftes. Sie hatte auf diesem Gebiet mittlerweile gezwungenermaßen eine gewisse Virtuosität erreicht und kannte die Lösung vieler Begriffe auswendig. Nachdem ihr Mann Anton vor einigen Jahren mit neunundachtzig Jahren für immer von ihr gegangen war, hatte tiefe Einsamkeit nach ihr gegriffen. Sie hob den Kopf und ließ den Stift sinken. Draußen auf der Straße glaubte sie ein Motorengeräusch zu hören. Sie löschte das Licht, damit man von draußen nicht ihre Silhouette durch die Scheiben erkennen konnte. Langsam trat sie ans Fenster, von dem aus sie das Nachbargrundstück, das letzte in dieser Straße, bevor das Feld begann, in knapp hundert Meter Entfernung einsehen konnte. Vorsichtig schob sie die Gardine etwas zur Seite und spähte hinaus. Es wäre ihr peinlich gewesen, wenn ihr Nachbar mitbekommen hätte, dass sie ihn beobachtete. Das Leben dieses Mannes brachte, ohne dass er es beabsichtigte, etwas Abwechslung in ihren ziemlich ereignislosen Alltag. Hinter den Fenstern des ehemaligen Bauernhauses konnte sie kein Licht zu erkennen. Allerdings war die Außenbeleuchtung angegangen und erhellte das Grundstück rund um das Gebäude. Hedwig Mostmann wusste, dass die Lampen mit Bewegungsmeldern ausgestattet waren. Wahrscheinlich war wieder nur ein Tier der Auslöser, denn sie konnte auf dem Gelände weder eine Person noch ein Fahrzeug erkennen.

Hedwig Mostmann hatte Verständnis für das Sicherheitsbedürfnis des Mannes, der sich vor etwa drei Monaten in ihrem Heimatdorf Steinfeld, überraschend in ihrer unmittelbaren Nachbarschaft, niedergelassen hatte. In dem knapp Zweitausenddreihundert-Seelen-Dorf verbreitete ein Mitarbeiter der Gemeindeverwaltung schon einige Zeit vor seinem Einzug das Gerücht, ein „hohes Tier" der Regierung habe das heruntergekommene Anwesen neben ihrem Haus ersteigert. Es war das letzte Grundstück an der Bebauungsgrenze in Richtung Buchtal und lag, wie ihres, etwas abgelegen. Es dauerte dann auch nicht lange und die unterschiedlichsten Firmen bevölkerten das Nachbargrundstück. Darunter auch eine Sicherheitsfirma. Wie viele alleinlebende ältere Leute war Hedwig neugierig. Bei ihren Spaziergängen, die sich in der letzten Zeit auffällig häuften, versuchte sie mit den Arbeitern ins Gespräch zu kommen. Dabei erfuhr sie letztendlich aber gar nichts. Irgendwann, es war ein Freitag, rollten dann die Lkws einer Umzugsfirma vor das renovierte Gebäude. Am Tag darauf fuhr ein großer schwarzer Pkw in Begleitung eines weiteren Wagens vor dem Haus vor. Der Fahrer stieg aus und hielt den hinteren Wagenschlag auf. Ein schlanker Mann mittleren Alters stieg aus und musterte die Frontseite des Hauses, dann schlenderte er langsam um das Gebäude herum. Das Begleitfahrzeug war völlig neutral, hatte aber auf dem Dach ein Blaulicht, das es als ziviles Polizeifahrzeug erkennbar machte. Ein Umstand, den Hedwig Mostmann sofort registrierte. Was hatte das zu bedeuten? Zwei Männer in Zivil verließen den Wagen. Als der zuerst Eingetroffene das Gebäude umrundete, folgten ihm die beiden in gewissem Abstand. Währenddessen holte der Fahrer des ersten Fahrzeugs mehrere Koffer und Taschen aus dem Kofferraum und trug sie ins Haus. Wenig später betrat der neue Besitzer, denn um ihn musste es sich handeln, ebenfalls das Gebäude. Die beiden Männer setzten sich wieder in ihr Fahrzeug und warteten. Einige Zeit später kam der Hausherr wieder heraus und setzte sich in seinen Wagen. Der Fahrer lenkte ihn kurz darauf hinaus auf die Straße. Der zweite Wagen folgte ihm.

Danach geschah zwei Tage lang gar nichts.

Am dritten Tag, es war Mittagszeit und Hedwig stand gerade am Herd und machte sich eine Suppe warm, schepperte die Türglocke. Sie war so laut, dass man sie auch im hintersten Winkel ihres Hauses hören könnte. Sie öffnete. Zu ihrer Überraschung stand der mutmaßliche neue Nachbar vor der Tür. In der Hand hielt er einen Blumenstrauß, von dem er schnell das Papier entfernte.

„Grüß Gott, Frau Mostmann, entschuldigen Sie bitte den Überfall. Ich möchte mich nur als Ihr neuer Nachbar vorstellen. Mein Name ist Dr. Christian Haenisch." Er hielt ihr den Blumenstrauß hin. „Sie wurden ja schon seit einiger Zeit von den Bauarbeiten an meinem Haus belästigt. Ich hoffe, ab jetzt haben Sie wieder Ihre Ruhe, denn die Handwerker sind abgezogen."

Hedwig wischte sich etwas verlegen die Hände an der Schürze ab und nahm den Strauß entgegen.

„Kommen Sie … kommen Sie doch herein", erwiderte sie,

„ich mache mir gerade eine Suppe heiß." Etwas Besseres fiel ihr nicht ein.

„Machen Sie sich wegen mir keine Umstände! Ich will mich auch gar nicht lange aufhalten …"

Hedwig Mostmann hatte ihre Sicherheit wiedergewonnen. „Bitte, kommen Sie herein. Sie dürfen sich aber nicht umsehen, es ist nicht besonders aufgeräumt."

Sie führte ihn in die Küche und bot ihm Platz an. Bei einer Tasse Tee erklärte er ihr dann, dass er Staatssekretär im bayerischen Innenministerium sei und er das Anwesen in der Nachbarschaft als eine Art Refugium erworben habe, um sich auch einmal in eine sichere Umgebung zurückziehen zu können. Sie solle sich aber nicht wundern, dass er sein Haus mit entsprechender Sicherheitstechnik ausgerüstet habe. Für ihn gelte eine erhöhte Sicherheitsstufe, da er im Ministerium im Bereich der Bekämpfung der bandenmäßigen Schwerkriminalität tätig sei.

„… da gehört eine gewisse Grundgefährdung meiner Person zum Berufsrisiko. Deshalb lebt mit mir im Haus auch noch Peter Leitner, mein Fahrer. Er passt außerdem auch ein bisschen auf mich auf." Er lächelte. „Machen Sie sich bitte keine Gedanken, wenn immer wieder mal Polizeistreifen durch die Straße fahren und bei meinem Anwesen nach dem Rechten sehen."

Sie unterhielten sich noch einige Zeit locker und angeregt, dann verabschiedete er sich wieder. Ein sehr freundlicher Mann, wie sie für sich feststellte.

Hedwig Mostmanns Gedanken kehrten in die Gegenwart zurück. Sie kniff die Augen zusammen und konzentrierte sich wieder auf das Gegenüber. Was sie erkennen konnte, war ziemlich verschwommen. Zum Lesen brauchten ihre alten Augen keine Brille, für die Ferne schon. Sie wandte sich kurz vom Fenster ab und nahm ihre Augengläser vom Tisch. In diesem Augenblick hörte sie aus Richtung des Nachbargrundstücks einen lauten, scharfen Knall, dem hier im Talgrund ein Echo folgte. Hedwig zuckte heftig zusammen. Fast hätte sie ihre Brille fallen lassen. Sie war sich sicher, sie hatte soeben einen Schuss gehört! Sie riss sich sofort wieder zusammen und beruhigte sich. Sicher gibt es dafür eine vernünftige Erklärung, dachte sie bei sich. Diese peitschenden Schussgeräusche waren ihr nicht fremd. Da sie am Ortsrand wohnte, bekam sie häufig mit, wenn Jäger in den angrenzenden Feldern die allgegenwärtigen Wildschweine jagten. Dieser Schuss klang allerdings ungewöhnlich nahe, so als wäre er in der nächsten Nachbarschaft abgegeben worden. So nahe an den Häusern wurde jedoch nie gejagt. Sie rückte ihre Brille zurecht und spähte wieder angestrengt aus dem Fenster. Auf dem Nachbargrundstück war mittlerweile das Außenlicht erloschen. Das Haus lag wieder in völliger Dunkelheit. Die Konturen des Gebäudes und der dort wachsenden Bäume waren für sie nur noch zu erahnen.

Hedwig fühlte eine nervöse Unruhe. Ihr altes Herz schlug schneller, als es sollte. Es ermahnte sie, sich nicht aufzuregen. Sie dachte kurz daran, ihre Herztropfen zu nehmen, die ihr der Arzt verschrieben hatte. Da knallte es erneut! Diesmal war sie sich absolut sicher, der Schuss kam vom Nachbarhaus!

Die alte Frau überlegte, was sie tun sollte. Sie ging davon aus, dass Dr. Haenisch zuhause war. Am Nachmittag waren einige Wagen vorgefahren und Personen ins Haus gegangen, darunter auch zwei Frauen. Sie rang mit sich selbst. Wenn sie jetzt die Polizei anrief und es stellte sich dann heraus, die Schüsse waren tatsächlich Jägern zuzuschreiben, hielt man sie wahrscheinlich für eine hysterische alte Schachtel. Andererseits … sie zuckte mit den Schultern. Das würde sie schon aushalten. Gerade als sie in den Flur zum Telefon gehen wollte, sprang auf dem Anwesen wieder die Außenbeleuchtung an. Konzentriert beobachtete sie. Hinter dem Haus trat plötzlich eine weiß gekleidete Gestalt hervor. Es handelte sich unzweifelhaft um eine Frau, die einen der Bewegungsmelder ausgelöst haben musste und nun über das Gelände in Richtung Straße rannte. Wenn sie diese Richtung beibehielt, musste sie zwangsläufig an Hedwigs Haus vorbeikommen. Die Frau sah sich immer wieder um, als würde sie befürchten, verfolgt zu werden. Sie trug offenbar eine Art Bademantel – und sie war barfuß! Für Hedwig Mostmann gab es jetzt keinerlei Zweifel mehr, hier stimmte etwas ganz und gar nicht! Diese Frau war eindeutig auf der Flucht! Hedwig stand unschlüssig vor dem Fenster und sah, wie das Licht auf dem Nachbargrundstück erlosch. Was sollte sie tun? Ihr Nachbar hatte ihr erklärt, dass er besonderen Sicherheitsstandards unterlag. Vor diesem Hintergrund und in Anbetracht ihrer Beobachtung waren diese Schüsse doch im höchsten Maße beängstigend! Sie eilte in den Flur und nahm das Mobilteil ihres Telefons von der Ladeschale. Sie tippte mit zittrigen Fingern die 110 ein und drückte auf den Verbindungsknopf. Während das Gerät wählte, ließ sie ein dumpfer Schlag gegen ihre Haustür zusammenfahren. Da klopfte jemand heftig gegen ihre Tür. War das die flüchtende Frau? Im gleichen Moment hörte sie von draußen eine weibliche Stimme etwas sehr eindringlich in einer Sprache rufen, die sie nicht verstand. Dabei wurde mehrmals gegen die Tür getrommelt. Hedwig Mostmann unterbrach den Wählvorgang des Telefons. Sie musste Prioritäten setzen. Auch ohne die Worte zu verstehen, war ihr durch den Klang der Stimme klar, hier bat jemand um Hilfe! Die Vorgänge der letzten Minuten vor ihrem Haus lösten in ihr zwar Beklemmungen aus, schließlich war sie eine alte Frau und lebte alleine hier am Rande des Dorfes, trotzdem überwand sie sich. Sie musste nachsehen, ob da jemand ihre Hilfe benötigte. Dabei ignorierte Hedwig Mostmann, dass sie womöglich gerade dabei war, sich in eine gefährliche Lage hineinzumanövrieren. Sie war von Kind auf zur Mitmenschlichkeit und zu christlicher Nächstenliebe erzogen worden, eine Prägung, die auch jetzt ihr Handeln bestimmte. Entschlossen näherte sie sich ihrer Haustür. Selbstverständlich hatte sie, wie immer bei beginnender Dämmerung, abgeschlossen. So fühlte sie sich sicherer, obwohl der Riegel dieses alten Kastenschlosses für einen zielstrebigen Eindringling sicher kein Hindernis dargestellt hätte.

„Wer ist denn da?", rief sie gegen das Türblatt und lauschte.

Wieder diese unverständlichen Rufe. Die Verzweiflung in der Stimme der Frau war aber unüberhörbar. Plötzlich hörte sie durch das Holz ein schabendes Geräusch, so als wäre etwas an der Tür entlanggeschrammt, dann war Ruhe. Kurz entschlossen drehte Hedwig Mostmann den Schlüssel im Schloss und öffnete vorsichtig. Etwas drückte von außen gegen das Türblatt. Unwillkürlich trat die alte Frau einen Schritt zurück und gab den Eingang frei. Im Schein des Flurlichts kippte die schwarzhaarige Frau, die sie durch das Fenster beobachtet hatte, über die Schwelle. Sie war offenbar ohnmächtig zusammengebrochen. Sie trug unter dem Bademantel einen weißgemusterten, zweiteiligen Pyjama. Als der Bademantel durch den Sturz vorne auseinanderklaffte, bekam Hedwig einen riesigen Schrecken. Im Schrittbereich der Pyjamahose zeigte sich ein dunkelroter Fleck, der knallig vom hellen Stoff abstach. Hedwig Mostmann zweifelte keine Sekunde daran, dass es sich dabei um

Blut handelte. Die junge Frau blutete offenbar aus dem Unterleib. Für einen kurzen Moment fühlte sich Hedwig völlig hilflos und wie gelähmt. Ihr jagten die unterschiedlichsten Gedanken durch den Kopf. Es gab keinen Zweifel, diese Frau brauchte dringend Hilfe! Sie hatte eine Fehlgeburt, fuhr es Hedwig durch den Kopf. Für eine normale Menstruation war das viel zu viel Blut. Die alte Frau beschloss den Notarzt zu rufen. Zunächst musste sie die Frau aber erst einmal von ihrer Schwelle schaffen. Kurz entschlossen trat sie hinter sie, bückte sich und fasste den Stoff des Bademantels beiderseits an den Schultern. Der Körper war erstaunlich leicht, wodurch es Hedwig Mostmann trotz ihrer schwachen Kräfte schaffte, die Frau weit genug hereinzuziehen, damit sie die Tür wieder schließen konnte. Schwer atmend ließ sie die nächtliche Besucherin auf den Boden zurücksinken, dann schloss sie wieder ab. Es dauerte einen Moment, ehe die Schmerzen in ihren Schultern nachließen. Jetzt war sie sich sicher, die Frau war vor irgendetwas geflüchtet. Hedwig Mostmann riss sich aus ihren Gedanken. Egal wie, die junge Frau brauchte jetzt erst mal dringend Hilfe, die sie aber nicht leisten konnte! Sie erhob sich und griff wieder nach dem Telefon. In diesem Moment gab die Frau ein Stöhnen von sich. Wieder legte sie das Mobilteil zur Seite, beugte sich zu ihr hinunter und legte ihr die Hand auf den Arm. Die Berührung löste zweierlei Reaktionen aus: Schlagartig riss sie die Augen auf und versuchte, mit Panik im Blick, ihre Umgebung zu erfassen. Gleichzeitig begann sie mit hektischen Bewegungen rückwärtszukriechen. Weg von der ihr unbekannten Frau, die sie offenbar als Bedrohung einstufte.

Leise sprach Hedwig Mostmann sie an: „Bitte! Bitte, du musst keine Angst haben, du bist hier in Sicherheit!" Ohne groß drüber nachzudenken, sprach sie sie mit du an, dabei legte sie ihr die Hand beruhigend auf die Schulter. Diese Berührung bewirkte aber genau das Gegenteil von dem, was sie bezwecken sollte: Die Frau stieß einen hysterischen Schrei aus und schlug wild um sich. Die Rückzugsbewegungen der jungen Frau wurden durch die Wand des Flurs abrupt gestoppt. Mit dem Rücken an die Mauer gepresst, zog die junge Frau ihre Beine an den Körper und schlang die Arme darum. Ihr Blick hetzte dabei unstet durch den Gang.

„Beruhige dich doch", redete Hedwig Mostmann so sanft wie möglich auf sie ein, „du bist hier wirklich in Sicherheit ... Kannst du mich ein bisschen verstehen?" Da keine Reaktion kam, fuhr sie fort: „Ich bin Hedwig Mostmann und du hast vor ein paar Minuten an meine Haustür geklopft, dann bist du plötzlich ohnmächtig geworden. Ich habe dich dann in den Flur hereingezogen." Die alte Frau war sich langsam sicher, dass die junge Frau sie tatsächlich nicht verstand. Trotzdem wirkte Hedwigs Stimme beruhigend auf sie. Langsam wich die Panik aus ihrem Blick. Offenbar hatte sie Hedwig Mostmann jetzt zum ersten Mal bewusster wahrgenommen und ihr war klar geworden, dass von der alten Frau keine akute Gefahr ausging. Hedwig verhielt sich weiterhin völlig defensiv. Mit etwas Abstand setzte sie sich auf der anderen Seite des Flurs schwerfällig auf den Boden, mit dem Rücken zur Wand. Dabei musterte sie ihrerseits die nächtliche Besucherin etwas gründlicher. Sie hatte eindeutig orientalische Züge. Ihre schwarzen, halblangen Haare standen ihr wirr vom Kopf ab und schienen schwer zu bändigen. Sie besaß große dunkle Augen, die wie ein in Bedrängnis geratenes Tier ihre Umgebung beobachteten. Der Bademantel und der Schlafanzug verhüllten eine schlanke, knabenhafte Figur.

Nachdem sich der Atem der jungen Frau etwas beruhigt hatte, wiederholte Frau Mostmann ihre Frage: „Kannst du mich wenigstens ein wenig verstehen?"

Offenbar erahnte sie die Bedeutung der Worte, denn sie schüttelte langsam den Kopf.

Hedwig suchte nach einem Weg, sich verständlich zu machen. „Wie ich schon sagte", fuhr sie fort, „ich bin Hedwig. Heedwig!", betonte sie überdeutlich, dabei klopfte sie sich mit der Hand auf die Brust. Dann deutete sie auf die junge Frau und sah sie fragend an. Es dauerte einen Augenblick, dann legte die Fremde die Hand auf ihre Brust und erwiderte leise: „Rana."

Die alte Frau atmete auf. Der erste Schritt war getan.

„Rana, du bist verletzt?" Sie deutete auf den großen Blutfleck. „Hast du Schmerzen?" Sie verzog ihr Gesicht, als würde sie leiden.

Sofort warf die junge Frau beide Hände vor das Gesicht und begann unversehens zu schluchzen. Die alte Frau zog die Augenbrauen in die Höhe. Es galt jetzt, sofort und ohne Verzögerung den Notarzt zu rufen. Rana musste unbedingt versorgt werden!

„Du kommst von dem Haus von Dr. Haenisch?", fragte sie, wobei sie mit einer Geste in Richtung des Nachbargrundstücks deutete.

Rana begann sofort zu zittern. Die Tränen liefen ihr über das Gesicht. Den Namen des Staatssekretärs hatte sie offenbar verstanden. Hedwig Mostmann rasten die Gedanken durch den Kopf. In der Nachbarschaft musste etwas Schlimmes geschehen sein. Ächzend stemmte sie sich langsam wieder auf die Beine. Innerlich verfluchte sie die Steifheit ihrer Gelenke. Rana ließ sie keine Sekunde aus den Augen. Als Hedwig erneut zum Telefon griff, verwandelte sich Ranas

Blick in pures Entsetzen. Mit beiden Händen machte sie abwehrende Handbewegungen. Sie stieß einen Schwall unverständliche Worte hervor. Mit erstaunlicher Behändigkeit sprang sie auf die nackten Füße und wollte nach dem Telefon greifen. Hedwig wehrte sie mit der anderen Hand ab und lauschte in den Hörer.

„Hier Polizeieinsatzzentrale Unterfranken. Wie kann ich Ihnen helfen?", hörte sie die gut verständliche Stimme eines Polizeibeamten.

Hastig rief sie: „Hilfe …! Bei mir in der Nachbarschaft ist geschossen worden …! Bitte …" Sie konnte den Satz nicht zu Ende sprechen, da Rana sich aufbäumte und ihr mit einer unerwarteten Kraftanstrengung das Telefon aus der Hand schlug. Es knallte gegen die Wand und von da auf den Boden, der Deckel öffnete sich und die beiden Akkus flogen heraus. Damit war die Verbindung unterbrochen. Ehe Hedwig sich bücken konnte, um die Teile wieder zusammenzusetzen, erklang das scheppernde Geräusch ihrer Türglocke. Hedwig schrak heftig zusammen und ihre nächtliche Besucherin flüchtete sich mit einem Satz in die Ecke zwischen Flurgarderobe und Wand. Sie machte sich so klein wie möglich. Hedwig Mostmann zögerte. Wer konnte das sein? Was war das heute nur für eine Nacht? Langsam wuchsen ihr die Ereignisse über den Kopf. Plötzlich verspürte sie Angst. Erneut ertönte die Glocke, dann wurde hart gegen die Tür geklopft.

„Frau Mostmann, öffnen Sie bitte!", ertönte die Stimme eines Mannes. „Entschuldigen Sie die Störung zu dieser ungewöhnlichen Stunde. Aber ich habe Licht bei Ihnen gesehen und weiß, dass sie wach sind! Ich bin Peter Leitner, der Fahrer von Dr. Haenisch, und müsste Sie dringend sprechen! Es handelt sich um einen Notfall!"

Hedwig zögerte. Ein Gefühl riet ihr davon ab, die Tür zu öffnen. Da wurde die Glocke erneut heftig betätigt.

„Frau Mostmann, bitte! Ich weiß doch, dass Sie zuhause sind!"

Sie musste irgendwie aus dieser Situation herauskommen, die ihr völlig über den Kopf wuchs. Wenn der Mann draußen der Leibwächter von Dr. Haenisch war, konnte er ja nicht gefährlich sein. Sie trat an die Tür, griff nach der Klinke, der Schlüssel drehte sich im Schloss.

Rana gab ein ängstliches Wimmern von sich und drückte sich noch tiefer in die Ecke. In dem Augenblick wurde der Türgriff von außen betätigt und die Tür schwang auf. Die Flurbeleuchtung fiel auf einen dunkelhaarigen Mann mittleren Alters in einem schwarzen, enganliegenden Sportanzug, der ein paar Schritte vor ihrer Schwelle stand. Sie erkannte ihn als den Mann, der Dr. Haenisch gefahren hatte. Als er grüßend die Hand hob, registrierte Hedwig beiläufig, dass er Handschuhe trug. Der Blick des späten Besuchers huschte hastig durch den Flur und erfasste die Situation. Auf Anhieb entdeckte er Rana, die ihre Augen bedeckte und leise wimmerte.

„Es ist sehr freundlich von Ihnen, dass Sie dem Gast von Dr. Haenisch helfen", erklärte er mit ruhiger Stimme. „Ich sehe, Rana hat bei Ihnen Unterschlupf gefunden. Vielen Dank dafür." Er deutete auf die junge Frau im Hintergrund, die er dabei nicht aus den Augen ließ. „Ich werde Sie jetzt von ihr befreien und sie wieder zum Haus zurückbringen. Sie sehen ja, das arme Kind ist total durcheinander. Dr. Haenisch hat sich ihrer angenommen, weil sie schwanger war. Leider hat sie vor ein paar Stunden das Kind verloren. Sie ist aus Ägypten und spricht praktisch kein Deutsch. Sie ist dann völlig durchgedreht und ist aus dem Haus gerannt. Ersparen Sie mir bitte weitere Erklärungen, dafür ist einfach keine Zeit. Ich werde sie jetzt wieder nach drüben in Sicherheit bringen. Für sie wird dort medizinisch gesorgt! Nochmals vielen Dank für Ihre Hilfe."

„Ja, aber das geht doch nicht so einfach ... Sie ist doch völlig verstört und hat Angst. Warum ist Dr. Haenisch nicht persönlich hier?" Hedwig Mostmann schüttelte verstört den Kopf.

„Wie gesagt, es wird bestens für sie gesorgt ..." Der Mann warf einen beiläufigen Blick auf seine Armbanduhr. Langsam verlor er die Geduld. Die Zeit brannte ihm auf den Nägeln. Die Sache hier dauerte schon viel zu lange. Er machte einen Schritt nach vorne, dabei entdeckte er das defekte Telefon auf dem Boden. Innerlich stieß er einen Fluch aus.

„Wen haben Sie angerufen?", fragte er scharf.

Hedwig kam die Situation immer merkwürdiger vor. „Was hat das alles zu bedeuten?", fragte sie mit einem trotzigen Unterton, ohne die Frage zu beantworten. „Ich werde Ihnen Rana nicht übergeben. Ich erwarte, dass sich Dr. Haenisch persönlich um seinen Gast kümmert!"

Statt einer Antwort machte der Mann einen Satz in den Flur und schlug die Eingangstür hinter sich zu. Erschrocken wich Hedwig zurück.

In diesem Augenblick der Stille drang durch die Nacht das entfernte Heulen mehrerer Sirenen. Hedwig Mostmann fiel ein Stein vom Herzen. Auch der Eindringling hörte die Töne und fluchte leise. Kurz entschlossen packte er die alte Frau am Brustteil ihres Morgenmantels und stieß sie zurück. Mit zwei Schritten war er bei Rana und zog sie am Arm grob auf die Beine. Dabei redete er in einer fremden Sprache auf sie ein. Sie begann sich zu wehren und kickte ihm gegen das Schienbein. Dann begann sie laut zu schreien!

Nun lief alles Schlag auf Schlag! Der enge Hausflur beeinträchtigte die Aktion des Mannes. Wortlos begann er mit Rana zu ringen. Hedwig Mostmann, die sich von dem Aufprall gegen die Wand etwas erholt hatte, trommelte mit den Fäusten auf den Rücken des Angreifers ein. Das wurde ihm zu viel. Er gab ein bösartiges Knurren von sich, dann schlug er der widerspenstigen jungen Frau mit einem dosierten Fausthieb gegen den Kopf, worauf sie lautlos zusammenbrach. Jetzt wandte er sich Hedwig Mostmann zu, die, von Panik ergriffen, noch versuchte in die Küche zu flüchten. Ihr lautes Kreischen war mit Sicherheit auch draußen auf der Straße zu hören. Jetzt zögerte der Angreifer auch bei ihr keine Sekunde. Er umschlang mit einem Arm ihren Oberkörper, dann packte er mit der anderen Hand ihren Kopf unterm Kinn und riss ihn mit einem Ruck nach rechts. Das Schicksal war gnädig mit der alten Frau und ersparte ihr einen leidvollen Tod. Die alten Knochen ihrer Halswirbelsäule brachen wie trockene Äste. Hedwig Mostmann sackte schlagartig in sich zusammen. Nachdem sie kein Lebenszeichen mehr von sich gab, ließ er sie langsam auf den Flurboden sinken. Der Tod der alten Frau war nicht eingeplant gewesen, aber unvermeidlich. Sie war ganz einfach zwischen die Fronten geraten. Es gab nur diese Lösung, weil sie ihn hätte identifizieren können. Das näherkommende Sirenengeheul trieb ihn zur Eile an. Er schnappte sich von der Garderobe den Gürtel einer Jacke und zwei Schals. Mit dem Gürtel band er Ranas Hände zusammen, mit dem einen Schal knebelte er sie, mit dem zweiten schnürte er ihre Knöchel zusammen. Die Fesselung war weich. Er wollte sie auf keinen Fall nochmals verletzen. Jetzt konnte sie ihm, sollte sie aufwachen, keine Schwierigkeiten mehr bereiten. Es war für ihn unverständlich, wie es Rana gelungen war, aus dem Haus des Staatssekretärs zu flüchten, obwohl alle Türen verschlossen gewesen waren. Er legte sie wieder sanft auf den Boden. Ihr Onkel konnte grausam sein, wenn etwas nicht so lief, wie er es sich vorgestellt hatte! Er bedachte die Tote erneut mit einem ärgerlichen Blick. Er musste sich für sie etwas einfallen lassen. Ein Kollateralschaden, der ihm Schwierigkeiten machen konnte, wenn man entdeckte, wie sie gestorben war.

Das näherkommende Sirenengeheul hetzte ihn. Das defekte Telefon am Boden musste weg, weil es auf eine Kampfhandlung hinwies. Warum es auseinandergegangen war, konnte er sich nicht erklären, aber es war auch egal. Er bückte sich und setzte die Einzelteile wieder zusammen. Dann überprüfte er die zuletzt gewählte Nummer. Zischend stieß er die Luft aus. Die 110! Nachdem er alle Rufnummern im Speicher gelöscht hatte, legte er das Telefon auf die Ladeschale. Sollte später jemand nachsehen, wen sie zuletzt angerufen hatte, war zumindest dieser Hinweis gelöscht. Es war klar, früher oder später würde jemand die Alte entdecken. Auf jeden Fall konnte er sie nicht im Flur liegen lassen. Das würde sofort zu Fragen führen und eventuell Ermittlungen auslösen. Hastig rannte er durch die Wohnung. Bei einem Blick in die Küche erfasste er das Rätselheft und die halbvolle Tasse mit Tee daneben. Sie war noch lauwarm. Wie es aussah, war die alte Frau nicht im Bett gewesen, sondern in der Küche gesessen und hatte sich mit Kreuzworträtseln die Nacht um die Ohren geschlagen. Vermutlich war sie dabei von Rana überrascht worden. Ohne ersichtliche Mühe trug er die Tote vom Flur in die Küche und setzte sie auf den Stuhl. Eine Minute später saß Hedwig Mostmann vor dem Rätselheft, den Kopf auf die Unterarme gelegt. Mit ein paar Handgriffen drapierte er sie so, dass es aussah, als wäre sie am Tisch eingeschlafen. Dabei achtete er sorgsam darauf, keine weiteren Spuren zu hinterlassen.

Mit einem schnellen Rundblick vergewisserte er sich, dass die Szenerie nicht auf den ersten Blick verdächtig aussah. Jetzt musste er aber schleunigst weg! Das Küchenlicht blieb an, das im Flur knipste er aus, dann öffnete er die Eingangstür und sicherte nach beiden Seiten. Die Häuser, die er ein Stück entfernt in Richtung Dorfmitte sehen konnte, waren noch dunkel. Es war aber klar, lange würde dieser Zustand nicht andauern. Die Sirenen würden viele Einwohner aufwecken. Mit Leichtigkeit nahm er die junge Frau auf den Arm. Sie gab dabei ein leises Stöhnen von sich. Anscheinend wachte sie langsam auf. Jetzt musste er sich wirklich beeilen. Auf keinen Fall wollte er nochmals zuschlagen. Mit einem Ruck zog er die Eingangstür von außen zu, den Schlüssel ließ er innen stecken. Höchste Zeit! Das Heulen der Sirenen klang mittlerweile ganz nah und in der Ferne konnte er über den Bäumen schon zuckendes Blaulicht erkennen. Er hastete in der Dunkelheit in Richtung Dorf, wo er nach knapp hundert Metern auf einen schwarzen SUV stieß, der unter einer Gruppe von Bäumen stand. Fast wäre er an ihm vorbeigelaufen, so sehr war das Fahrzeug mit seiner Umgebung verschmolzen. Mit dem Knöchel seiner Hand klopfte er gegen das Blech. Die Fahrertür ging auf und er blickte für einen Moment in den Lauf einer Pistole.

„Verdammt, wo bleibst du? Die Bullen sind doch schon am Dorfrand!" Der Mann im Wagen klang ziemlich angespannt.

„Achmed, los mach den Kofferraum auf!", befahl der Fahrer des Staatssekretärs. Hastig trug er die junge Frau zum

Heck des Fahrzeugs. Sie kam langsam wieder zu sich und gab unverständliche Laute von sich. Achmed breitete hastig eine flauschige Decke aus und Peter Leitner legte Rana darauf. Dann knuffte er seinem Kumpan in die Seite.

„Los, mach schon! Beeil dich! Sei aber vorsichtig. Wenn du sie verletzt, reißt dir dein Chef den Kopf ab!"

Achmed brummte etwas, dann griff er in seine Jackentasche und holte eine aufgezogene Spritze heraus. Er entfernte die Schutzhülle der Nadel, dann schob er Ranas Schlafanzug an der Schulter herunter, drückte die Nadel in den Oberarm und presste den Inhalt der Spritze in ihre Muskulatur. Bevor Rana noch vollständig in die Decke eingewickelt war, hatte sie bereits wieder das Bewusstsein verloren. Er drückte auf einen Kontakt und der Kofferraum schloss sich. Hastig schob sich Achmed hinter das Steuer, Peter warf sich auf den Beifahrersitz. Achmed startete den Motor, dann gab er Gas.

„Fahr nicht so schnell, damit wir nicht auffallen", forderte Peter. Ihm stand der Schweiß auf der Stirn. Seine Ausbildung hatte ihn für brenzlige Situationen stressfest gemacht, aber das hier war etwas anderes. „Die Polizeisirenen werden das halbe Dorf aufwecken." Mit einem schnellen Blick die Straße hinunter konnte er mehrere zuckende Blaulichter erkennen. Erst als er den Ortskern hinter sich gelassen hatte, schaltete Achmed das Fahrlicht ein und fuhr mit sich steigernder Geschwindigkeit hinaus auf die Landstraße.

Mit angespannten Mienen starrten die beiden Männer hinaus in die Nacht, die vom Fernlicht des Wagens durchschnitten wurde. Nach etwa zehn Kilometern bremste Achmed plötzlich ab und lenkte das Fahrzeug in einen schmalen Waldweg hinein. Der Wagen rutschte in die ausgefahrenen Fahrrinnen und setzte leicht auf.

„Was machst du?", wollte Peter wissen. Er hatte gerade darüber nachsinniert, dass er morgen um siebenhundertfünfzigtausend Euro reicher sein würde. Ein Judaslohn, der es ihm ermöglichte, in ein Drogengeschäft in Kolumbien einzusteigen. „Wir sitzen gleich fest!"

„Quatsch! Muss nur mal kurz für Königstiger", gab Achmed zurück. „Du kannst ja zwischenzeitlich mal nach unserer Prinzessin sehen."

Peter brummte etwas von Konfirmandenblase, dann verließ er ebenfalls das Fahrzeug. Er gab einen ärgerlichen Laut von sich, weil das feuchte Gras seine Schuhe einnässte. Das Mittel, das sie dem Mädchen gespritzt hatten, würde sie noch lange schlafen lassen. Trotzdem betätigte er die Automatik, der Kofferraum schwang auf und die Beleuchtung ging an. Wie erwartet hatte sich Rana nicht bewegt. Sie atmete ruhig und gleichmäßig. Mit einem Knopfdruck schloss sich der Kofferraumdeckel wieder. Als sich Peter aufrichtete, hörte er neben dem Wagen ein Knacken. Vom Licht noch geblendet sah er sich um. Seine Hand griff unter die Jacke, erreichte aber nicht mehr die Pistole. Das Projektil der schallgedämpften, großkalibrigen Heckler & Koch, die Achmed in der Hand hielt, zertrümmerte seine Halswirbelsäule fast lautlos. Es handelte sich um ein Hohlspitzgeschoss, welches zwar größtmöglichen Schaden anrichtete, aber die Wirbelknochen nicht durchschlug. Wie ein nasser Sack brach Peter in sich zusammen. Achmed schraubte gelassen den Schalldämpfer vom Lauf und ließ die Waffe in seinem Schulterholster verschwinden. Dann zog er hinter dem Fahrersitz eine Sporttasche hervor, holte einen Overall, Handschuhe und Schuhüberzieher heraus, zog sie an und legte sich eine Stirnlampe an. Ihr schwaches Rotlicht war nur wenige Meter weit zu sehen, genügte aber, um ihm den Weg zu beleuchten.

Achmed griff dem Toten in die Taschen seiner Kleidung und steckte alles, was auf seine Identität hinweisen konnte, einschließlich des Holsters und der Schusswaffe, in eine stabile Plastiktüte, die er in die Sporttasche stopfte. Dann fasste er ihn unter den Achseln und schleppte ihn, dabei rückwärtsgehend, in den Wald. Eine schweißtreibende Angelegenheit, zumal er immer wieder den Kopf drehen musste, um sich zu leuchten. Nach circa sechzig Metern tauchte vor ihm ein bizarr geformter toter Baum auf. Er ließ den Toten neben einem Erdloch zu Boden fallen und wischte sich den Schweiß von der Stirn. So ein toter Körper war sehr schwer zu transportieren. Das Loch hatte er gestern gegraben, als feststand, dass er eine Leiche würde beseitigen müssen. Mit den Händen rollte er den Körper in das Grab und richtete ihn gerade. Hinter dem Baum, in einem Strauch versteckt, stand ein Spaten, mit dem er nun die Grube zuschüttete. Während der Arbeit zeigte sich langsam die Morgendämmerung und er konnte die Lampe ausmachen. Den entstandenen Erdhügel trat er mit den Schuhen möglichst flach. Ein paar Meter entfernt lagen zwei stärkere Baumstücke, die schon teilweise von Moos überwachsen waren. Eine letzte Anstrengung und sie lagen quer über der frischen Erde des Grabes. Noch ein paar herumliegende Äste und einige Handvoll Blätter darüber und er war zufrieden. Es war nicht sein erster Job dieser Natur. Einem oberflächlichen Beobachter würde nichts auffallen. Er eilte zum Wagen zurück und ließ den Overall, die Überzieher und die Handschuhe in einer weiteren Plastiktüte verschwinden. Den Spaten steckte er in einen alten Kartoffelsack, die Kopflampe landete im Handschuhfach. Mit einem erneuten Blick in den Kofferraum überzeugte er sich davon, dass Rana noch immer tief und fest schlief. Die Aktion hatte ihn eine gute Stunde gekostet. Jetzt musste er zusehen, dass er hier wegkam. Nicht mehr lange und die Landstraße würde belebt sein. Zuerst musste er jedoch eine Nachricht absetzen. Er nahm sein Handy und tippte:

„Am Treffpunkt in zwanzig Minuten." Er hatte sie kaum abgeschickt, da kam auch schon die Antwort: „Okay." Mehr nicht.

Schwungvoll lenkte Achmed den Wagen rückwärtsfahrend hinaus auf die Landstraße. Dabei hinterließen die mit Erde gefüllten Reifenprofile auf dem Asphalt eine kurze Dreckspur, die sich aber schon nach wenigen Metern verflüchtigte. Er schaltete das Radio ein und schob einen USB-Stick von dem bekannten arabischen Sänger *Amr Diab* in einen Slot. Mehr schlecht als recht summte er zu der orientalisch-rhythmischen Melodie. Während der Fahrt gab er in sein Navi eine bestimmte Reihenfolge von Koordinaten ein.

Knapp zwanzig Minuten später bog er auf einen Wanderparkplatz im Wald ab. Der Platz war leer. Er hielt an und schaltete den CD-Player ab. Es dauerte einige Minuten, dann kam hinter einem Baum ein Mann hervor. Er trug einen langen schwarzen Ledermantel und einen tief ins Gesicht gezogenen Hut. Zudem verbarg er sein Gesicht unter einer schwarzen Gesichtsmaske. Achmed war ihm noch nie begegnet, aber er war ihm telefonisch beschrieben worden. Seine Hände steckten in dünnen Lederhandschuhen. Achmed war sicher, dass er in seiner Manteltasche eine Waffe hatte, denn er nahm seine rechte Hand nicht heraus. Er warf von außen einen Blick in den Wagen, dann öffnete er die Tür zur Beifahrerseite.

„Wo ist das Teil?", fragte er knapp. Seine Stimme wirkte heiser. Achmed deutete auf das Handschuhfach.

„Da reinstecken!", kommentierte er und warf einen schwarzen Stoffbeutel auf den Beifahrersitz. Achmed zuckte mit den Schultern, dann öffnete er das Handschuhfach und steckte das gewünschte Teil in den Beutel. Der Unbekannte beobachtete dabei jede seiner Bewegungen. Während er den Beutel ergriff, warf er einen braunen Umschlag auf das Polster des Sitzes. Wortlos drehte er sich um und verschwand wie Schatten zwischen den Bäumen. Achmed öffnete den Umschlag und sah hinein. Zufrieden nickte er. Es ging nichts über einen lukrativen Nebenverdienst. Er drehte den Wagen und fuhr wieder hinaus auf die Straße. Es war Zeit, sich auf den Weg zu seinem eigentlichen Ziel zu machen.

28

Exakt 2.48 Uhr ging in der Einsatzzentrale des Polizeipräsidiums Unterfranken für den Bereich Main-Spessart der erste Notruf ein. Der zuständige Polizeioberkommissar Peter Regner warf routiniert einen Blick auf seinen Bildschirm, wo ihm auf der Landkarte der Standort des Anrufers angezeigt wurde: Steinfeld bei Lohr am Main. Regner wollte den Anruf gerade entgegennehmen, als die Verbindung auch schon wieder unterbrochen wurde. Wahrscheinlich eine falsche Verbindung, vermutete er. Regner lehnte sich zurück. Es war bisher eine ruhige Nacht. Der Anruf blieb für einige Zeit im Speicher registriert.

Der zweite Anruf kam um 3.21 Uhr. Regner meldete sich. Eine offenbar sehr aufgeregte Frau teilte ihm mit, dass in ihrer Nachbarschaft Schüsse gefallen seien. Ehe er noch nähere Angaben erfragen konnte, wurde das Gespräch wieder unterbrochen. Regner handelte schnell. Der Anruf war erneut aus dem Dorf Steinfeld gekommen. Bei dem Ort ploppte ein Eintrag in der Datenbank auf, den der jeweils diensthabende Beamte zu beachten hatte: „Besondere Sicherheitsmaßnahmen erforderlich! Sofort Schichtleiter verständigen."

Regner leitete den Vorgang daher umgehend an seinen Vorgesetzten weiter, der an einem einzelnen Bildschirm in der Ecke der Einsatzzentrale saß.

Polizeihauptkommissar Bayer, der augenblickliche Schichtleiter, bekam bei Eingang der Meldung eine ganze Reihe von Anweisungen auf den Bildschirm. In Steinfeld wohnte der Staatssekretär Dr. Christian Haenisch, der unter besonderem Personenschutz stand. In solchen Fällen lief ein vorbestimmtes Prozedere ab. Bayer alarmierte zwei Streifenwagenbesatzungen, die in der Nähe von Steinfeld ihren Dienst taten. Die Beamten bestätigten die Alarmierung und gaben Gas. Gleichzeitig leitete der Schichtleiter den Alarm an die *Sonderkommission Spessart* weiter.

Während auf der anderen Seite des Dorfes ein schwarzer SUV die letzten Häuser der Bebauung des Dorfes hinter sich ließ, preschten zwei Streifenwagen auf den Hof des Anwesens von Dr. Haenisch. Die Sirenen verklangen, die Blaulichter warfen weiterhin gespenstisch zuckende Lichtintervalle auf die Wände des Hauses, dessen Außenbeleuchtung längst wieder angesprungen war. Die vier uniformierten Polizisten verließen ihre Fahrzeuge. Sie öffneten den jeweiligen Kofferraum und entnahmen Schutzwesten und Maschinenpistolen. Für einen Einsatz auf diesem Grundstück hatten alle Streifenbesatzungen spezielle Anweisungen. Ohne zeitliche Verzögerung gab der ranghöchste Beamte ein paar kurze Befehle, dann verteilten sich die Polizeibeamten im Laufschritt rund um das Gebäude. Ihre Aufgabe bestand darin, das Anwesen bis zum Eintreffen der Sonderkommission zu sichern. Es war ihnen jedoch nicht gestattet, das Haus zu betreten. Schusswaffengebrauch nur im Falle des notwendigen Eigenschutzes. Auf den ersten Blick konnten die Beamten keine Besonderheiten feststellen. Das Haus war dunkel. Personen waren keine anzutreffen. Entsprechend ihren Anweisungen warteten sie auf das Eintreffen der Kollegen.

29

Erster Kriminalhauptkommissar Eberhard Brunner sprang aus dem vorderen der drei zivilen Einsatzfahrzeuge, die mit blockierenden Reifen auf dem geschotterten Hof des Anwesens von Staatssekretär Dr. Haenisch rutschend zum Stehen kamen. Sein Fahrer, ein junger Polizeikommissar, schaltete den Motor aus und beeilte sich, seinem Chef zu folgen. Brunner registrierte die beiden Streifenwagen, die auf der rechten Seites des Anwesens parkten und deren blinkendes Blaulicht die Nacht erhellte. Ihm war bekannt, dass die Einsatzzentrale in Würzburg sofort, nachdem der Alarm dort aufgelaufen war, zwei in der Nähe befindliche Streifenwagenbesatzungen hierherbeordert hatte. Da kam schon einer der Uniformierten auf ihn zugelaufen. Er grüßte knapp: „Polizeihauptmeister Renner, Landespolizeiinspektion Lohr."

Brunner nickte, dann machte er eine ärgerliche Handbewegung in Richtung der inzwischen angewachsenen Menschentraube aus Anwohnern.

„Sorgen Sie bitte dafür, dass die Leute verschwinden! Hier gibt es nichts zu gaffen!"

„Machen wir ja schon die ganze Zeit, aber die Leute lassen sich nicht wegschicken. Sie wollen wissen, was los ist."

„Das ist mir egal! Setzen Sie sich durch. Wenn es erforderlich ist, fordern Sie Verstärkung an!"

Der Streifenbeamte rief einen Kollegen zu sich und gab ihm einen entsprechenden Befehl, worauf dieser zum Streifenwagen eilte, dann wandte sich der Streifenführer wieder Brunner zu, der etwas ungeduldig von ihm wissen wollte: „Was haben Sie beim Eintreffen vorgefunden?"

„Wir haben sofort nach dem Eintreffen das Gebäude von außen und das gesamte Gelände kontrolliert. Sämtliche Fenster und die Tür der rückseitigen Veranda sind unberührt. Personen haben wir auf dem Grundstück nicht angetroffen."

Brunner nickte knapp, dann entließ er den Mann in Richtung Absperrung.

Brunner warf den acht Mitgliedern seiner Soko einen prüfenden Blick zu. Sie standen bei ihren Fahrzeugen und warteten nur auf seine Anordnungen. Er trat zu ihnen.

„Zwei hinter das Haus zur Veranda. Ich möchte sofort Lagebericht! Falls jemand aus dem Haus flüchten will, dann wohl dort." Zwei Männer huschten davon. „Ihr zwei", er deutete auf zwei weitere Kollegen, „sichert die Scheune da drüben. Seht nach, ob der Wagen von Dr. Haenisch drinsteht." Blieben noch drei. „Lea und Thorsten, ihr geht mit mir durch den Eingang rein, KK Müller, Sie bleiben hier bei unseren Fahrzeugen." Der mit Müller angesprochene Fahrer von Brunners Dienstfahrzeug nickte. Man konnte ihm zwar ansehen, dass er lieber mit den Kollegen das Haus betreten hätte, aber er fügte sich selbstverständlich den Anweisungen.

„Nur damit das klar ist. Im Haus müssen sich folgende Personen befinden: Dr. Haenisch, Peter Leitner, sein Fahrer, KK Rosenheimer, der im Haus Dienst hatte, und zwei junge Frauen, die Gäste des Staatssekretärs sind."

Die Beamtinnen und Beamten nickten.

„Kurzer Funktest", ordnete Brunner an. Alle Einsatzkräfte verfügten über moderne Headsets. Sie meldeten sich der Reihe nach über ihre Sprechanlagen bei ihrem Chef, der im Funkverkehr mit „Alpha" angesprochen wurde. Die Einsatzkräfte meldeten sich mit „Wolf 1" bis „Wolf 8".

„Okay, Leute, jeder an seinen Platz!" Brunner prüfte im

Laufschritt routinemäßig den Sitz seiner Dienstwaffe. Es war noch immer die Austauschpistole, weil er seine eigentliche Dienstpistole noch nicht aus der Waffenkammer abgeholt hatte. Gefolgt von den Mitgliedern der Soko, die er sich zugeteilt hatte, erreichte er den Hauseingang. Er besaß für das Gebäude Schlüssel, so dass er als Leiter der *Sonderkommission Spessart* im Ernstfall jederzeit Zutritt zu dem Anwesen hatte.

Brunner holte den Schlüssel für die Eingangstür aus der Tasche. Im Falle eines Alarms besaß er das Recht, das Haus zu betreten. Er zog seine Dienstwaffe und schob die kleine, aber überaus leistungsfähige Laserlampe in eine Halterung unterhalb des Pistolenlaufes. Im Licht der Lampe schloss er auf, dann ging er schussbereit in die Hocke. Der gebündelte Lichtstrahl durchschnitt die Dunkelheit der Eingangshalle. Lea und Thorsten standen links und rechts vom Eingang und hielten ihre Maschinenpistolen feuerbereit vor sich. Der Lichtstrahl ihrer Lampen schnitt sich mit Brunners Strahler. Langsam entspannten sie sich. Soweit sie sehen konnten, war kein Mensch zu entdecken. Innen, direkt neben dem Eingang, befand sich, eingelassen in die Wand, die Schalttafel für die Alarmanlage. Eine der roten Kontrollleuchten blinkte hektisch. Brunner gab schnell den vierstelligen Code ein und die Diode wechselte auf Grün. Anschließend drückte er den Schalter für das Raumlicht. Keine Reaktion.

„Das Licht funktioniert nicht", informierte er. Da kam schon die Meldung eines der Männer, die er zur Veranda geschickt hatte.

„Wolf 3 an Alpha. Auf der Veranda und dem Gelände ringsherum befinden sich keine Personen. Ich habe durch die Verandatür geleuchtet. Es sieht so aus, als läge im Wohnzimmer ein Mensch auf dem Boden. Die vollständige Sicht ist uns allerdings durch Möbel versperrt."

„Verstanden, Wolf 3. Ihr sichert den Ostflügel. Wir sind bereits im Haus und arbeiten uns zunächst durch die Räume im Parterre. Wenn wir das Wohnzimmer erreicht haben, öffnen wir euch die Verandatür."

„Alpha, das ist verstanden."

Ein Knacken in der Leitung, dann meldete sich die Gruppe, die Brunner zur Scheune geschickt hatte. „Wolf 6 an Alpha. Der Wagen steht geparkt. Die Motorhaube ist kalt. Es sieht nicht so aus, als wäre er in den letzten Stunden bewegt worden."

Brunner bedankte sich und befahl den beiden an Ort und Stelle zu bleiben.

Der grelle, enge Laserstrahl beleuchtete bei jeder Bewegung mit den Schusswaffen das jeweilige Schussfeld. Brunner hatte, genau wie die beiden Kollegen, den Grundriss des Hauses und den Zuschnitt der Räumlichkeiten im Kopf. Die großzügige Eingangshalle eröffnete den Blick bis hinauf zum restaurierten Dachgebälk, das sich wie ein massives Gerippe von der sie umgebenden, weißgestrichenen Wand abhob. Von hier aus gingen mehrere Türen ab, eine breite Treppe führte ins Obergeschoss zu weiteren Räumlichkeiten.

„Wolf 2 und Wolf 4, ihr beiden sichert das Parterre links." Mit einer Handbewegung wies er die Richtung. „Ich gehe ins Wohnzimmer." Die beiden nickten bestätigend, dann wandten sie sich mit vorgehaltenen Waffen nach links, um mit einer vielfach trainierten, fast anmutig wirkenden Choreografie, die Maschinenpistolen in Vorhalte, die Räumlichkeiten zu kontrollieren.

„Alpha an Wolf 4", meldete sich Brunner, „ich betrete jetzt das Wohnzimmer."

Wolf 4 bestätigte.

Brunner drückte sich an die Wand und schickte den Lichtstrahl seiner Lampe durch den breiten, gemauerten Bogen, der die Eingangshalle vom Wohnzimmer trennte. Eine Tür war hier nicht vorhanden. Im Suchbereich der Lampe materialisierten sich verschiedene Einrichtungsgegenstände aus der Dunkelheit, um sofort wieder in der Finsternis zu verschwinden. Schließlich blieb der Lichtstrahl auf einem bestimmten Punkt haften. Es handelte sich eindeutig um einen Schuh, in dem der Fuß eines Mannes steckte.

„Hallo, hier ist die Polizei! Können Sie mich hören?" Brunners Zuruf erfolgte aus Routine und blieb erwartungsgemäß ohne Reaktion. Mit vorgehaltener Waffe näherte er sich langsam dem Mann, der zwischen einer Couch und dem davorstehenden Tisch am Boden lag.

„Verdammt!", fluchte Brunner, als der Lichtstrahl das Gesicht des Mannes traf. Seine Befürchtungen bestätigten sich. Es handelte sich einwandfrei um KK Rosenheimer. Das grelle Licht ließ das Blut, das aus einem Einschuss in der Stirn über seine Wange mäanderte, besonders stechend hervortreten. Der Mann war unzweifelhaft tot. Auf seiner Miene lag ein betroffener Zug, so als wäre er in der letzten Sekunde seines Lebens völlig überrascht worden.

„Alpha an alle: Ich habe KK Rosenheimer im Wohnzimmer gefunden. Kopfschuss. Exitus. – Alpha an Wolf 3, ich öffne jetzt die Verandatür."

„Wolf 3 hat verstanden", kam etwas zögerlich die Antwort von draußen. Die Männer mussten die Nachricht vom Tod ihres Kollegen erst verdauen. Brunner senkte den Lichtstrahl, damit er die Gruppe auf der Veranda nicht blendete.

Im Schnittpunkt mehrerer Lampen starrten die Männer schweigend auf ihren toten Kameraden. Er musste von dem Angreifer überrascht worden sein, denn seine Dienstwaffe steckte noch im Schulterholster. Oder, Brunners spontane

Vermutung war noch schlimmer, er hatte den Todesschützen gekannt.

„Kümmern Sie sich um die Verständigung der Spurensicherung und der Rechtsmedizin", befahl Brunner knapp nach einem Moment der Sammlung mit heiserer Stimme. „Schicken Sie außerdem einen Kollegen, der sich mit Elektrik auskennt, hinunter in den Keller. Dort sind die Sicherungskästen. Vielleicht bekommt er die verdammte Beleuchtung wieder in Gang. Ich werde zwischenzeitlich in den oberen Räumen nachsehen."

In der Eingangshalle standen Wolf 2 und 4. „Hier unten ist alles sauber", meldete die junge Frau leise. „Wir haben das Zimmer Peter Leitners, des Fahrers, kontrolliert. Keine Spur von ihm. Die Räumlichkeiten der Einliegerwohnung im Kellergeschoss sind benutzt. Offenbar von den zwei Frauen. Wir haben im anschließenden Bad Blut in der Toilette festgestellt. Am Boden liegt eine Anzahl blutgetränkter Handtücher. Die Frauen sind verschwunden. Am Boden sind allerdings blutige Spuren nackter Füße. Eine der Frauen muss durch das Blut gelaufen sein."

Die Betroffenheit über den Tod des Kollegen war den beiden deutlich anzumerken, obwohl sie sich sehr zusammenrissen.

„Darum kümmern wir uns später", erklärte Brunner gepresst. „Wir waren ja noch nicht im Obergeschoss. Ihr beide kommt mit", befahl Brunner knapp, „ich fürchte, das Schlimmste steht uns noch bevor." Ohne eine Antwort abzuwarten, näherte er sich in angespannter Haltung der breiten Holztreppe. Innerlich wappnete er sich gegen den nächsten Schock.

Brunner hatte die Aufteilung der Räume im Obergeschoss in seinem Gedächtnis abgespeichert. Dort befanden sich mehrere Schlafzimmer, ein Fitnessraum und zwei Bäder. Schritt für Schritt, in Abständen versetzt, tasteten sich die drei Einsatzkräfte hintereinander die Stufen hinauf. Auf dem ersten Treppenabsatz blieb Brunner stehen, presste sich gegen die Wand und leuchtete nach oben. Der eng fokussierte Lichtstrahl erhellte im Obergeschoss eine Art Galerie mit mehreren Türen. Sie waren, soweit man sehen konnte, geschlossen. Langsam bewegte sich Brunner die Stufen weiter hinauf, jeder Nerv der drei Soko-Leute war angespannt.

„Wir fangen mit der linken Tür an", kam die Ansage von Brunner aus dem Kopfhörer. Sie waren Profis und konzentrierten sich auf das vor ihnen Liegende. Gedanken über den toten Kollegen schalteten sie im Augenblick aus. Dafür war später Zeit. Brunner gab den beiden ein Zeichen. Sie stellten sich links und rechts von der bezeichneten Tür auf, dann ließ er sich direkt davor auf ein Knie nieder und öffnete mit einem Ruck die Türklinke. Drei Lichtstrahlen schossen in den Raum, der offenbar als Gästezimmer diente. Das Bett schien unberührt. Bei der schnellen Durchsuchung gab es keinen Hinweis darauf, dass der Raum vor kurzem bewohnt gewesen war. Die drei entspannten sich und verließen das Zimmer.

Da kam die Stimme eines der Beamten aus dem Keller aus dem Ohrhörer: „Wolf 5 an Alpha. Die Sicherungskästen sind teilweise total demoliert. Das kriegen wir ohne Techniker nicht hin."

„Das ist verstanden. Ende", gab Brunner gedämpft zurück. Er gab seinen beiden Kollegen ein Zeichen in Richtung der nächsten Tür. Die Vorgehensweise war die gleiche. Es handelte sich um ein kleines Bad mit Dusche und WC, das ebenfalls unbenutzt wirkte.

Nach Brunners Kenntnis war der nächste Raum das Schlafzimmer des Hausherrn. Mit identischer Sorgfalt drangen die drei auch in dieses Zimmer vor. Im Licht der Einsatzlampen bot sich ihnen das Bild eines bewohnten Schlafraums. Das breite Doppelbett war eindeutig benutzt, aber leer. Quer darüber lagen einige Kleidungsstücke eines Mannes. Der dunkle Bildschirm des großflächigen Smartfernsehers an der Wand spiegelte den grellen Schein der Einsatzlampen wider. Die Anspannung der drei Polizisten stieg, denn durch die angelehnte Verbindungstür, die nach Brunners Kenntnis zum anschließenden Bad führte, drang gedämpfter Lichtschein. In der Luft lag der Duft von Tannennadeln, dem unterschwellig ein anderer, metallischer Geruch beigemengt war, den Brunner nur zu gut kannte. Ein ungutes Gefühl kam in ihm hoch. Er hob die Hand und auf sein Zeichen hin stieß Wolf 2 mit dem Schuh die Tür auf.

„Mein Gott, was für eine Sauerei!", stieß Brunner unwillkürlich hervor. Auch seine beiden Begleiter gaben Laute der Betroffenheit von sich. Langsam ließen sie ihre Waffen sinken. Der Anblick, der sich ihnen bot, war selbst für die an Grausamkeiten gewöhnten Polizisten ein harter Schock.

Alle drei blieben an der Tür stehen. Hier kam jede Rettung zu spät. Die geräumige Badewanne im Zentrum nahm einen Großteil des Raumes ein. Auf deren Rand standen in kurzen Abständen Teelichte, die ein romantisches Licht verbreiteten, das aber im krassen Gegensatz zu der übrigen Szenerie stand. Der Staatssekretär Dr. Haenisch lag nackt in dem von seinem Blut rot gefärbten Badewasser. Auf seinem Körper, der zum Großteil aus dem Wasser ragte, lag eine Schrotflinte, deren Mündungen in Richtung seines Kopfes zeigten. Seine linke Hand lag lose auf dem Vorderschaft. Der

Daumen seiner rechten Hand steckte noch im Abzug der Waffe. Der Kopf des Toten war leicht nach hinten geneigt und lag auf dem oberen Wannenrand auf. Unter dem Kinn war ein großes Einschussloch zu erkennen, aus dem ein Rinnsal aus Blut ins Wasser sickerte. Seine blicklosen Augen starrten gegen die Decke. Oberhalb seines Kopfes war die weiße Wand des Badezimmers fast symmetrisch mit einer blutroten Aura aus Gehirnmasse, Blut und Knochenteilen bespritzt. Deutlich konnte man dort auch die dicht beieinanderliegenden Einschussstellen der Schrote erkennen, die den Schädel als massive Garbe durchschlagen hatten. Wie Brunner sehen konnte, war der Hinterkopf des Staatssekretärs praktisch nicht mehr vorhanden. Auf den ersten Blick sah es so aus, als habe sich Dr. Haenisch mit der aufgesetzten Schrotflinte durch das Kinn in den Kopf geschossen. Eine brutale, aber absolut tödliche Vorgehensweise. Brunner war bekannt, dass der Staatssekretär legal über eine Schrotflinte verfügte. Einmal hatte Haenisch ihm bei einer Dienstfahrt von seinem früheren Hobby als Sportschütze erzählt. Im Flur des Hauses standen einige Pokale, die er beim Tontaubenschießen gewonnen hatte. Die Waffe und dazugehörige Munition verwahrte er, wie Brunner wusste, in einem Tresor im Keller.

Brunner schüttelte die vorübergehende Schockstarre von sich ab.

„Alpha an alle: Wir haben Dr. Haenisch gefunden. Ebenfalls Exitus durch aufgesetzten Kopfschuss mit Schrotflinte." Dann gab er dem bei den Fahrzeugen wartenden Kollegen Anweisung: „Alpha an Wolf 8: Verständigen Sie die Mordkommission in Würzburg, außerdem die Rechtsmedizin. Sie sollen mit dem ganz großen Besteck anrücken. Der Einsatz hier hat oberste Priorität. Außerdem benötigen wir noch eine weitere Streife, damit das Gelände rund um das Anwesen weiträumig abgesperrt wird. Ich will im Umkreis von hundert Metern um das Areal keine Zivilpersonen sehen! Es wird nicht lange dauern und die Presse wird hier anrücken. Ach ja, fordern Sie von der Einsatzzentrale darüber hinaus einen Techniker an, der die Beleuchtungseinrichtung hier wieder in Gang bringen kann. So ist das kein Zustand!"

Wolf 8 bestätigte, dann setzte er sich in sein Dienstfahrzeug und griff zum Funkgerät. Anschließend gab er den Streifenbesatzungen entsprechende Anweisungen.

Brunner schloss alle Emotionen aus und zwang sich zu planvollem Handeln. Er zog sein Mobiltelefon aus der Beintasche seines Einsatzanzugs und machte von seinem Standort an der Tür einige Fotoaufnahmen, dann befahl er: „Wolf 2, Sie bleiben hier unter der Tür stehen und sichern den Tatort, bis die Spurensicherung und die Rechtsmedizin da sind. Hier kommt bis dahin keiner rein!" Er nickte Wolf 4 auffordernd zu. „Wir beide gehen runter." Mit einer abrupten Bewegung verließ er das Bad. Sein Kollege folgte ihm auf dem Fuß. Er war froh, dieses Schlachthaus verlassen zu können. Außerdem beschäftigte ihn das spurlose Verschwinden des Fahrers. Kein Hinweis darauf, dass er ebenfalls Opfer einer Gewalttat geworden war.

Wenig später beugte sich der Leiter der Soko mit ernster Miene im Wohnzimmer über den jungen Polizeibeamten, der heute zufällig nach dem Dienstplan im Haus bei Dr. Haenisch Dienst gehabt hatte. Den jungen Beamten zu erschießen bedurfte sicher eines kampferfahrenen Mannes, da Rosenheimer als Mitglied eines SEK über eine ausgezeichnete Ausbildung verfügte und sicher nicht leicht zu überrumpeln gewesen war.

Brunner ließ auch neben der Leiche des Kollegen einen Beamten stehen, dann verließ er mit den übrigen Mitgliedern der Soko das Wohnzimmer. Er schickte die Kollegen hinaus, damit sie einmal durchschnaufen konnten. Brunner selbst wandte sich der Kellertreppe zu. Nach seiner Kenntnis lagen im Keller ein Fitnessraum, eine Sauna sowie mehrere Wohnräume und ein Bad. Seine Lampe zeigte ihm einen Schlafraum, dessen Bett benutzt war. Um keine Spuren zu hinterlassen, hob er die Bettdecke mit dem Lauf seiner Pistole etwas an. Auf dem Laken, ungefähr auf der Stelle, wo sich normalerweise der Unterleib eines dort liegenden Menschen befand, entdeckte er einen Blutfleck, der an den Rändern schon eingetrocknet war. Er ließ die Bettdecke an Ort und Stelle zurückfallen. Im Schrank lagen einige wenige Frauenkleidungsstücke. Das danebenliegende Bad zeigte, wie ihm schon die Kollegen mitgeteilt hatten, Blutspuren an der Toilette, Blutspritzer auf dem Boden und die beschriebenen blutigen Handtücher. Brunner verließ den Raum, ohne etwas angefasst zu haben. Das war zunächst mal ein Fall für die Spurensicherung.

Brunner verließ das Haus. Draußen zeigte sich langsam die Morgendämmerung. Der Leiter der Soko war in seinem Innersten tief erschüttert. Der Tod von Dr. Haenisch war der absolute Gau! Nicht nur, dass es für ihre Arbeit ein herber Verlust war, auch menschlich traf es ihn bis ins Mark. Der Staatssekretär war ein fachlich sehr kompetenter Mann gewesen, der durch sein kollegiales Wesen bei der Truppe beliebt war. Die Mitglieder der Einsatzgruppe standen bei den Fahrzeugen und warteten auf die angeforderten Kollegen aus Würzburg. Sie rauchten, unterhielten sich gedämpft, manche schlenderten über das Gelände. Die Stimmung war entsprechend niedergeschlagen. Heute war für die Soko ein ausgesprochen schlechter Tag. Sie hatten neben Dr. Haenisch, für dessen Sicherheit sie verantwortlich waren, einen Kollegen verloren. Der Aufenthalt des Fahrers und die der zwei hier untergebrachten Frauen war ebenfalls unbekannt. Eine herbe Niederlage, wie sie ihnen noch nie widerfahren war. Jeder versuchte auf seine Weise mit diesen traumatischen Erlebnissen fertigzuwerden. Mit gedämpften Stimmen äußerten sie ihre Vermutungen. Sie waren sich sicher, dass hinter diesen Todesfällen einer der Clans steckte. Ein brutaler Angriff, mit dem ihnen ihre Maßnahmen gegen die Banden heimgezahlt wurden.

Brunner setzte sich im Dienstwagen ans Funkgerät. Mittlerweile war es fünf Uhr. Nach längerem Läuten hatte er Kriminaldirektor Seebach aus dem Bett geholt. Brunner erstattete ausführlich Bericht. Der gewaltsame Tod des Staatssekretärs Dr. Haenisch schlug ein wie eine Bombe. Brunner erhielt die Anweisung, keinerlei Informationen über die Umstände des Ablebens des Staatssekretärs nach außen zu geben. Eberhard Brunner konnte dem nur beipflichten, da er nach den gegebenen Umständen zu urteilen, erhebliche Zweifel an einem Selbstmord hatte. Der LKA-Beamte erklärte, dass er umgehend das Innenministerium und anschließend die Generalstaatsanwältin und den Polizeipräsidenten informieren würde.

Es dauerte fast eine Stunde, bis näherkommende Sirenen das Anrücken der angeforderten Einheiten aus Würzburg ankündigten. Kauswitz, der kommissarische Leiter der Mordkommission, begrüßte Eberhard Brunner, der den Kollegen über die bisherigen Erkenntnisse informierte. Auch Kauswitz war von dem Tatgeschehen und dem Anblick des Staatssekretärs in der Badewanne und des erschossenen Kollegen äußerst betroffen. Kurze Zeit später ähnelte das Anwesen rund um das Haus des toten Dr. Haenisch einem Belagerungszustand. Über ein Dutzend Personen in weißen Schutzanzügen gingen ein und aus. Das Haus wirkte wie ein Hochsicherheitslabor, in dem tödliche Viren gezüchtet wurden. Die Frauen und Männer der Spurensicherung nahmen akribisch jede noch so kleine Spur auf. Einer der Techniker reparierte derweil im Keller die Lichtanlage, nachdem man auch hier alle Spuren des hier stattgefundenen Vandalismus gesichert hatte. Wenig später stand im ganzen Haus wieder Strom zur Verfügung.

30

Die Alarmierung des Instituts für Rechtsmedizin erreichte Professor Dr. Samuel Karaokleos in seinem Büro im Institut. Er war mittlerweile zum Leiter der Rechtsmedizin in Würzburg aufgestiegen, hatte sich aber weiterhin vorbehalten, schwierige Fälle zumindest wissenschaftlich zu begleiten. Normalerweise hielt er sich um diese ungewöhnliche Nachtzeit nicht im Institut auf. Er hatte jedoch vor einigen Wochen den ehrenhaften Ruf erhalten, in Paris vor Rechtsmedizinern aus der ganzen Europäischen Union einen Vortrag über einen schwierigen genwissenschaftlichen Themenkreis zu halten. Hier in der Rechtsmedizin hatte er einige Experimente angesetzt, für deren Auswertung ihm tagsüber einfach die Ruhe fehlte. Als der Anruf in der Zentrale einging, der normalerweise an den diensthabenden Rechtsmediziner nach Hause weitergeleitet wurde, schaltete er sich ein und übernahm das Gespräch. Nachdem er hörte, worum es sich handelte, erklärte er, die Tatortbesichtigung selbst wahrnehmen zu wollen. Im Anschluss an das Gespräch wählte er die Privatnummer von Dr. Martina Schwab, einer jungen Kollegin, die erst seit wenigen Wochen zum Team des Instituts gehörte und Dienstbereitschaft hatte. Wenig später wurden die beiden Mediziner von einer Streife abgeholt und mit Blaulicht und Sirenengeheul nach Steinfeld gefahren.

„Gott, was für ein Schlachtfeld!", entfuhr es Karaokleos, als er das Badezimmer erstmals betrat und die Leiche in der Badewanne sah. Eingehüllt in einen Schutzanzug, mit Gummihandschuhen und Schuhüberziehern ausgerüstet näherte er sich der Leiche. Seine Kollegin stand in gleicher Ausrüstung hinter ihm.

„Das ist ja mal ein interessanter Tatort", äußerte sie und bekam ganz glänzende Augen. Fast wäre sie mit dem Polizeifotografen zusammengestoßen, der gerade noch Tatortfotos schoss. Karaokleos war nicht sicher, ob sie mit ihrer forschen Art nicht ihren Schock über den Anblick der Leiche kaschieren wollte. „Das ist ja das reinste Blutbad", erklärte sie, wobei ihr die Doppeldeutigkeit ihrer Aussage erst etwas später bewusst wurde. Ihr Chef sah sie etwas schräg an, sagte aber nichts.

Es dauerte eine Weile, ehe sie Dr. Haenisch aus der Wanne heben und auf eine Plastikfolie legen konnten. Nach eingehender Untersuchung legten die beiden Männer des zuständigen Beerdigungsinstituts die Leiche in einen Body Pack, dann in den Transportsarg und trugen ihn anschließend hinunter zu ihrem Fahrzeug. Dort warteten sie, da sie ja noch einen zweiten Toten zu transportieren hatten.

Professor Dr. Karaokleos und Dr. Schwab machten sich dann daran, im Parterre die Leiche des Polizisten zu untersuchen. Im Vergleich zum vorherigen Toten war diese Aufgabe unproblematisch. Der Kopfschuss war nicht aufgesetzt, das konnten sie sofort erkennen. Keinerlei Schmauchspuren rund um die Wunde. Kein Ausschuss, obwohl Karaokleos ein 9-mm-Kaliber vermutete. Wahrscheinlich war eine Munition verwendet worden, die im Schädel so weit expandierte, dass sie ihre gesamte Energie dort abgab und nicht durchschlug. Soweit sie sehen konnten, gab es sonst keine Verletzungen an der Leiche. So wie es aussah, war der Mann von dem Angriff überrascht worden.

Auch dieser Tote kam in einen Leichensack und wurde mit dem zweiten Kunststoffsarg, den die Männer vom Beerdigungsinstitut mitgebracht hatten, verladen. Anschließend brachen sie gleich auf. Die Fahrt ging direkt zum Institut für

Rechtsmedizin in Würzburg. Karaokleos wollte die Leichenöffnung des Staatssekretärs am nächsten Tag persönlich vornehmen, da ihm einige Aspekte der Auffindesituation merkwürdig vorgekommen waren.

Die Frauen und Männer der Soko standen vor dem Haus
und sahen mit ernsten Mienen schweigend zu, als ihr Kollege
vom Hof gefahren wurde. Wieder einmal wurde ihnen vor
Augen geführt, wie gefährlich ihr Job war.

Kurz bevor die beiden Rechtsmediziner das Haus verließen, baten sie Brunner und Kauswitz zu einer kurzen Besprechung in die Küche des Hauses.

Während sich Professor Karaokleos und seine Kollegin die
Schutzkleidung auszogen, erklärte Karaokleos: „Den Todeszeitpunkt von Dr. Haenisch kann man nur schwer feststellen, weil er in der Badewanne lag und das warme Wasser die
Leichenstarre beschleunigt hat. Anhaltspunkte liefert der er-
mordete Polizeibeamte. Er war normaler Zimmertempera-
tur ausgesetzt. Sein Tod dürfte heute zwischen 2.30 Uhr und
3.30 Uhr eingetreten sein, der des Staatssekretärs vermutlich
wenig später."

„Ich vermute ebenso wie mein Kollege, dass die beiden
kurz hintereinander getötet wurden. Der Polizist vor dem
Staatssekretär", ergänzte Dr. Schwab.

Kauswitz sah sie verwundert an. „Wenn Sie sagen, ‚getötet wurden', unterstellen Sie, dass wir es im Falle von
Dr. Haenisch nicht mit einem Suizid zu tun haben, sondern
mit einer Straftat?"

„Nun, lassen Sie mich auch einmal kriminalistisch denken", fuhr Dr. Schwab eifrig fort. Dr. Karaokleos runzelte
die Stirn und räusperte sich leise. Seine Kollegin ließ sich jedoch nicht bremsen.

„Der Polizeibeamte wurde in seinem Jogginganzug erschossen. Unterstellt, er hätte sich irgendwo in der Wohnung aufgehalten und wäre durch den Schuss im Obergeschoss alarmiert worden, wäre er doch gleich nach oben geeilt, um nach Dr. Haenisch zu sehen." Sie musterte die Anwesenden, die ihr mit neutralen Mienen zuhörten. „Ich denke aber, er wurde im Wohnzimmer von jemand überrascht. Dort wurde er dann, von wem auch immer, erschossen. Vermutlich eilte dann sein Mörder ins Obergeschoss, um Dr. Haenisch zu töten beziehungsweise ihn zu zwingen, sich zu erschießen." Sie sah die Männer aufmerksam an. „Für mich wäre also ein Selbstmord höchst fragwürdig!"

„Obwohl die gesamte Auffindesituation auf den ersten Blick für einen Suizid spricht, habe auch ich mittlerweile meine Zweifel", wandte Brunner ein. „Die Soko arbeitet jetzt schon einige Zeit mit dem Staatssekretär zusammen. Es gab niemals auch nur die geringsten Anzeichen dafür, dass Dr. Haenisch lebensmüde wäre. Andererseits glaube ich nicht, dass Dr. Haenisch so entspannt in der Wanne gelegen hätte, wenn man ihn zu dem Schuss gezwungen hätte." Er sah Karaokleos fragend an. „Haben Sie an der Leiche irgendwelche Anzeichen von äußerer Gewalteinwirkung entdeckt?"

Dr. Karaokleos schüttelte den Kopf. „Da müssen Sie sich bis morgen gedulden. Ich werde ihn morgen Vormittag gleich sezieren und Ihnen anschließend meine Einschätzung mitteilen."

Brunner stieß sich vom Schrank ab. „Sie untersuchen ja sicher auch, ob man Dr. Haenisch unter Drogen gesetzt hat. Diese Sache hat oberste Priorität, das muss ich wohl nicht eigens betonen."

Ehe diese Vermutung Dr. Schwab dazu anregte, sich zu neuen Theorien verführen zu lassen, fuhr Dr. Karaokleos fort: „Wir haben auch Proben vom Blut im Bad der Kellerwohnung genommen. Der erste optische Eindruck der Zusammensetzung des Blutes lässt die Vermutung zu, dass dort eine Frau einen Abortus hatte. Für eine Regelblutung ist das eindeutig zu viel Blut."

„Sie meinen eine Fehlgeburt?", fragte Kauswitz nach.

„Eine Fehlgeburt oder eine bewusste Abtreibung", mischte sich Dr. Schwab wieder ein. „Wir können anhand des Blutes feststellen, ob hier möglicherweise mit chemischen Substanzen gearbeitet wurde, um einen Abortus herbeizuführen …"

Dr. Karaokleos beendete mit einer entschiedenen Handbewegung das Gespräch. „Geschätzte Kollegin, meine Herren, bevor wir uns in irgendwelche Theorien verstricken, wollen wir das Ergebnis der Leichenöffnung und der Blutuntersuchung abwarten. Wir werden selbstverständlich auch sämtliche toxikologische Untersuchungen vornehmen, um alle Eventualitäten auszuschließen. – Meine Herren, Details, wie üblich, nach der Obduktion." Er schnappte sich seine Arzttasche und wandte sich in Richtung Ausgang. Dr. Schwab griff sich ebenfalls ihren Koffer und folgte ihm schweigend. Ihr Gesicht zeigte allerdings deutlich, was sie davon hielt, von ihrem Vorgesetzten ausgebremst worden zu sein.

Nachdem die beiden den Raum verlassen hatten, setzte sich Brunner rittlings auf einen der Stühle mitten im Raum. Kauswitz folgte seinem Beispiel. Nachdenklich meinte er:

„Ich bin wirklich gespannt, was da noch alles für Aspekte auftauchen. Offenbar befanden sich im Haus zwei unbekannte Frauen, die genau wie der Fahrer verschwunden sind. Zumindest haben wir jetzt drei Verdächtige, die beim Ableben von Dr. Haenisch eine Rolle gespielt haben dürften."

Brunner hob die Hand. „Die beiden Frauen befanden sich mit unserem Wissen hier im Haus."

Kauswitz sah ihn verwundert an. „Eberhard, was soll das? Warum sagst du mir das nicht? Würdest du mich freundlicherweise auf den aktuellen Stand bringen?" Er war sichtlich verärgert.

Eberhard Brunner machte eine beschwichtigende Handbewegung. „Jetzt beruhige dich mal, ich hätte dich schon noch informiert. Bis jetzt ging ja alles drunter und drüber." Er beeilte sich, dem Kollegen davon zu berichten, dass Dr. Haenisch Rana und Pamina bei sich zu ihrem Schutz aufgenommen hatte.

Kauswitz hatte sich wieder beruhigt und seinem Kollegen aufmerksam zugehört.

„Das bedeutet doch mit hoher Wahrscheinlichkeit", überlegte er laut, „dass die Anwesenheit der beiden Frauen der Grund für den Angriff auf das Anwesen des Staatssekretärs war. Das dürfte das Motiv sein. Wie es aussieht, hat er die Rache eines der Clans auf sich gezogen. Wahrscheinlich hat das alles irgendwie mit Ehre et cetera zu tun. Ich muss dir doch nicht erzählen, wie diese Menschen ticken!"

„Ja, da könnte was dran sein. Es gibt aber noch andere Motive, die genauso gewichtig sind. Wir verfolgen die beiden Clans ziemlich intensiv."

Von der Tür her kam ein raschelndes Geräusch. Kauswitz drehte sich um. Kriminalhauptkommissar Luther, der Leiter der Spurensicherung, kam herein. Das Rascheln erzeugte der Papieroverall, den er noch trug. Die Kopfhaube dieses Schutzanzuges hatte er nach hinten geklappt.

„Wie sieht es aus?", wollte Kauswitz wissen. „Kann man schon was sagen?"

Der Mann ließ sich tief durchatmend auf einen der Küchenstühle nieder. „Einen eigeninitiativen Selbstmord können wir meiner Meinung nach ausschließen ...", erklärte er bestimmt, während er sich mit dem Taschentuch den Schweiß von der Stirn wischte.

„Begründung?" Kauswitz musterte ihn angespannt. „Wir hatten das Thema gerade mit den Rechtsmedizinern. Auch die hatten Zweifel."

Luther hob die Hand und ließ sie wieder fallen. „Meines Erachtens ist da einiges ganz schön inszeniert. Der Lauf wurde zwar unter dem Kinn aufgesetzt. Der Austritt der Schrote aus dem Hinterkopf und das Schussbild an der Wand passen auch zusammen. Allerdings gibt es da einen kleinen Schönheitsfehler. Bei der Waffe handelt es sich um eine sogenannte Bockdoppelflinte mit einem Abzug. So wie die Waffe aufgebaut ist, wurde sie zum Tontaubenschießen verwendet. Dabei lädt der Schütze beide Läufe jeweils mit einer Patrone. Wenn er zum ersten Mal abdrückt, löst er den unteren Lauf aus. Betätigt er den Abzug erneut, wird die obere Patrone abgefeuert. Diese Reihenfolge ist bei der benutzten Waffe zwingend vorgegeben und kann nicht verändert werden."

Brunner nickte. „Es ist mir bekannt, dass Dr. Haenisch früher Sportschütze war. Die Flinte war ihm also absolut vertraut."

„Eben", fuhr Luther fort. „Warum also lädt ein Mensch, der sich mit einer Waffe auskennt und weiß, wie die Schussfolge funktioniert, vor einem geplanten Selbstmord *beide* Läufe? Ich glaube kaum, dass jemand in dieser schwierigen psychischen Ausnahmesituation davon ausgeht, einen zweiten Schuss abgeben zu müssen!"

Brunner und Kauswitz sahen sich an. „Kann ich mir auch nicht vorstellen", erklärte Brunner. „Ich habe in meinem beruflichen Leben schon zahlreiche Selbstmorde mit Schusswaffe zu bearbeiten gehabt. In der Regel haben die Menschen nur die Handlungen vorgenommen, die erforderlich waren, um die Sache schnell und erfolgreich hinter sich zu bringen." Er atmete tief durch, dann fuhr er fort: „Wir müssen also mit an Sicherheit grenzender Wahrscheinlichkeit einen freiwilligen Suizid ausschließen. Das bedeutet, der Täter war bereits im Haus oder wurde womöglich von seinem Opfer, Rosenheimer oder einer anderen Person eingelassen. Dann hat er KK Rosenheimer ausgeschaltet. Was wiederum heißt, er muss Rosenheimer überrumpelt haben, was ich mir bei einem so gut ausgebildeten SEK-Mann kaum vorstellen kann. Ich vermute, Rosenheimer hat ihn gekannt und war arglos. Vermutlich besaß der Täter einen Schalldämpfer, deshalb hat man den Schuss im Haus nicht gehört. Dem Täter war offenbar bekannt, wo Dr. Haenisch die Flinte aufbewahrte. Er holte sie aus dem Keller, dann ging er nach oben. Vielleicht lag der Staatssekretär bereits in der Wanne, weil er sich ein nächtliches Entspannungsbad gönnen wollte. Der Killer könnte ihn aber auch im Schlaf überwältigt haben. Vielleicht hat er ihn ohnmächtig geschlagen oder mittels einer Droge ausgeschaltet. Das wird die Obduktion ergeben. Danach legte er ihn in die Badewanne, dann inszenierte er den Kopfschuss. Anschließend ließ er das Wasser ein."

Luther stand wieder auf. „So könnte es gewesen sein. Untermauert ist diese Theorie aber noch nicht. Wir werden noch Stunden mit der Untersuchung und Katalogisierung des Tatorts zu tun haben. Einzelheiten erseht Ihr dann aus meinem Bericht. – Noch etwas: Wir haben das ganze Haus durchsucht, aber Haenischs Fahrer nicht gefunden. Sein Zimmer ist aufgeräumt, das Bett nicht benutzt, sein Kleiderschrank ausgeräumt. Wie es aussieht, hat er das Haus verlassen. Man sollte ihn schleunigst zur Fahndung ausschreiben. Er verfügte über alle Informationen, um die Tat auszuführen. Zumindest könnte er ein wichtiger Zeuge sein."

„Das habe ich schon veranlasst, nachdem er beim ersten Zugriff nicht auffindbar war", gab Brunner zurück. „Der Mann ist ein erfahrener Polizist und Personenschützer. Er ist im Vorfeld zigmal durchleuchtet worden und hat eine blütenweiße Weste." Er zögerte kurz, dann fuhr er fort: „Auf der anderen Seite hätte er aber alle Kenntnisse und Möglichkeiten gehabt, diese Straftaten zu begehen."

Luther erhob sich, winkte ihnen zu und verließ die Küche. Es gab noch viel zu tun.

Kauswitz machte sich zwischenzeitlich seine Gedanken. „Eberhard, das sind für meine Begriffe zu viele Spekulationen. Da steht der Mordkommission ein hartes Stück Ermittlungsarbeit bevor. Wir müssen dafür Sorge tragen, dass uns die Ergebnisse der Spurensuche und der kriminaltechnischen Untersuchung möglichst schnell zur Verfügung stehen. Alles andere ist im Augenblick Kaffeesatzlesen." Er wandte sich zum Gehen, dann fiel ihm noch etwas ein.

„Wie macht die Soko jetzt weiter? Genauer gefragt, wie machst du weiter? Mit dem Staatssekretär habt Ihr ja irgendwie eure Triebfeder verloren. Man muss kein Wahrsager sein, wenn man hinter diesen Morden einen der beiden Clans vermutet. Haenisch saß diesen Banden mit euch als Handwerkszeug wie ein Terrier im Nacken. Sein Tod und die Ermordung des jungen Kollegen könnte man ja auch als eindeutige Botschaft auffassen, die da lautet: Wenn ihr glaubt, uns auf die Füße treten zu können, treten wir umso heftiger zurück!"

Brunner kniff die Augen zusammen. Er mochte diese Art von unterschwelligem Pessimismus absolut nicht zulassen. Nur mühsam konnte er den aufkommenden Zorn unterdrücken. „Wir werden vor diesen Verbrechern sicher nicht einknicken! Das hier ist zwar ein herber Rückschlag, den ich aber als Ansporn betrachte. Wir werden auf jeden Fall weitermachen! Noch härter als bisher!" Er schlug mit der Faust auf die Arbeitsplatte, dabei stieß er hart hervor: „Nur damit das zwischen uns klar ist: Die Zuständigkeit für diese beiden Toten bleibt natürlich beim Landeskriminalamt, also bei der Soko. Wir werden dabei natürlich eure Ressourcen nützen und eng zusammenarbeiten. Wenn es Ergebnisse von der Rechtsmedizin gibt, will ich diese sofort wissen. Das Gleiche gilt für die Erkenntnisse der Spurensicherung und der technischen Spurenauswertungen." Er sah Kauswitz durchdringend an. „Ich denke, ich kann mich auf dich verlassen." Er nickte knapp und eilte hinaus.

Kauswitz sah ihm hinterher. Den Hilfsermittler für das Landeskriminalamt zu spielen passte ihm gar nicht, da diese Toten eigentlich in seine Zuständigkeit fielen. Aber der Zusammenhang mit den Aufgaben und den Ermittlungen, die die Sonderkommission betrieb, lag auf der Hand. Da war es sinnvoll, wenn das LKA die Tataufklärung an sich zog. Brunners Ton gefiel ihm zwar nicht, aber er konnte den Druck, unter dem der Kollege im Augenblick stand, nachvollziehen. Die beiden Leichen waren ein gewaltiger Rückschlag. Um nichts in der Welt hätte er jetzt in der Haut des Kollegen stecken mögen!

Brunner zog unterdessen seine Männer zusammen, wenig später rollten die Einsatzfahrzeuge vom Hof. Verschlossen saß der Leiter der Soko auf dem Beifahrersitz und starrte in die aufgehende Sonne. Sie mussten in der Leitungsgruppe so schnell wie möglich eine Lagebesprechung durchführen, um sich wieder zu sortieren. Seine Truppe musste nach den bedrückenden Ereignissen motiviert werden, um sich von dem Rückschlag nicht nachhaltig beeindrucken zu lassen.

31

Kauswitz verließ das Haus und ging zur Leitstelle dieses Einsatzes, die in einem Ford Transit untergebracht war. Wie immer bei länger andauernden Einsätzen gab es hier für die Frauen und Männer die Möglichkeit, aus großen Pumpkannen frischen Kaffee zu zapfen. Beim vierten Schluck des heißen Gebräus kam ihm ein Gedanke, den er sofort in die Tat umsetzte. Er griff zum Telefon. Kauswitz ärgerte sich, dass er nicht schon früher diese Idee gehabt hatte. Eine halbe Stunde später verluden drei Polizeihundeführer in Würzburg ihre Hunde in einen Pkw-Anhänger, der eigens für derartige Transporte ausgestattet war. Eine knappe Stunde später trafen die drei Beamten der Polizeihundestaffel des Polizeipräsidiums Unterfranken am Tatort ein. Kauswitz instruierte sie in groben Zügen über das Tatgeschehen, dann kam er auf die drei vermissten Personen zu sprechen.

„Der Aufenthalt des Fahrers des Staatssekretärs ist unklar. Den Spuren nach sieht so aus, als hätte er das Haus kalkuliert und geplant verlassen. Ich möchte nur sichergehen, dass er nicht irgendwo im Umfeld des Grundstücks als Leiche herumliegt.

Gleiches gilt für zwei junge Frauen, die hier im Haus gewohnt haben. Wir haben Blutspuren gefunden, die wir einer der beiden zuordnen können. Es ist nicht sicher, wie die beiden das Haus verlassen haben. Ob sie gemeinsam gingen oder getrennt, freiwillig oder gezwungen. Können das die Hunde leisten?"

Der ranghöchste Hundeführer meldete sich zu Wort: „Alle drei Hunde sind als *Mantrailer* ausgebildet. Sie sind also in der Lage, menschlichen Spuren zu folgen. Wir brauchen nur einen persönlichen Gegenstand des betreffenden Menschen, dann können wir mit der Suche beginnen." Sie entfernten sich, um die Hunde aus dem Hänger zu holen.

Kauswitz rief den Leiter der Spurensicherung zu sich und erklärte ihm seinen Plan.

„Das ist kein Problem", erklärte Luther, „viele Spurenträger sind bereits eingetütet. Sie sind schon in unserem Fahrzeug. Da können die Hunde problemlos Witterung aufnehmen."

Wenig später standen die Hundeführer mit ihren drei Vierbeinern, einem deutschen Schäferhund, einem Riesenschnauzer und einer Labrador-Retriever-Hündin, neben dem Transporter der Spurensicherung und warteten auf ihren Einsatz. Alle drei Vierbeiner waren sichtlich aufgeregt und mussten von ihren Hundeführern zur Ordnung gerufen werden. Sie wussten, dass eine wichtige Aufgabe auf sie zukam.

Voneinander getrennt wurden die Hunde von ihren Führern auf die Spuren angesetzt, damit sie einander nicht bei der Suche störten. Die Beamten waren mit Headsets ausgerüstet, so dass sie ständig Kontakt zur Einsatzleitung hatten.

Der Riesenschnauzer folgte der Fährte des Fahrers. Kaum hatte er von dem Kopfkissen aus dem Zimmer des Fahrers Witterung aufgenommen, marschierte er mit tiefer Nase durch die Wohnung und näherte sich zielstrebig dem Ausgang. Im Freien ließ ihn sein Ausbilder an der langen Leine suchen. Der Rüde pendelte einige Male von rechts nach links, dann zog er quer über das Grundstück in Richtung Straße davon.

Die Retrieverhündin bekam das Kopfkissen aus dem Bett, in dem die zweite vermisste Frau geschlafen hatte. Sie nahm mehrmals kräftig Witterung auf, dann folgte sie dem Flur, der vor einer metallenen Kellertür endete. Vom

Hundeführer darauf aufmerksam gemacht, erklärte ihm Kauswitz, dass man diesen Raum bereits angesehen habe. Es handele sich um einen bis auf einige Regale leeren Kellerraum. Der Hundeführer bat trotzdem ihn durchsuchen zu dürfen, da sein Hund unbedingt dorthinein wollte. Kaum war die Tür geöffnet, zog die Retrieverhündin zielstrebig in den hinteren Bereich des Kellerraums. Der Hundeführer hob die Hand und zeigte auf eine bestimmte Stelle am Boden. Kauswitz trat näher. Nur wenn man ganz genau hinsah, war im Zement ein dunkler Punkt zu erkennen.

„Eindeutig Blut", erklärte der Beamte und lobte seinen Hund, der aber schon weitersuchte und schließlich vor einer stabilen Metalltür an der Schmalseite des Raumes stehen blieb. Sie war hinter den Regalen kaum zu sehen, da sie die gleiche Farbe hatte wie der umgebende Beton. Sie war mit einem Zahlenschloss gesichert. Die Hündin sprang an der Tür hoch und winselte.

„Ich vermute, dass sie ins Freie führt", erklärte Kauswitz. „Wahrscheinlich so eine Art Notausgang." Er probierte die Zahlenkombination, die ihm Brunner für den Haupteingang genannt hatte. Es gab ein metallisches Geräusch, als würden sich im Inneren Riegel zur Seite schieben. Der Hundeführer betätigte die Klinke, die Tür ging auf. Sofort nahm die Hündin die Witterung wieder auf.

„Die Frau muss diesen Ausgang benutzt haben", erklärte der Beamte und folgte seiner Hündin. Sie stiegen ein paar Stufen hoch, dann betraten sie ein hölzernes Müllhaus. Es war mit mehreren Mülltonnen bestückt. Die Hündin schnüffelte nervös herum, plötzlich zog sie wieder hinaus, an der Seite des Müllschuppens vorbei und immer weiter vom Haus fort.

„Suchen Sie alleine weiter", rief ihm Kauswitz hinterher, „wenn Sie etwas gefunden haben, funken Sie mich an."

Der Beamte nickte und überließ seinem Hund die gesamte Länge der Suchleine. Zielstrebig marschierte die Hündin mit tiefer Nase weg vom Grundstück in Richtung Wald.

Kauswitz wandte sich dem dritten Nachsuchengespann zu.

Der Schäferhund bekam einige Zeit nachdem die beiden anderen Hunde unterwegs waren, die blutigen Kleidungsstücke aus dem Bad vor die Nase gehalten, dann wurde er im Badezimmer auf die Suche geschickt. Auch er nahm mehrmals kräftig Witterung auf, dann verließ er das Badezimmer und folgte dem gleichen Weg durch den Flur, dem auch schon die Retrieverhündin gefolgt war.

„Offenbar war dieser Fluchtweg den beiden Frauen bekannt, denn die Retrieverhündin hat den gleichen Weg genommen. Kann es sein, dass der Hund fälschlich auf der Spur der Hündin sucht?"

Der Hundeführer schüttelte den Kopf. „Die Hunde sind so trainiert, dass sie nur der Spur eines Menschen folgen. Sie können dabei andere Fährten völlig ausblenden."

Kauswitz war beruhigt. Die Aussage des Beamten bestätigte sich auch sofort, denn der Schäferhund führte sie um das Haus herum zur Vorderseite.

In diesem Augenblick läutete Kauswitz' Handy. Es war die Einsatzzentrale. Sie meldete einen weiteren Leichenfund in der Nachbarschaft des Anwesens des Staatssekretärs. Kauswitz sagte dem Leiter der Spurensicherung Bescheid, dass wohl noch mit einem weiteren Tatort zu rechnen sei, dann eilte er davon. Sein Ziel konnte er problemlos zu Fuß erreichen. Es lag laut Beschreibung der Einsatzzentrale im Nachbargebäude des Anwesens des Staatssekretärs. Kauswitz war sehr angespannt. Nahm das heute denn gar kein Ende?

32

In Steinfeld kehrte mit Tagesbeginn der Alltag ein. Nur noch wenige Dorfbewohner, meist Rentner, die sonst nichts zu tun hatten, harrten an der Polizeiabsperrung aus. Die Belohnung für das Ausharrungsvermögen der Unentwegten war dann das Eintreffen eines Übertragungswagens des Bayerischen Fernsehens. Ein anonymer Anruf in der Sendezentrale in Würzburg hatte die Presseleute auf den Polizeieinsatz in Steinfeld aufmerksam gemacht. Nachdem sie von den Streifenbeamten an der Absperrung nicht durchgelassen wurden und auch Kriminalhauptkommissar Kauswitz, der kommissarische Leiter der Mordkommission, zu keinem Interview bereit war, begann das Zweierteam, bestehend aus Kameramann und Reporter, die umstehenden Leute zu interviewen. Schließlich wollte man nicht vergebens aufs Land gefahren sein.

Veronika Hermann war Krankenschwester im Bezirkskrankenhaus in Lohr gewesen und jetzt schon seit zwei Jahren in Rente. Veronika hatte es sich zur Routine gemacht, zweimal die Woche ihre Tante Hedwig zu besuchen. Meist am Nachmittag, weil sie dann mit der alten Dame einen Kaffee trank und beide den mitgebrachten Kuchen verzehrten. Heute war Veronika allerdings sehr früh dran, weil sie später einen Termin bei ihrem Frauenarzt in Lohr hatte. Ein Routinecheck, nichts Besonderes, doch hatte sie vor, die Fahrt nach Lohr gleich mit einem Einkauf zu verbinden. Jetzt wollte sie nur wissen, ob sie der alten Frau aus der Stadt etwas mitbringen sollte. Sie hatte vorhin bei Hedwig angerufen, aber die Tante war nicht drangegangen. Ein Umstand, der sie etwas beunruhigte. Normalerweise war Hedwig Mostmann sehr früh auf den Beinen. Sie parkte ihren Wagen vor dem Haus ihrer Tante. Dabei betrachtete sie verwundert das Absperrband, das kurz nach dem Grundstück die Straße sperrte. Veronika hatte bisher von der Polizeiaktion nichts mitbekommen, da sie am anderen Ende des Dorfes wohnte. Sie blieb einen Moment stehen und beobachtete das Treiben auf dem Nachbargrundstück. Da schien wirklich etwas Schwerwiegendes geschehen zu sein. Ein Fernsehteam war gerade im Gespräch mit einem Steinfelder, der offenbar einiges zu erzählen hatte, denn er sprach eifrig auf das hingehaltene Mikrofon ein. Da haben sie den Richtigen erwischt, dachte Veronika. Schorsch Aldig, von Beruf Frührentner, war so etwas wie das wandelnde Gemeindeblättchen von Steinfeld. Die Tante beobachtete die Vorgänge beim Nachbarn bestimmt intensiv und würde ihr sagen können, was da vorging.

Veronika Hermann stieg die wenigen Stufen zur Haustür ihrer Tante hinauf. Gewohnheitsmäßig zog sie den Glockenstrang der Klingel. Sie besaß zwar einen Haustürschlüssel, wollte aber die alte Frau nicht erschrecken, indem sie einfach eintrat. Da jedoch keine Reaktion erfolgte, steckte sie den Schlüssel ins Schloss, um aufzuschließen. Jedenfalls wollte sie das, konnte aber ihren Schlüssel nicht einführen, da offenbar auf der Innenseite schon der Schlüssel der Tante steckte. Sie schüttelte den Kopf. Bei den Ereignissen, die sich hier vor ihrem Haus abspielten, war die Tante mit Sicherheit wach. Wahrscheinlich saß sie am Küchenfenster und beobachtete die Ereignisse auf dem Nachbargrundstück. Veronika klopfte vernehmlich, dann drückte sie die Klinke. Sofort öffnete sich die Tür, es war nicht abgeschlossen.

„Guten Morgen, Tante", rief sie in den Flur, „ich bin's!" Schwungvoll trat sie in die Küche ein. Sie registrierte, dass das Licht brannte, dann bemerkte sie die alte Frau, die am

Tisch saß, den Kopf auf den Armen liegen hatte und sich nicht rührte. Veronika durchfuhr ein Schrecken. Ihr erster Gedanke war, dass die Tante tot sei. Sie trat einen Schritt näher, wodurch sie ins Gesicht der alten Frau sehen konnte. Ihre gebrochenen Augen starrten gegen die Küchenwand. Ihr Gesicht war gelblich fahl. Für die erfahrene ehemalige Krankenschwester bestand am Tod der alten Frau kein Zweifel. Trotzdem näherte sie sich ihr und suchte mit den Fingern die Halsschlagader. Wie erwartet erfolglos. Mit einem Seufzer blieb sie im Raum stehen und sah auf die Tote herab. Hedwig musste in der Nacht am Tisch verstorben sein. Sie konnte unter ihrem Kopf ein Rätselheft erkennen. Sacht strich sie ihr eine graue Strähne aus dem Gesicht, dann ging sie in den Flur und griff sich das Telefon, das auf der Ladeschale lag. Sie wusste, die private Nummer der Hausärztin war eingespeichert. Weil Hedwig Mostmann unter Herzproblemen litt, gab ihr Dr. Severin die Möglichkeit, sie jederzeit anrufen zu können. Einige Rufzeichen später ging die Ärztin ans Telefon. Veronika erläuterte ihr kurz den Sachverhalt, worauf die Ärztin erklärte, sie würde sofort kommen. Während Veronika auf die Ankunft von Dr. Severin wartete, rief sie die Nummer ihres Frauenarztes an und stornierte auf Band ihren heutigen Termin.

Die Untersuchung der Hausärztin bestätigte Veronikas Diagnose. „Sie muss schon einige Stunden tot sein", stellte Dr. Severin fest, „die Leichenstarre ist schon ausgeprägt. Mit ihren Herzproblemen war es nur noch eine Frage der Zeit, wann das geschehen würde. Sicher war es ein schneller Tod und sie musste nicht leiden." Sie stellte ihre Arzttasche auf den Boden und holte einen Formularblock heraus. „Ich stelle noch den Totenschein aus. Bei der alten Dame mit ihren Vorerkrankungen können wir auf die Polizei verzichten", erklärte sie und kreuzte auf dem Formular „Natürliche Todesursache durch Herzversagen" an. „Frau Mostmann war ja meines Wissens alleinstehend", stellte sie fest. „Kümmern Sie sich um die Formalien?" Sie legte den Totenschein auf den Tisch.

Veronika nickte. Während die Ärztin ihre Utensilien zusammenpackte, betrachtete Veronika die Tote genauer. Irgendetwas störte sie an der Art und Weise, wie sie dalag. Sie konnte aber nicht genau sagen, was. Es war mehr ein Gefühl.

„Frau Doktor, bitte warten Sie mal kurz ..."

Die Ärztin sah sie etwas verwundert an.

„Meine Tante hatte doch neben ihrer Herzerkrankung große Probleme mit der Degeneration der Wirbel ihrer Halswirbelsäule. Sie konnte deshalb doch auch nur eingeschränkt den Kopf drehen. Außerdem litt sie massiv unter Osteoporose. Sie haben doch selbst vor einigen Monaten eine Computertomografie und eine Messung der Knochendichte durchführen lassen."

„Das stimmt zwar alles, aber worauf wollen Sie hinaus?" Die Ärztin wurde langsam etwas ungeduldig. „Die Degeneration der Halswirbelsäule war hier sicher nicht die Todesursache."

„Es tut mir leid, aber ich kann mir nicht vorstellen, dass Tante Hedwig beim Rätselraten ihren derart seitwärts verdrehten Kopf auf die Arme abgelegt hätte, um zu schlafen. Das hätte doch massive Schmerzen verursacht."

Dr. Severin warf der Toten einen nachdenklichen Blick zu. Schließlich stand sie wortlos auf, streifte sich nochmals Gummihandschuhe über und beugte sich über die Leiche. Mit beiden Händen ergriff sie den Hals von Hedwig Mostmann und drückte mit den Daumen abwechselnd von hinten impulsmäßig gegen die Halswirbel. Auch Veronika konnte nun das leise knirschende Geräusch hören, das entstand, als die gebrochenen Wirbel gegeneinanderrieben. Dr. Severin ließ wieder los und trat einen Schritt zurück. Langsam zog sie die Gummihandschuhe aus, dann meinte sie ziemlich betroffen: „Frau Hermann, Sie haben recht. Durch die Leichenstarre und die damit verbundene Steifheit des Nackens ist mir das nicht aufgefallen." Sie schüttelte den Kopf. „Man geht bei alten Patienten sehr schnell von einem natürlichen Tod aus, weil das einfach naheliegend ist." Sie ergriff den Totenschein und zerriss das Formular, dann holte sie ihren Block heraus und füllte einen neuen Formularsatz aus. In dem Teil des Formulars, in dem sie auf die Todesursache eingehen musste, schrieb sie „Ungeklärte Todesursache – Genickbruch". Sie steckte das Formular in einen Umschlag. „Das übergeben Sie bitte der Polizei, die ich jetzt verständigen muss. Sicher werden dann Ermittlungen durchgeführt und die Staatsanwaltschaft eingeschaltet. Vermutlich wird es eine Obduktion geben." Sie griff nach ihrem Mobiltelefon. „Vom Rätselraten hat sich noch keiner das Genick gebrochen." Dann wählte sie die 110.

Den Anruf nahm zufällig wieder Polizeioberkommissar Peter Regner an, der auch die beiden anonymen Anrufe Stunden vorher bearbeitet hatte. Als die Ärztin ihm schilderte, dass es in Steinfeld bei Lohr in der Buchenau 36 einen ungeklärten Todesfall gäbe, läuteten bei ihm alle Alarmglocken.

„Bleiben Sie bitte in der Leitung", erklärte er Dr. Severin, „ich verbinde Sie mit dem Schichtleiter."

Die Ärztin wurde etwas ungeduldig. Sie musste langsam in die Praxis. Es dauerte einen Moment, dann knackte es in der Leitung und Polizeihauptkommissar Bayer meldete sich. Etwas gereizt erklärte ihm Dr. Severin nochmals ihr Anliegen.

„Mein Kollege hat mich schon informiert. Wir werden die Mordkommission verständigen, bleiben Sie bitte vor Ort."

Jetzt wurde Dr. Severin doch etwas ungehalten. „Jetzt hören Sie mal zu, ich bin die Landärztin hier in diesen Gemeinden und mein Wartezimmer quillt vermutlich gerade von Patienten über. Ich kann mich nicht ewig hier aufhalten …"

„Ich verstehe", erwiderte der Schichtleiter, „aber es wird nicht lange dauern. Die Beamten der Mordkommission haben gerade in Ihrer Nachbarschaft zu tun. Es könnte sein, dass zwischen dem Tod Ihrer Patientin und dem Fall, den Sie dort zu bearbeiten haben, ein gewisser Zusammenhang besteht. Ich muss Sie daher sehr eindringlich auffordern, vor Ort zu bleiben. Fassen Sie bitte nichts mehr an und verändern Sie nicht die Lage der Leiche."

Dr. Severin sah, dass sie hier nicht weiterkam. Sie erklärte widerwillig ihr Einverständnis, dann wurde die Verbindung unterbrochen. Veronika bekam große Augen, als ihr die Ärztin den Inhalt des Telefonats erläuterte. Sie konnte sich beim besten Willen nicht vorstellen, was ihre alte Tante mit dem Polizeieinsatz in der Nachbarschaft zu tun haben könnte. Auch wenn sie nichts berühren sollten, holte Veronika aus dem Schlafzimmerschrank ein Betttuch und legte es über die Tote. Es kam ihr pietätlos vor, die alte Frau so herumliegen zu lassen.

Es dauerte eine gute halbe Stunde, dann schepperte die Türglocke. Veronika öffnete.

„Mein Name ist Kauswitz", erklärte ein Mann, dem man ansah, dass er wohl schon einige Stunden auf den Beinen war. „Ich bin der Leiter der Mordkommission. Sie haben über die 110 einen Todesfall gemeldet?" Er hielt seinen Dienstausweis hoch.

Veronika Hermann nickte, dann trat sie zur Seite, ließ den Kriminalbeamten ein und führte ihn in die Küche. Er begrüßte Dr. Severin, dann warf er einen Blick auf das Betttuch.

„Haben Sie sonst etwas verändert?"

Veronika schüttelte den Kopf. „Ich konnte sie doch nicht einfach so liegen lassen." Tränen stiegen ihr in die Augen.

„Ich habe sie untersucht, um den Tod festzustellen", ergänzte die Ärztin.

Der Kriminalbeamte nickte. Er zog Gummihandschuhe aus seiner Jackentasche und hob das Laken an, um einen Blick auf die Tote zu werfen. „Schildern Sie mir bitte kurz den Sachverhalt?", bat er dabei.

Veronika erzählte, wie sie ihre Tante aufgefunden hatte und dass sie dann gleich Dr. Severin verständigte. Die Ärztin ergänzte die Ausführungen der Nichte und schilderte, wie sie beide dann wegen der für die alte Frau ungewöhnlichen Körperhaltung misstrauisch geworden seien und Dr. Severin die Halswirbelsäule der Toten nochmals untersucht habe. Dabei habe sie dann den Genickbruch erkannt. Sie drückte Kauswitz den Totenschein in die Hand.

Nachdem die beiden Frauen ihre Schilderung beendet hatten, bedankte sich Kauswitz, griff zum Handy und rief eine seiner Mitarbeiterinnen an, die noch immer im Nachbarhaus beschäftigt war.

„Kauswitz. Ich benötige die Spurensicherung hier. Ja, im Nachbarhaus. Stellen Sie einen Streifenbeamten vor das Haus, damit wir keinen unerwünschten Besuch von Neugierigen bekommen. Außerdem rufen Sie in der Rechtsmedizin an. Sie sollen umgehend nochmals jemanden herschicken. Wir haben hier noch einen ungeklärten Todesfall. Adresse wissen Sie ja."

Er legte auf, dann sah er die zwei Frauen an. „Es tut mir leid, aber das hier ist jetzt ein Tatort. Ich muss Sie bitten das Haus zu verlassen. Vorher geben Sie mir bitte Ihre Personalien und halten Sie sich bitte für eine schriftliche Aussage zur Verfügung."

Dr. Severin überreichte dem Kommissar ihre Visitenkarte und ging. Ihre Patienten warteten.

Veronika blieb an der Tür stehen. Sie war sehr niedergeschlagen. „Ja, und was wird nun aus meiner Tante und aus dem Haus?"

„Sie kommt in die Rechtsmedizin nach Würzburg", klärte Kauswitz sie auf. „Wir müssen die wahre Todesursache herausfinden. Wie gesagt, das hier ist ein Tatort und wir müssen alle Spuren sichern. Solange darf hier niemand rein. Das Haus wird versiegelt. Wir werden Sie informieren, wenn wir den Tatort wieder freigeben."

Veronika verließ zutiefst erschüttert das Haus. So eine brave Frau und so ein gewaltsamer Tod. Das hatte Hedwig Mostmann wirklich nicht verdient.

Die Haustür stand nach wie vor offen und Kauswitz blieb auf der Schwelle stehen. Wie erwartet kam wenig später auch schon das erste Hundegespann die Straße herauf. Es war der Schäferhund, der mit höchster Konzentration einer unsichtbaren, nur für seine feinen Sinne lesbaren Spur folgte. Der Hundeführer sah Kauswitz erstaunt an.

„Respekt", stellte er fest, Ihre Nase ist offenbar besser als die meines Hundes."

„Da machen Sie sich mal keine Gedanken", gab der kommissarische Leiter der Mordkommission mit ernster Miene zurück, „ich bekam von der Einsatzzentrale einen Anruf, dass hier im Haus eine Frau tot aufgefunden wurde."

„Soll ich die Suche jetzt abbrechen?", wollte der Beamte wissen.

„Nein, auf keinen Fall!", erwiderte Kauswitz. „Ich muss wissen, ob die Blutspur der vermissten Frau hier ins Haus hineinführt."

Der Beamte gab seinem Hund ein Kommando und er

suchte weiter. Einen Moment später stand er im Flur und schnüffelte ganz aufgeregt winselnd in einer Ecke herum.

„Er hat etwas gefunden", erklärte der Hundeführer, zog eine Taschenlampe und leuchtete in die Ecke neben der Garderobe. „Da, sehen Sie", forderte er auf und richtete den Lichtstrahl auf eine bestimmte Stelle. Dort war eindeutig ein kleiner Blutfleck zu erkennen. „Nach dem Verhalten des Hundes stammt das Blut von der Frau, die wir suchen."

„Geht die Spur noch weiter?"

Der Schäferhund erhielt ein Kommando, nahm wieder die Nase herunter, hörte aber nach ein paar Sekunden wieder auf. Schwanzwedelnd sah er seinen Herrn an.

„Also, hier ist Ende der Fahnenstange", bemerkte der Hundeführer. „Die Gesuchte müsste eigentlich hier sein. Jedenfalls hat sie sich nicht selbst von hier wegbewegt – oder sie ist geflogen."

Kauswitz bedankte sich und entließ das Gespann. Jetzt musste er nur noch klären, wieso sich die Blutspur hier plötzlich in Luft auflöste. Während er noch darüber nachgrübelte, sah er den Polizeibeamten mit dem Riesenschnauzer die Treppe heraufkommen.

„Sagen Sie jetzt nicht, dass der vermisste Fahrer hier in der Wohnung der alten Frau war ..." Kauswitz verzog ungläubig das Gesicht.

„Kein Zweifel, die gesuchte Person war hier." Er beobachtete seinen Hund, der im Flur und in der Küche herumschnüffelte. Dabei nahm er auch geräuschvoll Witterung von der Leiche. „Ich würde sogar sagen, dass er Kontakt mit der Toten hatte." In dem Moment wandte sich der Riesenschnauzer ab, trottete die Treppe hinunter nach draußen und suchte weiter die Straße hinauf in Richtung Ortskern. „Der Hund hat weitere Witterung", erklärte der Beamte und folgte am langen Riemen. Kauswitz zog die Tür hinter sich zu und beeilte sich hinterherzukommen. Eine kurze Strecke weiter stellte der Rüde die Suche ein. Er lief einen Kreisbogen ab, kam aber nicht mehr weiter.

Der Hundeführer stellte fest: „Hier ist Ende." Er deutete auf den Boden. „Sehen Sie die Reifenspuren? Ich vermute, der Gesuchte hat hier ein Auto bestiegen und ist davongefahren. Tut mir leid!"

„Das muss Ihnen nicht leidtun. Das war eine Superleistung! Ich bin beeindruckt! Vielen Dank!"

Der Hundeführer mit dem Schnauzer marschierte dem Schäferhund hinterher zum Anhänger. Dort erwartete die beiden Hunde erst einmal eine Stärkung.

Kauswitz war wenig später zurück und erklärte Luther, dass die Arbeit der Spurensicherung im nächsten Haus weiterging. Begeisterung sah anders aus.

Die Retrieverhündin folgte der Spur durch den Wald wie auf Schienen. Der Polizeibeamte kannte seine Hündin genau und erkannte an ihrem Verhalten, dass sie auf einer warmen Spur war. Sicherheitshalber prüfte er den Sitz seiner Dienstwaffe. Wenn man einem Flüchtigen nahekam, bestand immer die Gefahr, dass es zu Überreaktionen kam, wenn die verfolgte Person merkte, dass eine weitere Flucht keinen Sinn machte. Hier schien die flüchtige Frau anfänglich ziemlich panisch gewesen zu sein, denn sie war kreuz und quer durch das Unterholz gerannt. An einem Brombeergebüsch verwies die Hündin auf ein winziges Stück Stoff, das an den Dornen hängengeblieben war. Ein Stück voraus entdeckte der Polizist einen vielleicht fünf Meter hohen Jägerstand, der so geschickt in eine Buche eingepasst war, dass er fast mit der Umgebung verschmolz. Er war total verbrettert, lediglich Schießluken und eine Türöffnung waren frei.

„Ich denke, Mädchen, das wars dann", brummelte der Beamte und ließ der Hündin fast die ganze Leine. Tatsächlich strebte sie schnurstracks zu dem Hochsitz. Dort verharrte sie und begann zu bellen.

„Hallo, hier ist die Polizei", rief der Beamte und legte seine Rechte locker auf den Griff seiner Dienstwaffe. „Zeigen Sie sich bitte! Ich weiß, dass Sie dort oben sind. Haben Sie keine Angst, ich will Ihnen nichts tun!" Er gab der Hündin ein Kommando. Sie verstummte und legte sich nieder. Dann klopfte er auffordernd mit der Schuhspitze gegen die Holzleiter. „Jetzt kommen Sie schon runter! Hier ist die Polizei!"

Er dachte noch darüber nach, wie er jetzt weiter vorgehen sollte, als er oben ein Geräusch hörte und der Jagdstand leichte Erschütterungen zeigte. Sicherheitshalber trat er ein paar Meter zurück, da er keine Lust hatte, sich irgendwelche Gegenstände an den Kopf werfen zu lassen. Zuerst erschien in der Tür ein blasses, von einem Kopftuch umrahmtes Gesicht. Er redete weiter beruhigend auf sie ein, obwohl er wusste, dass sie ihn wahrscheinlich nicht verstand. Er rief seine Hündin zu sich, kniete neben ihr nieder und streichelte sie. Schwanzwedelnd ließ sie es sich gefallen. Nach dieser vertrauensbildenden Maßnahme drehte sich die Frau um und betrat die Leiter. Wenig später erreichte sie den Waldboden. Abstand haltend, sah sie den Polizisten mit ängstlichen Blicken an. Die Hündin schien die Furcht der Frau zu spüren, jedenfalls näherte sie sich schwanzwedelnd und drückte ihren dicken Kopf gegen ihr Bein.

Der Hundeführer lächelte und machte eine einladende Geste in Richtung Rückweg. Etwas zögernd folgte sie ihm.

33

Simon Kerner war vor zwei Tagen in Brunners Wohnung zurückgezogen, da sie von der Polizei wieder freigegeben worden war. Er beseitigte, so gut er konnte, die Spuren des Kampfes, dann öffnete er den Tresor im Kleiderschrank und holte Brunners Revolver heraus. Noch einmal würde er sich von einem Angreifer nicht überraschen lassen. Nach dem Überfall beantragte er bei der Stadtverwaltung umgehend die Ausstellung eines Waffenscheins. Nachdem der Polizeipräsident sich eingeschaltet hatte wurde er ihm auch unbürokratisch erteilt. Theresa erzählte er natürlich nichts von dem Überfall. Sie hatte wirklich genug Sorgen.

Nach einem kleinen Frühstück wollte er Theresa und Clara im Krankenhaus besuchen. Von den dramatischen Ereignissen der letzten Nacht hatte er noch nichts mitbekommen. Er nahm das Holster mit dem Revolver vom Gürtel und legte beides ins Handschuhfach des Jeeps. Wenn Theresa mitbekam, dass er plötzlich bewaffnet war, hätte dies nur unnötige Fragen zur Folge gehabt.

Mit Mundschutz, Haube, Schuhüberzieher und sterilem Mantel durfte Kerner zu seinem Kind. Aber auch so vermummt musste er auf Distanz bleiben. Man hatte Clara in ein anderes Zimmer verlegt, in dem man eine weitgehend sterile Atmosphäre erhalten konnte. Das Immunsystem seiner Tochter war mittlerweile so weit heruntergefahren, dass der geringste Infekt tödlich verlaufen konnte. Das war notwendig, um eine Abstoßungsreaktion des Körpers nach Erhalt der Knochenmarkspende zu verhindern. Clara war sehr schwach. Man konnte sehen, dass es ihr nicht gut ging, trotzdem versuchte sie ein tapferes Lächeln. Dabei wurden ihre

Augen wieder schwer und sie schlief ein. Ihre einstmals so gesunde braune Gesichtsfarbe war einem ungesunden Gelb gewichen. Theresa und Kerner machten sich ein Zeichen, zogen im Vorraum ihre sterile Kleidung aus und verließen das Krankenzimmer. Sie betraten den Raum neben Claras Zimmer, in dem Theresa im Augenblick praktisch wohnte. An der Längswand war eine Glaswand, durch die sich Mutter und Kind ständig sehen konnten. Kaum hatten sie die Tür hinter sich geschlossen, lehnte sich Theresa sichtlich erschöpft gegen Simon. Sie vergrub ihr Gesicht an seinem Hals, ein Zittern erschütterte sie und ein spontaner Weinkrampf schüttelte ihren Körper.

„Es ist so schrecklich, wenn man zusehen muss, wie das eigene Kind täglich weniger wird", stieß sie hervor. „Unser kleiner Engel ist ja so tapfer, aber mich bedrückt das Gefühl, dass sie nicht mehr lange durchhalten wird. Sie ist ja noch so klein ..."

Kerner streichelte ihr übers Haar. „Schatz, wir wussten, dass es schwer werden wird, aber die Ärzte sind doch nach wie vor zuversichtlich. Sie haben große Erfahrung auf diesem Gebiet. Deshalb sind wir ja auch hierhergekommen. Das tolle ist doch, dass du als Spenderin in Frage kommst! Nicht mehr lange, dann ist es so weit und du kannst unserem Kind zum zweiten Mal das Leben schenken."

Der Weinkrampf ebbte langsam ab. Sie zupfte sich ein Taschentuch aus einem Spender auf dem Tisch und wischte sich die Tränen aus dem Gesicht. Kerner nahm sich ein Glas vom Tisch und schenkte Theresa aus einer Wasserflasche ein. Sie setzte sich auf das Bett und nahm einen kräftigen Schluck, dann sah sie Kerner an.

„Ich bin gedanklich so in Claras Erkrankung verstrickt, dass ich dich überhaupt nicht unterstützen kann. Meine Kapazitäten werden restlos in Anspruch genommen. Das tut mir wirklich sehr leid. Wie geht es dir mit der Jobsuche? Wirst du die Kanzlei in Karlstadt übernehmen können?"

Er setzte sich neben sie und legte ihr den Arm um die Schultern.

„Mach dir mal darüber keine Sorgen. Das scheint wirklich eine gute Option zu sein und ich denke, wir werden uns über den Preis einigen. Mit dieser Kanzlei kann man sicher keine Reichtümer gewinnen, aber wir können davon leben. Wenn ich dann von hier weggehe, fahre ich direkt nach Karlstadt, da wir den Übernahmevertrag besprechen müssen. Mit einer Wohnung hier in der Stadt sieht es im Augenblick allerdings nicht ganz so günstig aus. In Würzburg ist der Wohnungsmarkt total zu. Aber ich habe da noch ein paar Optionen in Aussicht. In Karlstadt wäre das sicher leichter, aber das dürfte für Clara und dich umständlich sein, weil das Kind mit Sicherheit längere Zeit Nachsorge benötigt. Da ist es schon sinnvoll, in der Nähe der Uniklinik zu wohnen. Von Würzburg nach Karlstadt zu pendeln ist für mich kein Problem. Weder zum Gericht in Würzburg noch zum Amtsgericht Gemünden ist es weit. Zum Glück ist Eberhard im Augenblick dienstlich ständig auswärts, so dass es kein Problem darstellt, wenn ich noch eine Weile bei ihm wohne."

Er musste Theresa plötzlich loslassen, weil sie spontan aufsprang und zum Fenster des Krankenzimmers ihrer Tochter eilte.

„Clara bricht!", stieß sie hervor, hetzte zur Zimmertür und war Sekunden später nebenan. Kerner eilte zum Fenster. Jetzt hörte er auch das leise würgende Geräusch. Sie musste sich die sterile Kleidung im Flug übergestreift haben. Jedenfalls war sie bei ihrem Kind, hielt ihm den Kopf und eine Nierenschale vor den Mund. Wahrscheinlich hatte sie auch den

Knopf für den Schwesternruf gedrückt. Jedenfalls kam nur einen Augenblick später eine Krankenschwester in steriler Kleidung ins Zimmer geeilt und unterstützte Theresa.

Der Anfall war so schnell vorüber, wie er gekommen war. Die beiden Frauen wuschen Clara das Gesicht und betteten sie wieder auf das Kissen. Simon Kerner war zutiefst betroffen. Diese Krankheit ging massiv an die Substanz. Er bewunderte Theresa, der es trotz ihrer Angst gelang, ihrem Kind Zuversicht und Geborgenheit zu vermitteln. Clara weinte nicht. Sie sah, dass er durch die Scheibe blickte, und winkte ihm mit schwachen Fingerbewegungen zu.

Als er über das Klinikgelände zu seinem Jeep marschierte, begleitete ihn, wie immer, wenn er die beiden verlassen musste, sein schlechtes Gewissen. Theresa trug fast die ganze Last dieser Behandlung allein.

Wenig später war er auf dem Weg nach Karlstadt, um für seine Familie eine neue Existenzgrundlage zu schaffen.

Ungefähr eine Viertelstunde vor dem Ziel klingelte seine Freisprechanlage. Wegen Clara war er immer und jederzeit erreichbar. Es war aber Eberhard Brunner.

„Hallo, Eberhard, grüß dich, ich bin gerade auf dem Weg nach Karlstadt wegen der Übernahmeverhandlungen für meine neue Kanzlei …"

„Kannst du mal auf die Seite fahren? Was ich dir zu sagen habe, dauert etwas länger."

Da er gerade auf der Höhe Retzbach war, lenkte er seinen Wagen auf einen Supermarktparkplatz und machte den Motor aus.

„Ich stehe jetzt auf einem Parkplatz, du kannst sprechen."

„Heute Nacht wurde auf das Haus von Staatssekretär Dr. Haenisch ein Anschlag ausgeübt. Dr. Haenisch ist tot, einer der Personenschützer wurde erschossen. Sein Fahrer ist verschwunden. Das ist eine Katastrophe! Nicht nur aus ermittlungstechnischen Gründen. Dr. Haenisch und ich haben uns sehr gut verstanden."

Simon Kerner hatte es die Sprache verschlagen. „Wie … wie kann das sein …?", stammelte er. Mehr brachte er nicht heraus.

Eberhard Brunner schilderte Kerner in einer groben Zusammenfassung die Vorkommnisse der Nacht. „Wir haben mit unserer Soko in ein Hornissennest gestochen", resümierte er. „Wir müssen damit rechnen, dass sie jetzt gegen weitere verantwortliche Personen Anschläge verüben."

Simon Kerner überlegte einen Moment, dann erwiderte er: „Das heißt, dass du als Nächster Zielscheibe eines Angriffs werden könntest?"

„Ich rechne fest damit", gab er zurück. „Vermutlich werden sie, nachdem sie jetzt den Kopf ermordet haben, versuchen auch uns zu zerstören. Wir haben dem Vermögen der beiden Banden, Immobilien und Sachwerten, einen schmerzlichen Aderlass verpasst. Das nehmen die sicher nicht so einfach hin. Für die Generalstaatsanwältin in Bamberg, den Polizeipräsidenten und den zuständigen Ermittlungsrichter, der die Durchsuchungsanordnungen erlässt, haben wir bereits verstärkten Personenschutz organisiert. Ich befürchte, die Clans beißen jetzt um sich wie in die Enge getriebene Ratten."

„Was willst du mir damit sagen?"

„Auch du musst aufpassen! Immerhin hast du ein Clan-Mitglied getötet und eines schwer verletzt. Der Junge ist übrigens gestern gestorben. Wie mir Kauswitz mitteilte, wurde er kurz vor Mitternacht in seinem Krankenzimmer ermordet. Der Clan hat ihn zum Schweigen gebracht."

Beide hielten einen Moment betroffen inne.

„Leider kann ich dir keinen Personenschutz zukommen lassen", fuhr Brunner fort, „alles, was wir an Leuten entbehren konnten, ist voll im Einsatz. Sei also wachsam! Kauswitz ist sensibilisiert. Du hast seine Nummer, wenn dir etwas verdächtig vorkommt, ruf ihn an. Vielleicht sind das alles auch nur Hirngespinste von mir. Aber diesen Verbrechern traue ich alles zu." Die Verbindung rauschte kurz, dann konnte Kerner den Freund wieder verstehen. „Was ich dir noch sagen will: Ich werde in den nächsten Tagen oder vielleicht sogar Wochen hier im dauernden Einsatz sein. Wundere dich also nicht, wenn du in der nächsten Zeit von mir nichts mehr hörst. – Sag mir noch schnell, wie es Clara geht. Ich hoffe, dass die Bekämpfung des Krebses gute Fortschritte macht."

Kerner gab Brunner noch einen kurzen Lagebericht zur Gesundheit seiner Tochter, dann verabschiedeten sich die beiden. Ein sehr nachdenklicher Kerner startete den Motor des Jeeps und lenkte seinen Wagen wieder auf die Landstraße hinaus.

34

Nach etwa dreißig Minuten erreichte Achmed einen Rastplatz an der A 7. Er parkte seinen SUV etwas entfernt von der eigentlichen Raststätte. Langsam stieg er aus und sah sich um. Er suchte etwas ganz Bestimmtes. Schließlich entdeckte er einen Wohnanhänger mit einem holländischen Kennzeichen. Ein Paar mit zwei Kindern, die gerade den Wohnwagen abgeschlossen hatten, betraten gerade die Raststätte. Langsam schlenderte Achmed an dem Wohnwagen vorbei. Hinten an den Anhänger war ein Fahrradständer befestigt, auf dem drei Fahrräder verschnallt waren. Eines der Räder besaß eine Satteltasche, deren Deckel offenstand. Achmed warf einen schnellen Blick in die Runde, dann ließ er sein Handy geschickt in die Satteltasche gleiten. Ohne anzuhalten, schlenderte er weiter. So wie es aussah, würden die Holländer bis in ihre Heimat durchfahren. Sollte jemand sein Handy orten wollen, würde er sich wundern.

Kurz darauf stand Achmed wieder bei seinem Wagen. Da die Parkplätze neben ihm leer waren, öffnete er schnell den Kofferraum und warf einen Blick hinein. Seine Gefangene schlief noch immer tief und fest. Er setzte sich wieder hinters Steuer. Bis Aschaffenburg war es nicht mehr weit. Während der gesamten Fahrt achtete er sorgfältig darauf, sich an die Verkehrsregeln zu halten. Eine Polizeikontrolle wäre ihm jetzt aus verständlichen Gründen nicht sehr gelegen gekommen. Aber heute war Freitag, auf der Autobahn die Hölle los und die Kontrollfreude der Polizei schien sich auf das Wochenende vorzubereiten. Jedenfalls war weit und breit kein Bullenauto zu sehen. Sein Navi führte ihn durch die Straßen von Aschaffenburg bis zu einem erst kürzlich renovierten fünfstöckigen Geschäftshaus, das laut Leuchtreklame über dem Eingang einer *Global-Immo GmbH* gehörte. Achmed zog den Funkgeber, der für ihn vor einigen Tagen in einem ihm bekannten Kiosk in Würzburg hinterlegt worden war, heraus. Er betätigte die Fernbedienung und sofort bewegte sich das Tiefgaragentor langsam in die Höhe. Achmed blickte dabei offen in die Kamera, die bereits mit der Übertragung begann, als er sich mit dem Auto näherte.

Die Global-Immo hatte bei einer gerichtlichen Zwangsversteigerung den Zuschlag für das Haus zu günstigen Bedingungen erhalten. Der Vorbesitzer, ein kleines Modeunternehmen, war pleitegegangen. Es hatte noch einiger Investitionen bedurft, um das Gebäude wiederherzurichten, die der Erwerber gerne anlegte. Global-Immo wurde von Osama al-Asmani, dem Zweitgeborenen von Mustafa al-Asmani, geleitet, sie gehörte als Tochterfirma zu dem Immobilienhandelsunternehmen WWI World-White-Immos GmbH in Frankfurt, Geschäftsführer war Mustafa al-Asmani, Letztere wiederum gehörte zu hundert Prozent der Asmani-Trade AG. Fünfundfünfzig Prozent der Aktienanteile an der Asmani-Trade AG hielt Mustafa al-Asmani. Fünfundvierzig Prozent hielten Brüder und Kinder von Mustafa al-Asmani. Dieser war schon vor vielen Jahren, als noch Baschar Hafiz al-Assad fest im Sattel saß und sein Land knechtete, mit einigen Familienmitgliedern nach Deutschland gekommen und hatte dort Asyl beantragt, weil er und seine Familie von dem Regime Assads verfolgt würde. Dem Antrag wurde dann auch stattgegeben, wodurch der Grundstein für den Asmani-Clan gelegt wurde.

Mittlerweile waren die wirtschaftlichen Aktivitäten der Familie weit verbreitet, eine Entflechtung der Strukturen fast nicht mehr möglich. Nach wie vor hielt Mustafa al-Asmani als Familienoberhaupt die Fäden in der Hand und regierte mit harter Hand, wobei er konsequent die Regeln des Korans befolgte. Er achtete streng darauf, nur enge Familienmitglieder in die führenden Positionen seiner Firmen zu bringen. Auf untergeordneten Positionen beschäftigte er auch andere Muslime, die sich aber voll in den Clan zu integrieren hatten. Obwohl er mittlerweile über ein völlig legales Immobilienimperium herrschte, gab es zahlreiche undurchsichtige, von Familienmitgliedern geleitete Unternehmungen, die in einer kriminellen Parallelwelt stattfanden, in die deutsche Justizbehörden kaum eindringen konnten. Misstrauisch beäugte der Clan die Aktivitäten einer in jüngster Zeit gegründeten Polizei-Sondereinheit, die immer wieder Ermittlungen in ihrem Umfeld betrieb und ständig ihre Geschäftsunternehmungen kritisch beobachtete. Als sich die zahlreichen Durchsuchungen von Geschäftsräumen und die Beschlagnahmen von Werten schmerzlich häuften, beschloss der Clan-Chef drastische Gegenmaßnahmen zu ergreifen. Ihm war klar, dass die Angriffe auf seine Unternehmungen politisch gesteuert waren. Da gab es Menschen in der Politik, die plötzlich aufgewacht waren und glaubten, ihm, Mustafa al-Asmani, ans Bein pinkeln zu können. Wenn er seine Ehre nicht verlieren wollte, musste er dieser Entwicklung drastisch gegensteuern.

Achmed wählte in der Tiefgarage einen Parkplatz neben dem Aufzug. Er stieg aus und griff sich den Hörer eines Wandtelefons, das neben der Aufzugtür angebracht war. Das Mobiltelefon funktionierte hier unten nicht.

„Achmed. Ich bin da." Er sprach arabisch.

Die Antwort erfolgte in derselben Sprache. „Wie ist ihr Zustand?"

„Sie schläft", gab Achmed knapp zurück. „Wir brauchen einen Rollstuhl oder so."

„Wir kommen runter. Bleib, wo du bist."

Er hängte das Telefon ein, dann lehnte er sich gegen das Auto und wartete. Nach fünf Minuten begann der Motor des Aufzugs ein singendes Geräusch zu machen und man konnte an der Anzeige sehen, dass die Kabine abwärtsfuhr. Wenig später hielt sie an und die Türen fuhren zur Seite. Der Innenraum des Aufzugs hatte die Größe eines Lastenlifts und war mit Edelstahl ausgekleidet. Zwei Männer, die einander so ähnlich waren, dass man sie für Zwillinge halten konnte, schoben eine moderne Krankenliege vor sich her. Als Letzter folgte eine beeindruckende Persönlichkeit, die Achmed von Kopf bis Fuß musterte. Obwohl der bärtige Mann sicher schon weit jenseits der Siebzig sein durfte, stand er gerade aufgerichtet und strahlte dabei eine kalte Präsenz aus, die Achmed Respekt einflößte. Obwohl er den Clan-Chef nicht persönlich kannte, war ihm klar, dass er Mustafa al-Asmani vor sich hatte.

Achmed beeilte sich den Kofferraum des Wagens zu öffnen, dann trat er zur Seite. Rana schlief noch immer, eingewickelt in die Decke.

„Gut, endlich haben wir die Schlampe!" Mit zusammengekniffenen Augen musterte er den Blutfleck auf dem Schlafanzug, als die beiden Männer die Decke öffneten. „Wie ist ihr Zustand?", wollte er wissen.

„Sie hat sich heftig gewehrt, bevor wir ihr die Spritze geben konnten", beeilte sich Achmed zu erklären. „Wir haben dann noch einmal etwas nachgespritzt, weil wir Angst hatten, sie würde unterwegs aufwachen und sich verletzen."

Die beiden hoben Rana auf die Liege und schnallten sie fest. Sie fuhren die Liege nicht in den Aufzug, sondern lenkten sie in einen schmalen Gang daneben. Achmed vermutete, dass es dort in den Keller ging. Weitere Gedanken konnte er sich nicht machen, denn der Alte fixierte ihn scharf. Er hatte das Gefühl, unter seinen Blicken regelrecht zu schrumpfen.

„Was ist mit dem … Fahrer?"

„Das Problem hat sich erledigt", erwiderte er knapp.

Mustafa nickte zufrieden. „Wie lief es im Haus?"

Achmed zögerte kurz, dann berichtete er das Geschehene, soweit es ihm bekannt war. Sein Treffen auf dem Waldparkplatz mit dem Unbekannten verschwieg er allerdings wohlweislich. Als er fertig war, sah er Mustafa al-Asmani erwartungsvoll an. Der überlegte einen Augenblick. Schließlich griff er in sein Jackett und holte einen Umschlag heraus. Er drückte ihn Achmed mit einem Blick voller Abscheu in die Hand. „Du bist ein Verräter deines Clans. Du weißt, was mit Verrätern geschieht?"

Achmed zog es vor Angst den Magen zusammen. Ehe er reagieren konnte, fuhr al-Asmani fort: „Mache dir nicht in die Hosen, ich werde dich am Leben lassen, weil du nützlich warst. Nimm das Geld und verschwinde aus diesem Land. Wenn Safar erfährt, was du getan hast, wird er dich verfolgen und töten lassen. Ich würde nicht anders handeln und werde dich deshalb nicht schützen. Du kannst das Auto mitnehmen, es gehört ja Safar. Lange würde ich damit aber nicht herumfahren." Mustafa winkte ihn weg. „Geh mir jetzt aus den Augen!"

Achmed war am Boden zerstört. Er hatte gehofft, in den Asmani-Clan aufgenommen zu werden. Zurück konnte er nicht mehr, das wäre sein sicherer Tod. Im Land bleiben konnte er ebenfalls nicht, früher oder später würden sie ihn finden. Mit zitternden Knien nahm er den Umschlag, setzte sich ins Auto und lenkte es aus der Tiefgarage. Ihm war klar, dass Safar von seinem Verrat erfahren würde. Ab jetzt war er vogelfrei!

In Frankfurt stellte er den Wagen in eine Tiefgarage mitten in der Stadt. Ein Blick in den Geldumschlag zeigte ihm, dass sein Verrat al-Asmani 15.000 Euro wert war. Das würde für ein Ticket in den Nahen Osten reichen, wo er dann als Kämpfer untertauchen konnte. Vorher musste er sich aber einen Reisepass besorgen. Er verließ die Tiefgarage und besuchte ein Viertel in der Stadt, in dem sich ein Nachtclub und ein Sex-Kino an das andere reihte. Er wusste, wo er einen Pass bekommen konnte.

Die Nachtbar „Wild Thing" war von außen durch eine knallrote Leuchtreklame zu erkennen, die aber um diese Uhrzeit nicht beleuchtet war. Im Eingangsbereich waren zwei Handwerker aktiv, die an einem Elektrokasten herummontierten. Die Eingangstür stand offen. Achmed quetschte sich an ihnen vorbei.

„Der Laden ist noch geschlossen", erklärte einer der beiden.

„Weiß ich", gab Achmed zurück und ging durch den Eingang in den eigentlichen Barbereich. Hinter dem blank geputzten Tresen stand ein Barmann und putzte Gläser. Er sah Achmed mit hochgezogenen Augenbrauen an, dann wollte er schon zu einem Spruch ansetzen, als Achmed ihn unterbrach.

„Ich will zu Ricky", erklärte er knapp.

„*Wer* will das?", fragte der Barmann ebenso kurz zurück.

„Sag ihm, ein Kunde." Dabei warf Achmed einen Blick auf eine Kamera an der Decke, die wahrscheinlich den gesamten Bereich um den Tresen überwachte. Er war sich sicher, Ricky war schon informiert.

Eine Minute später saß er Ricky gegenüber. Nachdem Achmed seinen Wunsch vorgebracht hatte, erwiderte Ricky knapp: „In der kurzen Zeit kann ich nur einen gebrauchten Pass besorgen. 5.000 vorher."

Achmed schüttelte den Kopf. „Gebraucht ist in Ordnung, wenn es damit beim Zoll keine Probleme gibt. 3.000 vorher, Rest bei Abholung."

Ricky kniff die Augen zusammen, dann nickte er zustimmend. „Foto vorhanden?", fragte er, während er die Scheine zählte.

Achmed verneinte. „Dann komm mit." Ricky erhob sich und öffnete hinter sich eine Tür zu einer kleinen Kammer. Hinter einer verschiebbaren Holzwand kam eine weiße Leinwand zum Vorschein. Achmed setzte sich in Positur. Ein Scheinwerfer blendete ihn, dann klackte mehrmals ein Kameraverschluss. Ricky warf einen Blick auf das Display, dann brummte er zufrieden.

„Morgen früh nach Barschluss, so drei Uhr, kannst du das Ding abholen."

Achmed schlenderte durch die Fußgängerzone. Plötzlich verspürte er Hunger. In einem arabischen Laden genehmigte er sich einen Teller Falafel mit Salat und Pitabrot. Um Zeit totzuschlagen, setzte er sich in ein Kino und sah sich einen Agententhriller an. Dabei drückte ihn die Pistole, die er noch immer bei sich trug, gegen den Rücken. Wenn er fliegen wollte, musste er die Knarre loswerden. Er beschloss, die Waffe noch so lange zu behalten, bis er den Pass ausgehändigt bekommen hatte. In dem Milieu war es kein Fehler, eine Schusswaffe mit sich zu führen. Zumal Ricky gesehen hatte, dass er das Geld von einem größeren Bündel abzählte. Wenn das erledigt war, dann würde er an den Main gehen und die Pistole im Fluss versenken.

Als es Nacht wurde, setzte er sich in eine türkische Kneipe. Um ein Uhr warf ihn der Wirt raus. In der Nähe des Bahnhofsviertels setzte er sich auf eine Parkbank und bemühte sich, nicht einzuschlafen. Von hier aus war es nicht weit zur

Bar. Als er um drei das „Wild Thing" betrat, hingen nur noch ein paar Betrunkene am Tresen herum, die der Barkeeper gerade nachdrücklich darauf hinwies, dass die Bar jetzt geschlossen wird. Frauen waren keine mehr da.

„Ricky", sagte er nur und zeigte in Richtung Kamera. Der Barmann nickte und deutete auf die Tür.

„Alles fertig", erklärte Ricky und legte das abgegriffene Passdokument vor Achmed auf den Schreibtisch. „Du heißt jetzt Darian Antić, geboren in Zagreb, Kroatien, usw. usw. Präge dir die Daten ein. Der Pass ist sauber. Vielleicht wäre es gut, wenn am Flughafen nicht die Fingerabdrücke verglichen würden."

Achmed steckte den Pass ein, dann holte er aus seiner Tasche die abgezählten 2.000 Euro und legte sie auf den Tisch.

„Danke für die schnelle Erledigung", erklärte er, dann verließ er die Bar. Langsam lief er in Richtung Main. Nur noch wenige Stunden, dann würde er in der Luft sein und irgendwo hinfliegen, wo es warm war. Warum eigentlich nicht nach Kroatien? Mit seinem Pass konnte er sich dort frei bewegen.

Der Tipp, den Winnie und Charly von Ricky bekommen hatten, war wahrscheinlich genauso sicher wie die anderen, die er ihnen in der Vergangenheit schon gegeben hatte. Das machte er natürlich nicht mit Kunden, die mit einer entsprechenden Empfehlung zu ihm kamen. Sonst wären sein Ruf und damit sein Geschäft sehr schnell am Ende. Aber mit Laufkundschaft, die noch dazu das Geld im Bündel in der Tasche trug, konnte man schon mal ein kleines Zusatzgeschäft riskieren. Sie waren Gelegenheitsganoven, die ihr Geld mit Diebstahl und hin und wieder einem Straßenraub verdienten. Sie beobachteten, wie sich der Mann mit arabischem Aussehen der Untermainbrücke näherte. Das kam ihrem Vorhaben entgegen, denn in den Grünanlagen am Mainufer war um diese Stunde ein Überfall leicht zu bewerkstelligen. So gut wie niemand war unterwegs. Winnie trug ein Jagdmesser bei sich, Charly hatte sich mit einem Beilstiel bewaffnet. Sie waren keine Killer. Fast immer genügte das Drohen mit den Waffen und die Opfer gaben klein bei. Wenn einer hartnäckig wurde und die Sache dauerte zu lang, hauten sie im Zweifel einfach wieder ab.

Im Moment folgten sie ihrem potentiellen Opfer fast lautlos beiderseits des sandigen Promenadenwegs auf der Grasnarbe. Als sich der Mann in einem schlecht beleuchteten Bereich der Uferpromenade befand, zogen sie sich Gesichtsmasken über. Sie waren ein eingespieltes Team, mit wenigen Sätzen waren sie heran.

„Rück die Kohle raus oder wir legen dich um!", bellte Winnie laut und hob das Messer drohend hoch, so dass sich der Lichtschein einer Straßenlaterne in der Klinge spiegelte. Charly drang währenddessen auf das Opfer ein und holte mit dem Beilstiel aus. Die Schnelligkeit, mit der der Mann reagierte, überraschte beide. Er duckte sich leicht, wirbelte herum und aus seiner rechten Hand machte es zweimal Plopp. Charly, der dem Angegriffenen am nächsten war, wurde von beiden Schüssen getroffen, gestoppt und herumgerissen. Er fiel zu Boden, als wäre er gegen eine Mauer gelaufen. Winnie reagierte ohne zu überlegen. Aus dem Handgelenk heraus schleuderte er das Messer mit Wucht in Richtung seines Gegners, der von dem Wurf vollkommen überrascht wurde. Die Klinge zischte durch die Luft. Die scharfe Schneide durchtrennte die Halsschlagader. Während das Blut herausspritzte, gab er noch zwei weitere Schüsse auf Winnie ab, der tödlich getroffen zur Seite kippte. Dann fiel die Pistole auf die Uferpromenade.

Achmed lief geschockt weiter und drückte dabei die Hand auf den Hals. Sinnlos! Das Blut lief ihm durch die Finger wie aus einem Brunnen. Er flehte zu Allah! Aber er spürte, dass ihm nicht mehr zu helfen war. Seine Beine gaben nach, ihn verließ die Kraft. Auf einer Parkbank brach er schließlich zusammen. Sein Körper zuckte noch einige Male unkontrolliert, dann war er tot. Unter der Parkbank bildete sich eine Blutlache.

35

Rana schlief immer noch.

Mustafa al-Asmani betrat den gekachelten Kellerraum, in dem sein Sohn Jamal sein Leben verloren hatte. Die beiden jungen Männer, die die Liege hereingeschoben hatten, standen abwartend daneben. Beide waren Neffen Mustafas, Söhne seines Bruders Halef, die ihre ersten Sporen in der Firma mit „gröberen Arbeiten" verdienen mussten.

Der Clan-Chef stand neben der Liege in eine Art Selbstgespräch vertieft, dabei blickte er mit Abscheu auf die zierliche Gestalt der jungen Frau.

„Safar, ich habe dir gesagt, dass die beschmutzte Ehre unserer Familie gesühnt werden muss. Du hast meine Bitte, diesen Schandfleck zu beseitigen, nicht erfüllt. Also werden wir das erledigen." Er hob den Kopf und sah seine beiden Neffen an. „Erledigt das, solange sie noch schläft", befahl er. „Anschließend hängt ihr ein Schild um den Hals und legt sie vor die Tür von Safars Haus." Er warf ihr einen letzten kalten Blick zu, dann verließ er hocherhobenen Hauptes den Keller.

Die Deutsche, die bei den beiden jungen Frauen offenbar als Aufpasserin fungierte, wurde anhand ihrer Fingerabdrücke als Edith Bohlen identifiziert. Sie hatte ein abenteuerliches Leben hinter sich und besaß ein ganz ordentliches Vorstrafenregister. Einen Haftbefehl gegen sie gab es allerdings nicht. Nachdem sie keinen festen Wohnsitz hatte, sie in der Wohnung mit einer illegalen Schusswaffe angetroffen wurde und sich der Polizei mit Waffengewalt widersetzte, wurde sie in Untersuchungshaft genommen. Pamina wurde durch Mitarbeiter der Mordkommission in Würzburg vernommen.

Man konnte ihre Identität anhand ihrer Fingerabdrücke fest-stellen. Als Wohnsitz gab sie das Haus von Safar ibn Abdallah al-Hilabar an. Sie wurde daher am späten Nachmittag wieder auf freien Fuß gesetzt. Bei der Vernehmung erfuhr sie, dass Rana verschwunden war und die Polizei ihren Aufenthalt nicht kannte. Man gestattete ihr ein Telefonat zu führen, da-mit sie sich abholen lassen konnte.

Die Dämmerung war bereits fortgeschritten, als Pamina Safar al-Hilabar in den Privaträumen seiner Firma in Würz-burg auf einem dicken Kissen gegenübersaß. Der Alte mus-terte sie mit durchdringendem Blick.

„… und du hast wirklich keine Ahnung, wo Rana geblie-ben ist?" Seine Stimme klang scharf.

Sie schüttelte eingeschüchtert den Kopf. „Nachdem wir die Schüsse hörten, sind wir beide ziemlich kopflos aus dem Haus dieses Mannes geflüchtet. Ich bin in den Wald gerannt, wo mich dann später ein Polizeihund gefunden hat. Da war Rana schon lange weg. Sie ist, glaube ich, in Richtung Dorf gerannt. Sie hat noch geblutet, weil sie in der Nacht ihr Kind verloren hat."

Der Alte zog zischend die Luft durch die Zähne. „Sie kann doch nicht weit gekommen sein. Ich hatte Achmed befoh-len, euch beide hierherzubringen, nachdem ich erfahren habe, dass ihr von diesem Staatssekretär in seinem Haus in Obhut genommen wurdet."

„Ich habe Achmed nicht gesehen", antwortete sie leise. „Weißt du, was mit Edith geschehen ist?"

„Sie sitzt in Untersuchungshaft. Ich habe ihr schon einen Anwalt geschickt. Das Problem ist, dass sie auf einen Polizis-ten geschossen hat. Da sind die Bullen empfindlich." Er zog an seiner Wasserpfeife. „Du kannst dich jetzt zurückziehen. Wenn dir noch etwas einfällt, lass es mich sofort wissen."

Pamina verneigte sich, dann erhob sie sich schnell und verließ den Raum. Safar blieb ihm gedämpften Rotlicht einer Papierampel sitzen und qualmte vor sich hin. Er hasste es, die Dinge nicht kontrollieren zu können. Irgendetwas musste mit Rana passiert sein. Besonders nachdenklich machte ihn, dass Achmed sich nicht meldete und er ihn auch nicht erreichen konnte. Safar erhob sich und öffnete die Tür zur Veranda. Hier im oberen Stock hatte er eine wunderbare Aussicht auf die Stadt und die hell angestrahlte Festung Marienberg. Er packte die Shisha und trug sie zu einer bequemen Hollywoodschaukel. Obwohl er derartige Momente genoss, bewegte ihn heute eine ungewohnte innere Unruhe.

Wahrscheinlich war er etwas eingeschlafen, denn plötzlich schreckte ihn lauter Motorenlärm hoch. Der Krach kam von der Vorderseite des Gebäudes. Das Fahrzeug schien stehen zu bleiben, dann röhrte der Motor erneut laut auf und es raste mit erhöhter Geschwindigkeit die Straße hinunter. Als Safar das Geländer der Veranda erreichte, konnte er, vor der nächsten Straßenbiegung das grelle Aufleuchten von Bremslichtern sehen, dann war der Wagen weg. Das Motorengeräusch verlor sich in der Ferne. Safar eilte ins Zimmer und griff zum Telefon. Der Empfang, der Tag und Nacht im Schichtbetrieb von einem Pförtner besetzt war, meldete sich sofort.

„Gehen Sie raus auf die Straße und sehen Sie nach, ob etwas geschehen ist", befahl Safar. „Ich nehme an, Sie haben das laute Motorengeräusch eben auch gehört."

Der Pförtner bejahte das und sagte zu, sofort zurückzurufen. Safar legte voller innerer Unruhe auf. Es waren keine zwei Minuten vergangen, als das Telefon läutete. Die Stimme des Pförtners klang erregt.

„Draußen auf der Straße liegt eine junge Frau. Sie ist sicher tot, denn man hat ihr in die Brust geschossen!"

Wortlos legte Safar auf, dann hetzte er zum Aufzug und fuhr ins Parterre. Der Pförtner stand noch völlig benommen in der Lobby und sah seinem Arbeitgeber entgegen.

„Sie ..., sie ist ... tot!", stieß er stammelnd hervor und eilte hinter Safar her, der, ohne ihn zu beachten, hinaus auf die Straße lief.

Rana lag mit verdrehten Gliedern mitten auf der Straße. Die Augen geöffnet, die Pupillen starr gegen den nächtlichen Himmel gerichtet. Sie trug noch immer den Schlafanzug mit dem Blutfleck auf Höhe des Unterleibs. In der Brust befanden sich zwei Einschüsse. Das Blut war noch nicht vollständig eingetrocknet. Man hatte sie ihm vor die Haustür geschmissen, weggeworfen wie Müll. Um den Hals an einem Strick trug sie ein weißes Schild mit einem Aufdruck in arabischer Sprache: عاهرة. 'Ahira, Hure stand dort. Safar zweifelte keine Sekunde, wer der Absender dieser Sendung war. Er stieß einen heftigen Fluch aus, dann befahl er dem Pförtner: „Hilf mir, sie von der Straße zu tragen!" Der zögerte eine Sekunde, als er jedoch Safars Blick sah, fasste er schnell mit an. Sie legten die junge Frau in der Lobby in würdiger Haltung auf eine flache Bank, die dort für wartende Kunden aufgestellt war. Sie verschoben sie so, dass der Kopf der Toten in Richtung Mekka ausgerichtet war. Safar schloss ihr die Augen, dann entfernte er das Schild und drückte es dem Pförtner in die Hand. „Vernichte es!", knurrte er. Schließlich griff er zum Handy und tätigte einige Anrufe. Der Pförtner zog sich in seine Loge zurück und schob das Schild in einen Papierschredder. Er war zwar Moslem, hatte aber mit dem Glauben nicht viel am Hut. Aber so viel war ihm klar, dieses Ereignis würde nicht ungesühnt bleiben.

Der Clan-Chef stellte sich an das Fenster zur Straße und wartete. Jetzt war das eingetreten, was er vermeiden wollte.

Ihm Rana gewissermaßen vor die Füße zu werfen, bedeutete Krieg. Wenn er das auf sich beruhen lassen würde, wäre er ehrlos und seine Familie würde ihn verachten. Er war es seinem Bruder schuldig, den Tod seiner Tochter zu rächen. Dem Vorwurf, auf Rana nicht gut genug aufgepasst zu haben, konnte er aber nicht entgehen.

Es dauerte eine knappe halbe Stunde, dann trafen nacheinander sechs SUVs ein und parkten im Hof. Wenig später versammelten sich mehr als ein halbes Dutzend männliche Familienmitglieder in der Lobby schweigend um die Leiche. Darunter ein Imam, der ebenfalls zur Familie gehörte. Der Imam stimmte ein Totengebet an, die Männer standen schweigend. Es dauerte wieder eine Weile, dann fuhr ein Leichenwagen auf den Hof. Der Bestatter und sein Sohn stiegen aus. Safar ging auf ihn zu und bat ihn ein Stück zur Seite.

„Ich wünsche, dass du den Leichnam meiner Nichte würdig behandelst. Er soll so erhalten bleiben, dass man an ihr die rituellen Handlungen vornehmen kann, die einer Verstorbenen im Islam zustehen. Organisiere, dass sie so schnell wie möglich nach Kairo zu ihrer Familie überführt werden kann, um dort wie eine Muslima bestattet werden zu können. Es darf kein Wort nach außen dringen. Die Kosten für einen Privatjet oder was immer dafür benötigt wird, übernehme ich. Die Höhe spielt keine Rolle. Ich werde dir in den nächsten Tagen durch einen Boten eine großzügige Summe schicken."

Der Bestatter nickte. Es war nicht das erste Mal, dass er für die Familie al-Hilabar tätig war. Er besaß Erfahrung in der Bestattung von Muslimen und wusste, was erforderlich war, um Safars Wünschen zu entsprechen. Ein Problem mit der Tatsache, dass es sich hierbei um eine Tote handelte, bei der sich keinerlei Papiere fanden, hatte er nicht.

Nachdem der Imam mit seinem Totengebet fertig war, gab Safar dem Bestatter ein Zeichen. Er und sein Sohn trugen den Sarg, den sie mitgebracht hatten, in die Lobby und betteten die junge Frau sanft in die Kissen. Später, in Kairo, würde man sie zur Beisetzung in bloße Leinentücher einwickeln und so in die Erde legen.

Nachdem der Bestatter vom Hof gefahren war, versammelten sich die Männer in Safars Wohnzimmer. Die Stimmung war düster. Für alle war klar, dass die Ermordung Ranas eine Kriegserklärung war, die entsprechend beantwortet werden musste. Nach einiger Diskussion beschlossen sie, so hart zurückzuschlagen, dass sich der al-Asmani-Clan davon nicht so schnell erholen würde. Als sie auseinandergingen, war es kurz nach dreiundzwanzig Uhr. Die schwerste Aufgabe stand Safar aber noch bevor. Er sah auf seine Armbanduhr. In Kairo war die Zeit eine Stunde voraus. Er zögerte kurz, ob er diese Nachricht heute noch seinem Bruder zumuten sollte, dann entschied er sich dafür, obwohl Chalid wahrscheinlich schon schlief. Safar griff sich den Telefonhörer und tippte die eingespeicherte Kurzwahl. Es läutete einige Male, dann meldete sich eine verschlafene männliche Stimme. Wahrscheinlich hatte er Safars Nummer auf dem Display gelesen und hatte deshalb abgehoben.

„Allah ʿakbar ya ʿakhi, wa lil asaf ladaya ʿakhbar hazinat lilghayat", meldete sich Safar auf Arabisch. „Gott ist größer, mein Bruder, ich habe leider eine sehr traurige Nachricht."

Nachdem er ihn informiert hatte, schlug ihm aus dem Hörer ein statisches Rauschen entgegen, das schließlich durch den Schrei eines weidwunden Tieres unterbrochen wurde.

Es verging lange Zeit, ehe Chalid in der Lage war, einigermaßen rational zu denken. Die Tatsache, dass ihm sein

Bruder keine Vorwürfe machte, traf Safar besonders hart. Er sprach auch nicht von Krieg und Vergeltung. Irgendwann erklärte er, dass er umgehend nach Deutschland kommen würde, um seine Tochter heimzuholen.

36

Eine Stunde nach der Abfahrt von Eberhard Brunner besuchte der für Mord und Totschlag zuständige Oberstaatsanwalt der Staatsanwaltschaft Würzburg, Siegfried Sommer, den Tatort. Er informierte sich umfassend bei Kauswitz, um das Tatgeschehen besser beurteilen zu können. Schon kurz nach Bekanntwerden der Straftaten waren in der Staatsanwaltschaft die Telefone heiß gelaufen. Die Ermordung eines Staatssekretärs würde in den Medien einen Sturm auslösen. Obwohl die Leichen schon abtransportiert waren, machten beide Tatorte im Haus einen bedrückenden Eindruck auf den Juristen. Bevor er den Ort des Verbrechens wieder verließ, besprach er sich mit Kauswitz: „Wir werden morgen Nachmittag bei uns in der Staatsanwaltschaft eine Dienstbesprechung abhalten, bei der ich Sie, Dr. Karaokleos, von der Rechtsmedizin, den Leiter der Spurensicherung und Herrn Brunner, den Leiter der Soko, gerne dabeihätte. Ich benötige so viele Informationen wie möglich, um das Ministerium und die Generalstaatsanwaltschaft informieren zu können. Wir müssen auch eine Strategie entwickeln, wie wir mit der Presse umgehen. Wie ich hörte, waren schon Presseleute hier vor Ort. Im Augenblick gilt natürlich absolute Nachrichtensperre."

Die Spurensicherung war bis in die späten Abendstunden mit der Aufnahme der beiden Tatorte im Haus des Staatssekretärs und dem Leichenfund in der Wohnung Hedwig Mostmanns beschäftigt. Um die vielen Spuren ordnungsgemäß zu fotografieren und zu katalogisieren, musste Luther noch zusätzliche Kräfte aus Würzburg anfordern. Nachdem die Hunde die Spur von Rana bis in den Flur der alten Frau verfolgt hatten, zeigten sich dort geringfügige Blutspuren. Ein zusätzliches Indiz, dass sich Rana kurzfristig im Haus von Hedwig Mostmann aufgehalten hatte. Nachdem die alte Frau keine offene Wunde besaß, konnte das Blut nicht von ihr stammen. Auch die Fährte des vermissten Fahrers des Staatssekretärs war bis hierher zu verfolgen. Ein Rätsel blieb, was die beiden in der Wohnung der alten Frau zu suchen hatten. Alle waren gespannt auf die Ergebnisse der Spurensicherung und der Rechtsmedizin, die Licht in das Dunkel bringen sollten.

Eberhard Brunner war wirklich sehr angeschlagen. Für ihn stand fest, dass hinter diesen Todesfällen einer der Clans oder vielleicht sogar beide steckten. Er traute diesen Verbrechern zu, eine unheilige Allianz zu bilden, um gegen die Polizei zurückzuschlagen. Da sie im Augenblick keinen Undercoveragenten in einem der beiden Clans hatten, waren die nächsten Schritte schwer abzuschätzen. Brunner saß am späteren Abend im Stützpunkt der Soko am Bildschirm und schrieb an seinem Bericht. Besonders schwer fiel es ihm, um Ersatz für den ermordeten KK Rosenheimer zu bitten. Als er den entsprechenden Antrag formulierte, wurde ihm so richtig bewusst, wie nüchtern und herzlos dieses Amtsdeutsch rüberkommen musste. Er lehnte sich zurück und trank einen Schluck Wasser. Da fiel ihm sein schlechtes Gewissen ein. Er hatte schon längere Zeit nicht mehr mit Simon Kerner gesprochen. Wie mochte es dem Freund und seiner Familie gehen? Er nahm sich vor, diesen Bericht zu Ende zu bringen und Kerner dann anzurufen. Als er sich gerade wieder über die Tastatur beugte, hörte er das laute Splittern von Glas und zugleich lautes Geschrei seiner Kolleginnen und Kollegen.

Ein Teil hatte sich zum Feierabend im Aufenthaltsraum versammelt. Andere waren auf ihren Zimmern.

„Vorsicht! Alarm! Wir werden beschossen!", hörte er die aufgeregten Stimmen seiner Mannschaft. Er konnte nicht auf Anhieb feststellen, woher die Schreie kamen. Brunner sprang so heftig auf, dass er dabei den Bürostuhl umwarf, und hetzte in den Computerraum, der im früheren Büro des Forstamtsleiters eingerichtet war.

„Licht aus!", brüllte er. „Jalousien runter!" Brunner griff schnell zum Lichtschalter und machte die Beleuchtung aus.

„Es sind mehrere Angreifer und sie schießen offenbar mit Schalldämpfern. Wir haben die Schüsse nicht gehört", rief einer seiner Männer. „Sie haben durch die Fenster in den Aufenthaltsraum gefeuert. Sie müssen auf der anderen Seite der Mauer in den Bäumen sitzen!"

„Wurde jemand getroffen?", rief Brunner laut.

Mittlerweile war auch in den anderen Räumen das Licht ausgeschaltet worden. Nachtsichtgeräte wurden aufgesetzt, Schusswaffen ergriffen.

„Polizeihauptmeister Krüger gibt keine Antwort. Er war draußen bei den Autos und wollte die Scheibenwaschanlage von seinem Mannschaftsbus nachfüllen", rief eine der Frauen herüber.

Eberhard Brunner spürte einen schweren Druck auf der Brust. „Ich sehe nach", erklärte er knapp. „Drei Kollegen bitte fertig machen, wir unternehmen einen Ausfall! Headsets aufsetzen! Montiert Wärmebildzielgeräte!" Er warf sich eine Schutzweste über, setzte einen Helm auf und schob die Olive des Headsets ins Ohr. Dann schnappte er sich zusätzlich zu seiner Pistole eine Maschinenpistole mit montiertem Wärmebildzielgerät und eilte zum Hinterausgang des Forsthauses. Hinter ihm, dicht aufgeschlossen, die drei SEK-

Leute. Auch hier war die Außenbeleuchtung ausgeschaltet. Die Nachtsichtbrille ermöglichte ihm einen klaren Überblick. Er musste nicht lange suchen. In der Nähe eines der Mannschaftsbusse lag auf dem gepflasterten Boden, mitten auf dem Präsentierteller, eine menschliche Gestalt. Brunner holte tief Luft, dann sprintete er im Zickzackkurs über die freie Fläche und kauerte sich Sekunden später an die Hinterräder des Fahrzeugs. Seine drei Mitkämpfer hetzten an ihm vorüber und verteilten sich in Abständen im toten Winkel an der Mauer des Grundstücks. Brunner war dem Beamten so nahe, dass er ihn hätte hören können.

„Krüger! Hören Sie mich? Sind Sie getroffen? Können Sie sprechen?"

Keine Reaktion. Auch ein nochmaliger Versuch blieb ohne Erwiderung. Der Soko-Leiter traf eine Entscheidung. Der Mann konnte dort nicht schutzlos liegen bleiben. Er legte das Gewehr neben sich auf den Boden, dann sprang er auf, machte einen Satz neben den Mann, griff ihn an der Hand und zerrte ihn in den Schutz des Mannschaftsbusses. Krügers Körper war völlig schlaff. Er ließ sich wie eine Marionette in den toten Winkel zerren, den das Fahrzeug zur Umgebungsmauer des Grundstücks bildete. Soweit Brunner feststellen konnte, fiel während seiner Rettungsaktion kein weiterer Schuss. Er kniete neben Krüger nieder, schob sein Nachtsichtgerät nach oben und leuchtete mit der Taschenlampe in das Gesicht des Mannes. Gebrochene Augen starrten ohne Pupillenreaktion in den grellen Lichtstrahl.

„Verdammte Scheiße!", fluchte Brunner. Der Beamte war tot. Mitten in der Brust war eine blutdurchtränkte Schusswunde zu sehen. Krüger hatte keine Schutzweste getragen. Er konnte für den Kollegen nichts mehr tun. Sachte fuhr er mit der Hand über seine Augen und schloss die Lider. Der

Mann war verheiratet, hatte Kinder. In Brunner kochte die Wut. Es gab keinen Zweifel für ihn, wer die Unverfrorenheit besaß, die Basisstation der Soko anzugreifen. Er duckte sich und hastete zu den Männern an der Mauer. Über Funk gab er Anweisungen an die Frauen und Männer, die im Haus zurückgeblieben waren.

„Sechs Einheiten verlassen das Grundstück über den Hinterausgang. Ihr umgeht es in lockerer Formation und nähert euch den Bäumen. Seid vorsichtig, die Schützen haben vermutlich Nachtsichtausrüstung. Genehmigung für Finalschuss, falls erforderlich, erteilt!"

Er konnte nicht riskieren, dass seine Leute getötet wurden, weil sie nicht gezielt schossen.

„Kommt mit", befahl er seinen Begleitern und machte ihnen ein entsprechendes Handzeichen. Vorsichtig spähte er mit der Wärmebildkamera zum Tor hinaus. Sie verfügten nur über fünf dieser Hightech-Geräte. Langsam suchte Brunner von links nach rechts die Baumreihe ab. Er gab einem seiner Männer ein Zeichen. Der setzte sich nach links ab. Auch er hatte den Angreifer durch sein Zielgerät in einem der Bäume gesehen. Als bleiche Schemen zeichnete er sich von seiner Umgebung ab. Brunner stellte seine Maschinenpistole auf Einzelfeuer, legte an und erfasste mit dem Zielkreuz den Angreifer. Langsam zog er den Abzug durch, der Schuss brach. Man hörte einen heiseren Aufschrei, dann konnte er beobachten, wie die Gestalt vom Baum herunterfiel. Ein Stück entfernt krachte ein weiterer Schuss. Das war bei den Kollegen, die sich durch den Hinterausgang genähert hatten. Wieder stürzte ein getroffener Angreifer zu Boden. Jetzt schlug ihnen heftiges Feuer aus den Bäumen entgegen. Nach der Übersicht, die sich Brunner verschaffen konnte, hatten sie es mit sieben Gegnern zu tun.

„Dauerfeuer!", kommandierte Brunner durch das Headset und von einem Augenblick auf den anderen brach die Hölle los. Die Soko-Leute deckten die Angreifer mit gezielten Feuerstößen ein. Irgendwann zeigten die Wärmebildgeräte keine Personen mehr in den Bäumen an.

„Feuer einstellen!", befahl Brunner. Die Angreifer waren entweder getroffen oder geflüchtet. „Jemand verletzt?", wollte er wissen.

„Frank hat einen Streifschuss am Oberschenkel und Brigitte einen Treffer auf die Schutzweste", erwiderte einer seiner Männer. Sie sammelten sich am Tor. Zwei trugen Brigitte zwischen sich, die vor Schmerzen laut stöhnte. Selbst wenn ein Projektil eine Kevlarweste nicht durchschlug, hinterließ die Wucht des Aufschlags beim Träger schmerzhafte Blutergüsse und möglicherweise auch Rippenbrüche. Der getroffene Frank humpelte langsam heran.

„Ihr zwei lasst euch drinnen verarzten, wir sehen nach den Angreifern", ordnete er an. Die einsatzfähigen Kräfte schwärmten aus. Zwei der Angreifer waren tot. Obwohl auch sie Schutzwesten trugen, hatten die Projektile sie am Kopf oder in den Unterleib getroffen.

„Liegen lassen", bestimmte Brunner. Das sind Fälle für die Rechtsmedizin und die Spurensicherung. Brunner ging ein Stück weiter unter die Bäume. Ein Blick durch sein Wärmebildgerät zeigte ihm, dass sich ein Stück entfernt eine Gestalt tiefer hinein in den Wald entfernte. Den Bewegungen nach war der Mensch getroffen.

„Ich hol ihn mir", erklärte Brunner, aktivierte seine Nachtsichtbrille und eilte dem Flüchtigen hinterher. Seine Kumpane hatten sich aus dem Staub gemacht und ihn offenbar verletzt zurückgelassen.

„Stehen bleiben! Waffen weg!", schrie Brunner, warf sich

die Maschinenpistole am Riemen auf den Rücken und zog stattdessen die Pistole. Der Mann war nur noch zehn Meter von ihm entfernt. Anscheinend hatte er Treffer in beiden Beinen und konnte nur noch kriechen.

„Waffen weg!", forderte Brunner nochmals. In diesem Augenblick drehte sich der Verletzte um, schrie laut etwas auf Arabisch und zielte, sich auf einem Ellbogen abstützend, auf Brunner. Die Pistole in Brunners Hand brüllte dreimal schnell hintereinander auf, dann war Ruhe. Der Gegner lag auf dem Rücken und rührte sich nicht mehr.

Brunner trat an den Mann heran. Alle drei Schüsse hatten ihn am Kopf getroffen. Einen Moment später standen seine Männer um ihn herum und musterten den Toten.

„Ich musste schießen!", sagte Brunner. „Sonst hätte er geschossen." Keiner erwiderte etwas. Auch diese Leiche ließen sie für die spätere Untersuchung liegen.

Brunner versammelte seine Mannschaft. Sie gingen zurück ins Haus und schalteten das Licht wieder ein.

Eine gute Stunde später traf Kauswitz mit seinen Leuten, die Spurensicherung mit großem Aufgebot und die Rechtsmedizin ein. KHK Luther ließ von seiner Mannschaft auf dem ganzen Gelände Scheinwerfer aufstellen, die alles in kaltes Licht tauchten. Die Rechtsmedizinerin Dr. Schwab hatte Dienst und sah sich den erschossenen Beamten und die getöteten Angreifer genau an.

„Das Projektil ist bei Herrn Krüger etwas links vom Brustbein vermutlich direkt in das Herz eingedrungen. Der Mann muss sofort tot gewesen sein. Es ist ein Ausschuss vorhanden. Ich vermute, dass das Geschoss hier im Boden steckt." Sie wandte sich Eberhard Brunner zu. „Es wäre sehr zu empfehlen, wenn Ihre Leute immer Schutzwesten tragen würden.

Wie Sie an den übrigen Toten sehen, gibt es anscheinend unfreundliche Menschen, die Ihre Arbeit nicht zu schätzen wissen." Die Ironie war unüberhörbar.

Bei den drei getöteten Angreifern war die Todesursache problemlos feststellbar.

„Das muss ja ein richtiges Gemetzel gewesen sein", stellte Dr. Schwab sichtlich betroffen fest. „Es wird einige Tage dauern, bis wir alle obduziert haben."

Mittlerweile war das Beerdigungsinstitut mit zwei Fahrzeugen eingetroffen. Die Männer in schwarzen Kitteln hielten sich im Hintergrund, bis Dr. Schwab ihnen zuwinkte. „Wenn die Spurensicherer mit ihrem Job fertig sind, können Sie sie mitnehmen. Wie immer abzuliefern in der Rechtsmedizin." Sie verabschiedete sich bei den Frauen und Männern der Soko, dann ließ sie sich von Brunner zum Auto begleiten. Kurz davor blieb sie stehen und wandte sich um.

„Ich habe heute mit Professor Karaokleos die drei Toten aus Steinfeld obduziert. Es sind noch einige feingewebliche Untersuchungen durchzuführen. Wir werden demnächst bei der Staatsanwaltschaft Würzburg das Obduktionsergebnis vorstellen. Wie ich Ihnen schon am Tatort gesagt habe, verdichten sich die Hinweise auf Mord." Sie öffnete mit der Fernbedienung den Wagen. „Diese Information ist aber noch inoffiziell", erklärte sie, dann stieg sie in den Wagen und fuhr vom Hof.

Der Leiter der SpuSi teilte seine Mannschaft ein. Ihm war klar, die Aufnahme der Tatorte würde sich bis in die Morgenstunden hinziehen.

Kauswitz nahm unterdessen mit seinen Mitarbeitern diverse Aussagen der beteiligten Beamtinnen und Beamten auf. Als er erfuhr, dass Brunner einen der Täter auf der Flucht erschossen hatte, runzelte er die Stirn. Hier war absolut penible

Ermittlungsarbeit nötig, da die Staatsanwaltschaft routinemäßig ein Verfahren gegen Brunner einleiten musste.

Nachdem vor Ort alle Arbeiten ihren Gang gingen, nahm sich Eberhard Brunner die Zeit, einen längst fälligen Anruf zu tätigen.

*

Kurz vor Mitternacht klingelte Simon Kerners Handy. Er war gerade im Badezimmer und putzte sich die Zähne. Wie immer hatte er das Telefon in greifbarer Nähe, weil er wegen seiner Tochter ständig erreichbar sein wollte. Clara hatte am nächsten Tag eine umfangreiche Untersuchung, deren Ergebnis ausschlaggebend für den Zeitpunkt der Transplantation war. Kerner war gerade erst nach Hause gekommen. Es fiel ihm immer schwerer, sich täglich von seiner Familie zu trennen, um die Dinge des Lebens zu organisieren. Das Warten auf das Urteil der Ärzte setzte beiden Eltern schwer zu. Ein schneller Blick auf das Display ließ ihn aufatmen. Es war nicht Theresa, sondern Eberhard. Allerdings wunderte es ihn etwas, dass der Freund um diese Uhrzeit anrief. Kerner spülte sich schnell den Mund aus, dann nahm er das Gespräch an.

„Hallo, Eberhard, was kann ich um diese Zeit für dich tun?"

„Entschuldige, Simon, aber ich muss mit jemand reden." Kerner verließ das Bad und setzte sich auf einen Küchenstuhl. „Ich habe einen echt heftigen Abend hinter mir." Er atmete tief durch. „Wir sind hier in unserer Zentrale der Soko von Scharfschützen angegriffen worden. Wir haben unter heftigem Beschuss gelegen. Dabei wurde einer unserer Kollegen getötet, zwei wurden verletzt." Die Leitung blieb wieder einen Augenblick still. Simon Kerner benötigte einen Moment, bis er die Nachricht verarbeitet hatte.

„Das ist ja Wahnsinn! Ich nehme an, du vermutest dahinter die beiden Clans?"

„Wen sonst? Das war eindeutig ein gezielter Angriff! Wie es aussieht, befinden wir uns mitten in einem Krieg!" Man hörte ihn laut atmen. „Wir haben einige der Burschen ausgeschaltet, wobei ich einen auf der Flucht erschossen habe. – Das könnte bei der nachfolgenden Untersuchung durch den Staatsanwalt etwas problematisch werden …"

Simon Kerner zögerte keine Sekunde. „Eberhard, wenn du juristischen Beistand benötigst, lass es mich wissen. Ich bin selbstverständlich für dich da."

„Danke", erwiderte Brunner, „es kann sein, dass ich eines Tages darauf zurückkomme. – Ich wollte dich nur warnen! Die Wahrscheinlichkeit eines erneuten Anschlags auf meine Wohnung ist massiv gestiegen. Und wenn es nur darum geht, zu demonstrieren, dass sie vor der Soko und dem, was sie verkörpert, keinen Respekt haben. Sei also bitte vorsichtig! Im Moment kann ich leider hier nicht weg. Ich muss meinen Laden zusammenhalten. Du kannst dir vielleicht vorstellen, was hier im Augenblick für eine Stimmung herrscht."

„Alles gut, Eberhard, ich halte die Augen offen. Der Revolver liegt zugriffsbereit unter meinem Kopfkissen."

„Gut, Simon, ich muss jetzt Schluss machen. Pass auf dich auf!" Ehe Kerner noch antworten konnte, war das Gespräch unterbrochen. Die Tatsache, dass er sich nicht nach Clara erkundigt hatte, zeigte ihm, wie sehr der Freund unter Druck stand.

37

Am nächsten Morgen, kurz nach Anbruch des Tages, waren die Spurensicherer mit ihrer Arbeit fertig. Sie hatten die Gegend abgesucht und dabei die Spuren der nächtlichen Heckenschützen gefunden. Am Boden des kleinen Bauernwäldchens, von dem aus der Angriff erfolgte, lagen zahlreiche Patronenhülsen herum. An mehreren der Randbuchen waren deutliche Spuren von Schuhabrieb zu erkennen. Die Spurensicherer organisierten im nächsten Dorf einen Traktor mit Frontschaufel. Einer der Männer ließ sich hochheben und untersuchte die Äste der Bäume, die in Richtung Forsthaus zeigten. Auch hierbei wurden sie bei mehreren fündig. Anscheinend waren die Heckenschützen mit Hilfe von Seilen und mechanischen Kletterhilfen in die gewünschte Höhe gestiegen. Die Geflüchteten hatten alles mitgenommen. Sonst fanden sich außerhalb des Geländes nur die Spuren des von Brunner erschossenen Angreifers. Im Hof stellten sie außerdem das Geschoss sicher, das Krügers Oberkörper durchschlagen hatte und einige Zentimeter tief in den Boden eingedrungen war.

Um 7.00 Uhr fand im Forsthaus die Frühbesprechung mit dem Team der Spurensicherer statt. Alle Soko-Mitarbeiter trafen sich im Aufenthaltsraum. Die Stimmung war ausgesprochen aggressiv. Einerseits nagte der Tod des Kollegen an den Gemütern, andererseits brannten sie darauf, es den Clans heimzuzahlen. Die angespannte innere Haltung der Mannschaft war auch daran zu erkennen, dass sie plötzlich immer ihre Waffen mit sich führten und ihre schusssicheren Westen trugen. Die Spurensicherer verkündeten ihr Ergebnis. Es wurde einige Zeit heftig und kontrovers diskutiert.

Brunner ließ seinen Leuten das Ventil. Man musste aufpassen, dass sie beim nächsten Zugriff nicht härter hinlangten als erforderlich gewesen wäre. Ein Schusswechsel war dann schnell provoziert! Er konnte jetzt alles brauchen, nur nicht eine vorwerfbare Überschreitung des Verhältnismäßigkeitsgrundsatzes seiner Soko.

*

Es war später Nachmittag, als der Kleinwagen wie beim letzten Mal in die unterste Ebene der Marktgarage fuhr und sich in einer bestimmten Reihe einen Parkplatz suchte. Der Fahrer blieb sitzen und wartete. Immer wieder sah er in den Rückspiegel. Plötzlich fiel ein Schatten auf die Scheibe der Beifahrerseite, die Tür wurde geöffnet und der junge Mann vom letzten Treffen stieg ein. Der mitgebrachte Aktenkoffer landete auf seinen Oberschenkeln. Wieder trug er Gummihandschuhe. Er klappte den Kofferdeckel auf und der Mann hinter dem Lenkrad konnte den gleichen wattierten Umschlag wie beim ersten Treffen erkennen.

„Du nimmst die Waffe wieder zurück in deine Verwahrung. Du kannst sie anfassen, aber nicht reinigen! Hast du das verstanden? Auf keinen Fall reinigen oder abwischen!"

Der Ältere nickte. Er sah den Mann neben sich nicht an, sondern sicherte nach draußen. Dann griff er nach dem Umschlag, öffnete die Verschlussklammern und blickte hinein.

„Überzeug dich, alles vorhanden!", erklärte der Mann etwas ungeduldig.

Der Techniker griff in den Umschlag und zog vorsichtig eine Plastiktüte mit einer Pistole heraus. Durch das Plastik hindurch konnte er die Waffennummer erkennen. Es war tatsächlich die vor einiger Zeit herausgegebene Pistole. Das Magazin lag dabei und war leer. Mit einem gekonnten Griff zog er über dem Plastik den Schlitten ein Stück zurück. Auch im Patronenlager befand sich keine Munition. Beim Öffnen der beiliegenden Munitionsschachtel bemerkte er, dass mehrere Patronen fehlten. Schnell schloss er sie wieder. Er wollte gar nicht wissen, wo sie abgeblieben waren.

„Alles in Ordnung?", wollte der junge Mann wissen.

„Aus meiner Sicht schon", erwiderte der Techniker und ließ das Päckchen unter seinem Fahrersitz verschwinden.

Der Unbekannte öffnete seinen Aktenkoffer und ergriff neuerlich ein Kuvert. „Ein kleiner Bonus", erklärte er und drückte es dem Mann hinter dem Steuer in die Hand. „Wenn du alles so erledigst, wie wir es gesagt haben, wirst du nichts mehr von uns hören. Vergiss aber nicht, wir haben Augen und Ohren überall und würden sehr schnell erfahren, wenn dich dein Gewissen drücken sollte und du glaubst, bei deinem Chef dein Herz ausschütten zu müssen." Er streckte zwei Finger aus und zielte mit dieser imaginären Waffe auf den Kopf des Mannes. „Puff!", gab er lautmalerisch von sich, dann stieg er aus. Sekunden später war sein Alptraum verschwunden.

Es dauerte eine ganze Weile, ehe der Ältere sich aufraffen konnte, den Motor zu starten. Er musste jetzt noch einmal zurück an seinen Arbeitsplatz. Sein Auto stellte er auf einen Parkplatz außerhalb des Polizeiareals. Das Haus betrat er über einen Hintereingang. Die Wege im Keller, die er gehen musste, um zu dieser Uhrzeit niemand zu begegnen, waren ihm bekannt. Sein Büro war, wie erwartet, menschenleer. Neben ihm arbeitete hier noch ein weiterer Techniker, der aber die Gleitzeit nutzte und um diese Zeit schon lange zuhause bei Frau und Kindern war. Er zog seinen grauen Arbeitsmantel über. Sollte sich doch wider Erwarten jemand hierherverlaufen, machte er einfach Überstunden. Schnell tippte er den Code der begehbaren Waffenkammer ein, dann trat er ein. Vorsichtig zog er die Pistole und das Magazin aus der Plastiktüte. In einem ersten Impuls griff er nach einem öligen Lappen und war kurz davor, die Waffe zu putzen. Dann dachte er an die Worte des Kofferträgers und ließ es sein. Vorsichtig schnupperte er an der Laufmündung. Aus der Pistole war jedenfalls vor noch nicht langer Zeit geschossen worden. Er öffnete den fahrbaren Waffenschrank und steckte die Waffe mit der Laufmündung nach vorne auf eine Halterung. Morgen würde er Eberhard Brunner eine Nachricht zukommen lassen, dass er endlich seine Dienstpistole abholen möge.

Er verließ den Tresor und achtete darauf, dass sich die Sicherheitsanlage wieder einschaltete. Dann hängte er den Arbeitsmantel über die Stuhllehne und verließ seinen Arbeitsbereich. Am Arbeitszeiterfassungsgerät loggte er sich mit seiner Karte aus. Für das System sah es so aus, als hätte Polizeihauptmeister Herbert Konrad ohne Unterbrechung bis jetzt gearbeitet.

38

Drei Tage später:

Nachmittags um 15.00 Uhr fand im Konferenzsaal des Strafjustizzentrums Würzburg eine Vorstellung und Besprechung der unterschiedlichen Untersuchungsergebnisse der drei Tatorte in Steinfeld statt. Daran nahmen teil: der Leitende Oberstaatsanwalt Dr. Meyerhoefer (sein Vorgänger Armin Rothemund war zwischenzeitlich zum Präsidenten des Landgerichts Nürnberg ernannt worden) und Oberstaatsanwalt Sommer, Polizeipräsident Häfner, Kriminaldirektor Seebach, LKA München, Kriminalhauptkommissar Kauswitz, kommissarischer Leiter der Mordkommission, Erich Luther, Leiter der Spurensicherung, Eberhard Brunner, Leiter der Soko Spessart, Professor Dr. Karaokleos und Dr. Schwab, Rechtsmedizin. Die Generalstaatsanwältin ließ sich durch die Leitende Oberstaatsanwältin Eleonore Schlag aus ihrem Hause vertreten.

Erich Luther hatte einen Beamer angeschlossen, an der Schmalseite des Raumes war eine großflächige Leinwand von der Decke herabgelassen worden. Die verschiedenen Fachgebiete hatten jeweils einen Laptop mitgebracht, um ihre vorgetragenen Untersuchungsergebnisse durch Bilder und Tabellen zu untermauern.

Dr. Meyerhoefer begrüßte kurz die Anwesenden und wies darauf hin, dass man sich gerne an den bereitgestellten Getränken bedienen möge.

„Soweit ich weiß, wird zuerst Herr Luther seine Ergebnisse vorstellen", erklärte er, dann setzte er sich nieder.

Erich Luther erhob sich und betätigte die Maus, wodurch der Bildschirm erwachte und ein Bild von der Leiche des

Staatssekretärs Dr. Haenisch in der Badewanne auf die Leinwand warf. Obwohl die Anwesenden an krasse Tatortfotos gewöhnt waren, rief der Anblick der Leiche in dem blutigen Badewasser doch ein Raunen hervor. Die nüchterne Darstellung des Opfers, dem durch diese Fotos jegliche Intimität genommen wurde, machte bei aller Einsicht der Notwendigkeit immer wieder betroffen.

Luther räusperte sich, dann begann er: „Meine Damen und Herren, Sie sind sicher damit einverstanden, dass ich auf detaillierte Randinformationen wie Tattag, Uhrzeit und Alarmierungszeitpunkt verzichte, da diese Angaben aus dem schriftlichen Schlussbericht der Spurensicherung hervorgehen werden und sich dann bei den Akten befinden." Nachdem aus der Versammlung kein Widerspruch kam, fuhr er fort: „Sie sehen hier die Leiche des Opfers, wie wir sie bei unserer Ankunft vorgefunden haben. Nach Aussage des Leiters der Soko Spessart, der zusammen mit einer Beamtin seiner Einsatzgruppe als Erster vor Ort war, wurde der Tatort nicht betreten, da aufgrund der Auffindesituation davon ausgegangen werden musste, dass das Opfer tot war. Wir, die Spurensicherer und Rechtsmediziner untersuchten dann gemeinsam Tatort und Leiche. Wie Sie sehen, lag auf der Brust des Toten eine Schrotflinte mit zwei Läufen, eine sogenannte Bockdoppelflinte, mit den Mündungen in Richtung Kopf, der Schaft ruht zwischen den Beinen, der Daumen befindet sich im Abzug der Waffe. Zusatzinformation: Wie wir später feststellen konnten, ist die Waffe ordnungsgemäß auf Dr. Haenisch eingetragen. Er hat sie offenbar beim Tontaubenschießen verwendet." Er hielt einen Laserpointer in der Hand und deutete bei jeder Erwähnung eines Details mit dem Leuchtpunkt darauf. Mit einem Mausklick erschien ein weiteres Bild, eine Nahaufnahme vom Kopf der

Leiche sowie der dahinter an der Wand erkennbaren blutroten Einschussöffnung.

„Lassen Sie mich gleich zum wesentlichen Punkt kommen. Wie Sie sehen, zeigt sich hier an der Wand das typische Ausschussbild einer durch einen menschlichen Schädel gegangenen Schrotgarbe mit blutigem Gewebe und Fragmenten des Gehirns. Wir konnten aus dem Putz eine ganze Reihe von deformierten Schrotkugeln sicherstellen. Es handelte sich dabei um Munition der Schrotgröße 2,4 mm, wie sie gerne für das Tontaubenschießen verwendet wird. Wir haben im Waffenschrank des Opfers einen kleinen Vorrat dieser Munition gefunden. Wie eine solche Schrotgarbe auf einen menschlichen Schädel wirkt, wird Ihnen sicher Professor Karaokleos sachkundig darstellen können." Der Angesprochene nickte zustimmend.

„So weit, so klar", fuhr Luther fort. „Als wir die Einschüsse in der Wand dann näher untersucht haben, ist uns etwas aufgefallen." Das Bild wechselte und zeigte eine Nahaufnahme mitten hinein in den Blutfleck des Einschusses in die Wand. Im Zentrum des Bildes war ein Metallstab zu erkennen, der innerhalb der in die Wand eingedrungenen Schrotgarbe in ein darin befindliches größeres Loch eingeführt war.

„Wir hätten es fast übersehen", fuhr Luther fort, „weil es von den Zerstörungen der Wand durch die Schrote fast überdeckt wurde." Der nächste Bildwechsel zeigte die Wand, die rund um das Loch aufgeschlagen worden war. „Wir haben dann in geringer Tiefe die Fragmente eines Projektils gefunden, das aus einer Kurzwaffe stammt!"

Diese Aussage löste unter den Anwesenden eine spontane Diskussion aus. Luther wartete einen Moment, bis der Leitende Oberstaatsanwalt wieder um Aufmerksamkeit bat, dann fuhr er fort: „Auch wir waren total überrascht. Wir haben das Projektil sichergestellt. Es ist aber so deformiert, dass es bis heute nicht gelungen ist, es einer bestimmten Kalibergröße, geschweige denn einer bestimmten Waffe zuzuordnen. Es könnte sich um ein Polizeigeschoss handeln, das ist aber noch sehr vage. Wir haben es jetzt an ein Labor des Landeskriminalamtes geschickt, das über noch feinere Methoden verfügt." Er klappte seinen Laptop zu, wodurch auch das Bild auf der Leinwand erlosch.

„Lassen Sie mich zusammenfassen: Nach unseren bisherigen Erkenntnissen haben wir es hier auf keinen Fall mit einem Suizid zu tun. Dr. Haenisch wurde zuerst mit einer Kurzwaffe und anschließend mit der eigenen Schrotflinte durch den Kopf geschossen, um es wie einen Selbstmord aussehen zu lassen. Der oder die Täter haben dabei darauf geachtet, dass die Schrotgarbe so genau wie möglich dem gleichen Schusskanal folgte wie das Projektil. Das Ganze wurde unserer Meinung nach ziemlich dilettantisch durchgeführt. Beispielsweise die Benutzung der Schrotflinte. Welcher Selbstmörder lädt eine Schrotflinte mit zwei Patronen, weil er doch sicher davon ausgeht, dass der erste Schuss tödlich ist? Das hat uns zu weiteren Untersuchungen veranlasst. Allerdings hat sich uns der Sinn und Zweck dieser Vorgehensweise noch nicht erschlossen. Wer dachte, dass er uns damit auf eine falsche Fährte führen könnte, kennt nicht die Sorgfalt unserer Arbeit." Er sah sich in der Runde um. „Wenn Sie Fragen haben ...?"

Kriminaldirektor Seebach räusperte sich. „Die von Ihnen geschilderte Vorgehensweise ist doch nur möglich, wenn das Opfer festgehalten wird oder betäubt ist. Sie sagten, dass Dr. Haenisch den Daumen noch im Abzug hatte. Haben Sie entsprechende Fingerabdrücke an der Waffe sichergestellt? Beziehungsweise wurden an der Badewanne oder im Bad unterschiedliche Fingerabdrücke gefunden?"

„Zunächst, was Anzeichen von Gewalt an der Leiche betrifft, haben wir neben der Kopfwunde keine erkennbaren Verletzungen gefunden. Aber dazu kann sicher Professor Karaokleos etwas sagen. Fingerabdrücke gab es reichlich, da sind wir aber noch in der Abklärung. Die am Abzug der Schrotflinte stammen eindeutig vom Opfer."

Der LKA-Mann bedankte sich. Nachdem keine weiteren Fragen gestellt wurden, fuhr Luther fort: „Kommen wir zur Leiche von KK Rosenheimer." Er öffnete wieder den Laptop und holte ein weiteres Tatortfoto auf die Leinwand. „Dem Opfer wurde von vorne in die Stirn geschossen. Das Projektil, offenbar wie bei Dr. Haenisch ein Teilmantelgeschoss, durchschlug den Schädel, trat am Hinterkopf wieder aus und prallte im Zimmer gegen einen Sicherheitsfensterrahmen aus Metall, an dem es sich stark deformierte. Auch dieses Geschoss befindet sich noch in der Untersuchung. Wir gehen allerdings bei Berücksichtigung der Größe des Einschusses davon aus, dass es sich um ein 9-mm-Projektil handelt. Auch hier gibt es die verschiedensten Fingerabdrücke, deren Relevanz wir nach dem Ausschlussprinzip beurteilen. Das sind relativ viele Abdrücke, so dass wir hier noch kein abschließendes Urteil abgeben können. Bei KK Rosenheimer handelt es sich eindeutig um ein Tötungsdelikt." Er sah sich wieder um. „Fragen hierzu?"

Niemand meldete sich.

„Gut", erklärte Luther und wechselte das Bild auf dem Computer. „Wir wurden später ja noch in das Nachbarhaus gerufen, wo wir die Leiche einer alten Dame vorfanden. Die Hausärztin hat als Todesursache ‚Unnatürlicher Tod durch Genickbruch' angegeben. Wir haben weder ein Tatwerkzeug noch sonstige Hinweise auf Gewaltanwendung gefunden. Da ist wiederum die Expertise der Rechtsmedizin gefragt. Wir konnten im Haus eine Reihe von Spuren aufnehmen und Fingerabdrücke sichern. Besonders interessant ist eine Blutspur, die wir im Flur aufgenommen haben. Zum jetzigen Zeitpunkt gehen wir davon aus, dass das Blut einer gewissen Rana zuzuordnen ist. Sie hat sich im Haus von Dr. Haenisch aufgehalten und dort vermutlich einen Abortus erlitten. Die Hunde haben die Spur der Frau bis in das Haus der alten Dame verfolgt. Auf dem Boden des Flurs von jener Frau Mostmann fand man außerdem einen Splitter aus dem Inneren ihres mobilen Festnetztelefons. Es sieht so aus, als wäre es heruntergefallen, aufgesprungen und dann wieder zusammengesetzt worden." Er klappte seinen Laptop nun endgültig zu. „Das ist der aktuelle Stand der Spurensicherungsergebnisse. Die Schlüsse aus diesem Ergebnis zu ziehen, ist Sache der Ermittler."

„Vielen Dank, Herr Luther", erklärte Dr. Meyerhoefer. „Herr Professor, wenn Sie so freundlich wären."

Professor Karaokleos erhob sich, während Dr. Schwab die Bedienung des Beamers übernahm.

„Fangen wir mit Dr. Haenisch an. Wenn wir die Gesamtumstände des Leichenfundorts einbeziehen, Wärme des Raumes und des Badewassers, liegt der Todeszeitpunkt zwischen 24.00 und 2.00 Uhr. Ursächlich für den Tod ist unstrittig der unter dem Kinn aufgesetzte Kopfschuss. Der Schusskanal verlief von vorne unten nach hinten oben schräg durch den Schädel. Er hinterließ schwerste Kopfverletzungen bei fast völlig Zerstörung des Gehirns." Auf dem Bildschirm erschien ein Röntgenbild des Schädels, auf dem der Schussverlauf durch eine am Einschuss eingeführte, quer durch den Kopf gehende und am Ausschuss herausragende Metallsonde sichtbar gemacht wurde. „Uns ist selbstverständlich auch das Vorhandensein eines weiteren Schusskanals aufgefallen. Während die Schrotgarbe beim Durchgang durch den Schädel einen sich erweiternden Krater reißt, erzeugt beispielsweise ein Pistolenprojektil, je nachdem, ob Voll- oder Teilmantel, einen sich nur langsam bis gar nicht erweiternden Schusskanal." Das nächste Bild zeigte einige deformierte Schrotkugeln und ein winziges Fragment in einer Petrischale. „Wir haben mehrere Schrote sichergestellt, die im Schädel steckengeblieben sind, und dieses winzige Fragment, das durchaus von einem Projektil einer Kurzwaffe stammen könnte, das sich im Schädel teilweise zerlegt hat. Wir haben es in Abstimmung mit Herrn Luther an das kriminaltechnische Labor eingeschickt und erwarten bald ein Ergebnis. Desgleichen fanden wir rund um den Einschuss Schmauchspuren, die wir ebenfalls untersuchen lassen und die uns mit Sicherheit Klarheit bringen. Herr Luther kann Ihnen das aber sicher kompetenter erläutern."

Der Leiter der Spurensicherung ergriff das Wort: „Sowohl bei Schrotpatronen als auch bei Pistolenmunition wird zwar ein schnell abbrennendes, offensives Pulver verwendet, aber es wäre schon ein großer Zufall, wenn bei der Schrotpatrone und der Pistolenpatrone Pulver desselben Herstellers Verwendung gefunden hätte. Wir warten noch auf die Analyse der chemischen Zusammensetzung."

Karaokleos holte tief Luft, dann erklärte er: „Es handelt sich also offensichtlich um keinen Suizid. Es ist mir in meiner Praxis noch kein Fall untergekommen, wenn Sie mir die etwas flapsige Bemerkung erlauben, bei dem sich ein Selbstmörder zweimal durch den Kopf geschossen hat, noch dazu mit unterschiedlichen Schusswaffen. Hier wurde, wie Herr Luther schon anmerkte, der kläglich gescheiterte Versuch unternommen, einen Selbstmord vorzutäuschen. Hinzu kommen folgende Indizien, die diese Aussage bekräftigen: Wir stellten bei der Obduktion an den Oberarmen von Dr. Haenisch Male fest, die dafür sprechen, dass er dort ziemlich hart festgehalten wurde." Der Beamer projizierte ein Bild, auf dem in Großaufnahme die Oberarme der Leiche von Dr. Haenisch gezeigt wurden. Deutlich waren blutunterlaufene Griffspuren zu erkennen. „Kommen wir zur Frage des Einsatzes von Betäubungsmitteln", fuhr der Professor fort. „Da manche Betäubungsmittel schon innerhalb weniger Stunden im Blut nicht mehr nachgewiesen werden können, haben wir einen Schnelltest durchführen lassen, dabei wurde im Blut Ketamin gefunden. Eine Substanz, die in einschlägigen Kreisen auch als Party-Droge oder K.-o.-Tropfen eingesetzt wird. Dr. Haenisch war mit aller Wahrscheinlichkeit willenlos, als man ihn in die Badewanne legte und die Schüsse abgab. Also haben wir es hier, ohne den Juristen vorgreifen zu wollen, eindeutig mit Mord zu tun. Alle weiteren Fragen werden wir ausführlich in unserem schriftlichen Obduktionsbericht erläutern. Wir haben natürlich auch hier DNA-Proben genommen, um Fremd-DNA auszuschließen."

Er nahm einen Schluck Wasser.

„Kommen wir nun zu dem Opfer Rosenheimer. Hierzu wird Ihnen meine Kollegin einige Ausführungen machen."

Dr. Schwab klickte ein Bild an. Auf der Leinwand erschien die Nahaufnahme der Stirn von KK Rosenheimer mit dem Einschuss. „Wie Sie sehen, sitzt der Einschuss mitten auf der Stirn des Opfers. Aufgrund der Ausmaße gehen auch wir von einem 9-mm-Projektil aus. Die Wundränder sind fast ohne Schmauchanhaftung, so dass der Schuss aus einer gewissen Entfernung abgegeben worden sein muss. Das Projektil ging fast waagerecht durch den Kopf, wobei es im Gehirn einen fast gleichmäßigen Schusskanal hinterließ. Am Hinterkopf trat das Geschoss wieder aus, wobei es Teile des Schädels mit sich riss. Gestoppt wurde es dann durch einen Fensterrahmen, wie Herr Luther bereits ausführte. Die Verletzungen durch den Schuss waren sofort tödlich. Bei der Obduktion ergaben sich keinerlei Anzeichen von Kampfspuren oder sonstigen Verletzungen. Auch toxikologische Tests waren negativ. Das Opfer war, soweit wir das bei unseren Untersuchungen feststellen konnten, absolut gesund und fit. Vereinzelte Untersuchungen laufen noch."

Auch in diesem Fall wurde keine Frage gestellt.

„Kommen wir zur Obduktion der alten Dame." Dr. Schwab wechselte das projizierte Bild. Auf der Leinwand erschien nun die Ablichtung der Rückansicht des Halses und des oberen Rückens. „Sie sehen hier die Deformierung der Halswirbelsäule der Toten vor der Leichenöffnung. Es lagen altersbedingte Verknöcherungen vor, die zu Lebzeiten zu einer Versteifung der Beweglichkeit der HWS führen mussten. Hinzu kam eine ausgeprägte Osteoporose. Die alte Dame musste erhebliche Schmerzen und Bewegungseinschränkungen hinnehmen." Sie klickte auf das nächste Bild. „Hier sehen Sie die freipräparierte HWS und die Bruchstelle auf Höhe des Drehers, also des zweiten Halswirbels." Sie deutete mit dem Laserpointer auf die Stelle, wo deutlich ein Bruch des Knochens zu sehen war. „Dieser Bruch wurde durch eine manuelle, vermutlich ruckartige Überdehnung des Drehers hervorgerufen und führte sicher sofort zum Tod. Ansonsten litt die Frau an einer chronischen Herzinsuffizienz. Dafür sprechen auch die Medikamente, die die Herrschaften von der Spurensicherung sichergestellt haben. Kausal für den Tod war aber nicht das geschädigte Herz, sondern die Durchtrennung der Wirbelsäule."

Kriminalhauptkommissar Kauswitz meldete sich zu Wort. „Könnte diese Verletzung auch durch eine Frau herbeigeführt werden?"

„Ich wills mal so sagen", erwiderte Dr. Schwab, „wenn man weiß, wie es geht, ist es bei einer so alten Frau mit derartigen Schädigungen der HWS auch für eine kräftige Frau kein Problem."

„Gibt es schon Erkenntnisse bezüglich der blutigen Handtücher, die wir im Haus des Staatssekretärs, und des Blutes, das wir im Flur von Hedwig Mostmann gefunden haben?"

Professor Karaokleos meldete sich wieder zu Wort: „Das Blut an den Handtüchern und im Hausflur der alten Dame kann einer Person zugeordnet werden. Soweit wir feststellen konnten, ist ursächlich eine Fehlgeburt in einem sehr frühen Stadium einer Schwangerschaft. Achte bis neunte Woche, schätze ich. Wir haben im Blut keinerlei Stoffe finden können, die auf einen medikamentösen Abbruch hindeuten. Es handelt sich also mit hoher Wahrscheinlichkeit um einen natürlichen Abgang, wie er bei Frauen immer wieder vorkommen kann, teilweise, ohne dass sie die frühe Schwangerschaft überhaupt bemerkt haben."

Die Ergebnisse der bisherigen Ermittlungen wurden unter den Anwesenden noch einige Zeit diskutiert, dann ging man auseinander mit der Verabredung, sich beim Vorliegen weiterer Erkenntnisse wieder zu treffen.

Für einige Beteiligte war das Treffen aber noch nicht vorbei. Kriminaldirektor Seebach, der Polizeipräsident, Ludwig Kauswitz, Oberstaatsanwalt Sommer und Eberhard Brunner kamen im Büro des Oberstaatsanwalts zu einer weiteren Besprechung zusammen. Thema war der tödliche Überfall auf die Basis der Soko Spessart.

„Wie läuft die Fahndung nach Peter Leitner, dem verschwundenen Fahrer?", wollte Brunner wissen. „Aus meiner Sicht ist er einer der Hauptverdächtigen. Meines Erachtens können wir die beiden Frauen ausschließen. Ich glaube nicht, dass sie körperlich dazu in der Lage wären, einen männlichen, durchtrainierten Körper in die Wanne zu wuchten und dort dieses Selbstmordszenario zu inszenieren. Um das in Ruhe machen zu können, hätten sie ja vorher Rosenheimer töten müssen. Mir kommt es so vor, als hätten sie sich, verschreckt durch die Schüsse, versteckt und wären dann über den Notausgang geflüchtet, Rana in Richtung Nachbargebäude."

„Da muss ich Kollegen Brunner beipflichten", äußerte sich Kauswitz. „Auch ich sehe Peter Leitner hier als Hauptverdächtigen. Ich denke aber, dass er Hilfe hatte. Die Spuren müssen daraufhin nochmals ganz genau untersucht werden. Außerdem müssen wir gegebenenfalls herausfinden, welches Motiv er hatte, so zu handeln. Wir werden auf jeden Fall sein privates und dienstliches Umfeld akribisch unter die Lupe nehmen."

„Eigentlich kann ich mir gar nicht vorstellen, was ihn angetrieben haben könnte, Dr. Haenisch zu ermorden", warf Kriminaldirektor Seebach ein. „Wir haben ihn, genau wie jeden anderen Beamten, der im engeren Umfeld des Staatssekretärs gearbeitet hat, gründlich durchleuchtet. Auch nachrichtendienstlich. Seine Weste war so weiß, dass ihn jede Waschmittelfirma problemlos als Werbefigur hätte einstellen können. Ich kann mir nicht vorstellen, dass wir dabei etwas übersehen haben."

„Glaube ich Ihnen", warf Oberstaatsanwalt Sommer ein, „aber man kann in einen Menschen einfach nicht hineinschauen. Fangen Sie noch einmal von vorne an. Drehen Sie jeden Stein um. Man hat schon Pferde vor der Apotheke kotzen sehen!"

Man beschloss, sich in dieser kleinen Runde demnächst, sobald neue Erkenntnisse vorlagen, wieder zu treffen.

39

Am späteren Nachmittag warteten Forstamtsrat Leonhard Steiner und Bürgermeister Reinhold Kupfer am alten Pestkreuz in der Waldabteilung Marsberg in der Nähe von Duttenbrunn. Es stand eine Waldbegehung mit betroffenen Waldeigentümern und den sogenannten *Siebenern* an. Es hatten sich mehrere Waldeigentümer bei der Gemeinde beschwert, weil einige Grenzsteine zwischen Staatsforst und Privatwald durch den Einsatz eines Harvesters verschoben worden seien. Im Staatswald habe man in der letzten Zeit durch diese Holzvollernter Bäume fällen lassen, die durch Borkenkäfer massiv geschädigt waren. Die *Siebener* bestanden aus einer Gruppe von sieben vereidigten Bauern, auch Feldgeschworene genannt, die im Zweifel bei Grenzstreitigkeiten ehrenamtlich Recht sprachen. Sie genossen in der Gemeinde hohes Ansehen.

Nachdem alle versammelt waren, marschierte die Gruppe los. Einer fuhr mit einem kleinen Traktor mit Anhänger hinterher. Bald hatten sie den ersten Grenzstein erreicht, der nach Ansicht des Waldeigentümers von der Maschine umgefahren und versetzt worden war. Die Siebener zogen sich zur Beratung ein Stück zurück. Sie hatten eigene Karten mit Markierungen dabei, die sie heranziehen konnten. Sie legten sie auf herumliegende Baumstämme auf, um sie besser studieren zu können. Plötzlich meinte einer der Bauern: „Seht ihr das auch? Es sieht aus, als wären die Stämme frisch hierher verzogen worden. Nach unserer Karte müsste unter diesen Bäumen eigentlich ein Grenzstein sein."

Die anderen Geschworenen vergewisserten sich und kamen zu der gleichen Einschätzung. Mit gemeinsamen Kräften wurden die Stämme zur Seite geschoben.

„Da wurde eindeutig frisch gegraben", stellte der Bürgermeister fest. „Wie kann man denn jetzt noch feststellen, wo der Grenzstein hingehört?"

„Wir werden das jetzt überprüfen", erklärte Winfried Schörger, der Obmann der Siebener. „Geht mal ein Stück zur Seite." Er ging zum Traktor und holte vom Hänger eine Schaufel und eine Hacke.

Alle, die nicht zu den Feldgeschworenen gehörten, zogen sich ein Stück zurück und beobachteten die Männer, die anfingen zu graben.

„Oh Mann, da kommt einmal her!", rief plötzlich einer der Männer und starrte auf etwas, was aus der Erde herausragte.

„Ja leck mich fett!", kam es vom Obmann mit dem Brustton der Überraschung. „Da liegt jemand!"

Jetzt war das Grenzsteinproblem nebensächlich. Vorsichtig befreiten die Männer eine männliche Leiche vom Erdreich.

„Kennt den einer?", fragte der Obmann in die Runde. Alle verneinten.

„Lang liegt der noch nicht da", stellte der Forstamtsrat fest und zog sein Handy heraus. „Da müssen wir unsere Aktion auf ein andermal verschieben. Ich rufe die Polizei."

Es dauerte knapp dreißig Minuten, dann näherte sich ein Streifenwagen. Die beiden Beamten hörten sich die Ausführungen der Männer an, dabei musterten sie die Leiche.

„Habt ihr etwas angefasst?", wollte einer der Beamten wissen.

„Wir haben halt gegraben, bis er einigermaßen frei lag. Aber bewegt haben wir ihn nicht", erklärte der Bürgermeister.

Der Streifenführer sprach mit der Einsatzzentrale, sein Kollege sperrte das Grab mit rotweißem Trassierband ab. Nach einiger Zeit gingen die Männer nach Hause. Selbstverständlich hinterließen sie bei den Streifenpolizisten ihre Kontaktdaten, so dass sie als Zeugen vernommen werden konnten.

Die Arbeit der Spurensicherung und der Mordkommission dauerte bis in die Dämmerung. Einige aufgestellte Leuchtgiraffen erleichterten später die Arbeit, insbesondere die von Dr. Schwab, die aus Würzburg angereist war.

Kauswitz stand am Rande des Grabes neben der Rechtsmedizinerin und blickte auf den Leichnam, den man ein Stück daneben auf einer Plastikplane abgelegt hatte.

„Sehen Sie die Schleifspur, die von dem Grasweg dort hinten durch den Wald führt? So wie wir die Blutspuren lesen können, wurde er dort auf dem Waldweg erschossen und dann vom Tatort hierhergezogen. Wir haben dort dank des feuchten Bodens gut brauchbare Reifenspuren gefunden. Auch Fußabdrücke. Sie sind aber diffus, wahrscheinlich hat er Überzieher getragen. Der Täter hat offenbar sein Opfer in der Nähe des Autos erschossen, es anschließend hierhergezerrt, verscharrt und sich dann aus dem Staub gemacht. Er muss vorbereitet gewesen sein. Man findet nicht so einfach im nächstbesten Waldweg eine Möglichkeit, ungestört einen Menschen zu töten und dann die Leiche verschwinden zu lassen."

Dr. Schwab nickte. „Ich glaube, ich verrate kein Geheimnis, wenn ich auch ohne Obduktion behaupte, der Mann wurde mittels eines klassischen Genickschusses hingerichtet. Knallbumm! Fertig! Er dürfte wohl kaum etwas mitbekommen haben." Dr. Schwab war fertig und zog sich die Gummihandschuhe aus. „Positiv an dem ganzen Fall ist, dass es keinen Ausschuss gibt. Das Geschoss steckt als noch im Wirbel. Wir werden es vorsichtig herausholen. Damit müsste die KTU dann wahrscheinlich noch etwas anfangen können."

Dr. Schwab verabschiedete sich. Auf dem Weg zu ihrem Auto begegnete sie den Männern vom Beerdigungsinstitut, die im Anmarsch waren, um die Leiche in die Rechtsmedizin zu bringen. In den letzten Tagen hatten die Herrschaften ganz schön zu tun.

40

Schon am nächsten Tag stand anhand der abgenommenen Fingerabdrücke fest, dass es sich bei dem Leichenfund um Peter Leitner, den vermissten Fahrer des Staatssekretärs, handelte. Im Haus von Dr. Haenisch wimmelte es von seinen Abdrücken, aber das war ja auch nicht weiter verwunderlich, schließlich wohnte er dort. Was die Spurensicherer elektrisierte, war die Tatsache, dass seine Fingerprints auch auf der Schrotflinte zu finden waren. Sie waren allerdings auch auf dem Waffentresor feststellbar. Nicht jedoch auf der Hülse der abgeschossenen und der Hülse der zweiten geladenen, aber nicht abgefeuerten Patrone aus der Flinte und auch nicht auf der Patronenschachtel im Waffenschrank. Es konnte natürlich sein, dass Leitner im Auftrag des Staatssekretärs die Waffe pflegen musste. Jedenfalls hatte er Zugang zu ihr. Leider konnte man ihn nicht mehr fragen.

Dem zentralen Waffenlabor im Landeskriminalamt in München lagen die verschiedenen Projektile und Projektilfragmente zur Untersuchung vor. Kriminaldirektor Seebach hatte sich eingeschaltet und angeordnet, dass diesen Untersuchungen oberste Priorität eingeräumt wurde. Es waren höchst zeitaufwändige, anspruchsvolle Verfahren notwendig, um aus diesem Material aussagekräftige Spuren zu generieren. Schließlich gelang es dem Waffenexperten, der sich mit der Untersuchung des Projektils aus dem Badezimmer von Dr. Haenisch und des Geschossfragments aus dem Schädel des Staatssekretärs befassen musste, einige Spuren zu separieren. In der Hoffnung, ein verwertbares Ergebnis zu bekommen, jagte er sie durch den Computer. In der Datenbank waren alle abgeschossenen Projektile und die dazugehörenden Waffen erfasst, mit denen das LKA seit der digitalen Spurenerfassung befasst war. Der Techniker startete das Suchprogramm und ging in die Mittagspause. Es würde einige Zeit dauern, ehe der Computer ein Ergebnis ausspucken würde.

Als der LKA-Experte nach einer guten Stunde an seinen Arbeitsplatz zurückkehrte, war der Suchlauf beendet. Die Datenbank hatte vier Treffer ausgespuckt. Das wunderte den Mann nicht, weil die Spuren nicht so eindeutig waren, dass man einen einzigen Fund erwarten durfte. Er blätterte die digitalen Karteikarten durch. Zwei der Treffer entfielen auf Pistolen, die bereits seit geraumer Zeit eingezogen und vernichtet waren, da die betreffenden Strafverfahren lange zurücklagen. Einer der Verurteilten war in der Strafhaft verstorben, der andere hatte eine lebenslängliche Freiheitsstrafe bekommen und saß noch ein. Die dritte Waffe befand sich seit geraumer Zeit in der Lehrsammlung des Landeskriminalamtes, weil sich der Straftäter einen Schalldämpfer aus Milchdosen gebastelt hatte, wodurch die Waffe in der Sammlung ein Novum darstellte. Der vierte Treffer ließ den Mann ungläubig die Augenbrauen in die Höhe ziehen. Es handelte sich um eine halbautomatische Pistole Heckler & Koch, Kaliber 9 mm. Das gängige Polizeimodell, das in Bayern in der Praxis eingesetzt wurde. Von jeder Waffe, die ausgegeben war, besaß man in der Datenbank die Daten abgefeuerter Vergleichsgeschosse, um bei einem dienstlichen Waffeneinsatz ein Projektil einer Waffe zuordnen oder ausschließen zu können. Diese Waffe war vom zentralen Polizeibeschaffungsamt an das Polizeipräsidium Unterfranken ausgegeben worden. Die weitere Zuteilung, insbesondere die Vergabe an die Polizeibeamtinnen und -beamten, erfolgte von dort. Der Waffentechniker griff zum Telefon.

„Seebach", meldete sich der Kriminaldirektor nach dem zweiten Läuten. Er konnte auf seinem Display sehen, wer ihn da anrief.

„Herr Seebach, ich habe bezüglich der sichergestellten Projektilspuren einen Treffer in der Datenbank erhalten. Ich schicke Ihnen das Ergebnis mal rüber."

Er musste Seebach nicht erklären, um welche Spuren es sich handelte. „Vielen Dank! Machen Sie das", erwiderte Seebach angespannt. Fünf Sekunden später meldete sein Rechner, dass über das Intranet der LKA eine E-Mail für ihn eingegangen war. Sofort öffnete er die Nachricht. Eine geraume Zeit studierte er den Datenbankauszug, dann griff er zum Telefon und rief die direkte Dienstnummer des Polizeipräsidenten in Würzburg an. Er schilderte ihm den Sachverhalt und bat um Aufklärung, wem die fragliche Dienstwaffe zugeteilt war. Parallel dazu leitete er die E-Mail verschlüsselt weiter. Der Präsident sagte sofortige Erledigung zu. Über verschiedene Organisationseinheiten im Polizeiapparat landete die Anfrage des Polizeipräsidenten schließlich auf dem Bildschirm von Polizeihauptmeister Herbert Konrad, Chef der Waffenkammer.

Als Konrad die Mail, die mit „Eilt sehr" versehen war, las, fuhr ihm der Schrecken bis in alle Glieder. Panisch rasten ihm die Gedanken durch den Kopf. Warum wollte der Polizeipräsident wissen, wo diese Pistole war? Wahrscheinlich hatte der Mann, dem er die Waffe in der Tiefgarage ausgehändigt hatte, eine Straftat mit ihr begangen. Jetzt hieß es Nerven bewahren! Er setzte sich an seinen Rechner und teilte mit, dass sich die dem Ersten Kriminalhauptkommissar Eberhard Brunner zugeteilte Pistole zur Inspektion in der Verwahrung der Waffenkammer befindet, überprüft sei und wieder ausgegeben werden könne, aber bis jetzt von EKHK

Eberhard Brunner trotz Aufforderung noch nicht abgeholt wurde. Konrad fühlte sich schlecht, sehr schlecht! Sollte er hingehen und die Waffe reinigen? Sicher hatten die Kerle, die ihn erpressten, auf der Pistole irgendwelche Spuren hinterlassen, die Brunner zum Nachteil gereichen sollten. Endlich hatte er sich durchgerungen, so zu verfahren, als es klopfte und ein ihm bekannter Verwaltungsangestellter aus der Präsidialstelle eintrat.

„Herr Konrad, ich habe vom Präsidenten den Auftrag, die Dienstwaffe von EKHK Brunner mitzunehmen. Wenn Sie sie mir bitte aushändigen ...“

„Ja ... ja, natürlich. Einen Moment, ich muss in den Tresor.“ Er drehte sich um und eilte zur Waffenkammer. In seinem Arbeitsmantel steckte ein öliger Lappen, mit dem er für gewöhnlich die Waffen nochmals abrieb, bevor er sie der Beamtin oder dem Beamten aushändigte.

„Ich komme mit“, erklärte der Mann und hielt sich hinter Konrad.

„Ja, aber da dürfen Sie nicht rein“, wandte Konrad ein. Im Innersten hatte er die schwache Hoffnung, vor der Ausgabe noch einmal über die Pistole wischen zu können, um die Spuren zu beseitigen.

„Da machen wir heute mal eine Ausnahme“, gab der Angestellte freundlich, aber bestimmt zurück. Als Konrad nach der Waffe griff, zog der Mann eine große Beweismitteltüte aus der Jacke, faltete sie auseinander und hielt sie auf. „Geben Sie die Pistole einfach hinein“, bat er, dann zippte er den Beutel zu, quittierte den Empfang und war draußen. Konrad sah ihm aufgewühlt hinterher. Er hatte keine Ahnung, welche Spuren auf der Waffe waren. In jedem Fall würde er in Erklärungsnot kommen, weil die Pistole nicht geputzt war, wie sie es nach einer Inspektion eigentlich hätte sein sollen.

Auf Anordnung des Polizeipräsidenten wurde die Waffe mit einem Polizeihubschrauber zum Landeskriminalamt nach München transportiert. Wenn das vorläufige Ergebnis der Spurenuntersuchung sich bestätigen würde, stand ein Skandal im Raum. In München machten sich die Experten sofort an die Untersuchung der Waffe.

Noch am späten Nachmittag bestätigte sich der Befund. Auf Veranlassung von Kriminaldirektor Seebach wurde kurzfristig eine Telefonkonferenz einberufen, an der er selbst, Oberstaatsanwalt Sommer, der Polizeipräsident und KHK Kauswitz teilnahmen. Kauswitz wunderte sich, warum der Leiter der Soko nicht beteiligt war. Seine Verwunderung schlug aber schnell in Bestürzung um, als Seebach zu referieren begann.

„Meine Herren, das Projektil aus der Badezimmerwand, das Fragment im Schädel von Dr. Haenisch und der Geschossrest vom tödlichen Schuss auf KK Rosenheimer stammen mit an Sicherheit grenzender Wahrscheinlichkeit aus der Dienstwaffe von EKHK Eberhard Brunner!" Aus der Leitung kam keine Reaktion. Er hörte es nur heftig atmen. Die Herren mussten die Nachricht erst einmal verdauen. „Desgleichen", fuhr Seebach fort, „wurde an der Außenseite des Laufes Spuren von DNA gefunden. Da von allen Tatorten Proben genommen wurden, konnten wir auch diesbezüglich hier im LKA einen Abgleich vornehmen. Es wird Sie sicher nicht mehr verwundern, wenn ich Ihnen sage, dass es sich hierbei eindeutig um DNA von Dr. Haenisch handelt. Unsere Experten denken, die Waffe wurde vor dem Schuss dem willenlosen Opfer in den Mund geschoben. Dabei sind diese Anhaftungen entstanden."

„Sie wollen damit sagen", ergriff Kauswitz schließlich das Wort, „dass Eberhard Brunner den Staatssekretär getötet hat? – Das ist aberwitzig!"

„Das habe ich nicht gesagt", gab Seebach zurück. „Es geht hier nur um Fakten!"

„Warum ist dann der Kollege nicht bei dieser Besprechung hier dabei?", hakte Kauswitz nach.

„Der Herr Präsident war der Auffassung, dass wir die Sache erst einmal ohne ihn besprechen sollen."

„Selbstverständlich werde ich ihn morgen umgehend mit der Sachlage konfrontieren", ergänzte der Polizeipräsident. „Zumal wir wissen, dass Brunner zum Zeitpunkt der Tat eine Ersatzwaffe führte. Seine Dienstpistole befand sich, wie es aussieht, in unserem Haus beim Waffentechniker zum Routinecheck."

„Das kann ich bestätigen", bekräftigte Kauswitz diese Aussage. „Als ich meine Waffe zur Kontrolle dort abgegeben und mich in die Liste eingetragen habe, las ich dort einige Zeilen höher den Eintrag von EKHK Brunner. Die Waffe war also tatsächlich dort abgegeben."

„Gut, das müssen wir unbedingt klären", stellte Oberstaatsanwalt Sommer fest, „nennen Sie mir die Uhrzeit, ich werde an der Besprechung teilnehmen. Das hört sich ja äußerst mysteriös an."

Sie diskutierten noch einige Zeit die Angelegenheit, dann beschlossen sie, das bisherige Ergebnis der Untersuchungen noch unter Verschluss zu halten. Ein Bericht an die Generalstaatsanwaltschaft würde dazu führen, dass auch das Ministerium Kenntnis bekam und damit die Angelegenheit Kreise zog und dann auch der Presse bekannt wurde.

41

Eberhard Brunner befand sich in einer Dienstbesprechung mit den Mitgliedern seiner Soko, als er den Anruf
erhielt, sich am nächsten Tag um 9.00 Uhr beim Polizeipräsidenten einzufinden. Die Sekretärin aus dem Präsidialbüro
konnte ihm zwar nicht den Grund für den Termin sagen,
Brunner vermutete aber, dass es sich um den Überfall auf
das Forsthaus und seine Schüsse auf den flüchtigen Angreifer handelte.

Als Brunner das Büro des Polizeipräsidenten betrat,
kam er ihm entgegen und gab ihm die Hand, gleichzeitig
erhob sich Oberstaatsanwalt Sommer vom Besprechungstisch und begrüßte ihn ebenfalls. Darüber wunderte sich
Brunner nicht, denn Sommer war als Staatsanwalt für die
Ermittlungen hinsichtlich des erschossenen Soko-Beamten
zuständig.

„Herr Brunner", begann Präsident Häfner und schlug einen Aktendeckel auf, den er mit an den Tisch genommen
hatte, „ich will nicht lange um den heißen Brei herumre-
den. Im Laufe der Ermittlungen um den Tod von KK Rosenheimer und Staatssekretär Dr. Haenisch wurden durch
die Kriminaltechnik des LKA anhand der sichergestellten
Spuren einige Details festgestellt, die dringend der Klärung
bedürfen." Er räusperte sich. „Die Kugel, die KK Rosenheimer getötet hat, die Projektilfragmente aus dem Schädel von Dr. Haenisch und das Projektil aus der Wand sind
vom Material her identisch. Es konnte auch die Zuordnung
zu einer bestimmten Waffe vorgenommen werden, die mit
einer zweiundneunzigprozentigen Wahrscheinlichkeit zutreffend ist."

Eberhard Brunner hatte aufmerksam zugehört. Oberstaatsanwalt Sommer registrierte, dass Brunner noch völlig entspannt wirkte.

„Herr Brunner", fuhr der Präsident fort, „es ist uns unerklärlich, aber die Waffe, aus der diese Projektile abgefeuert wurden, ist Ihre Dienstwaffe!" Damit hob er den Blick von der Akte und sah den Soko-Leiter durchdringend an. „Können Sie uns das irgendwie erklären?"

Brunner sah die beiden Männer völlig irritiert an. Nur ganz langsam sickerte die Bedeutung des Inhalts von Häfners Worten in seinen Verstand.

„Tut mir leid, Herr Präsident", kam schließlich im Brustton der Überzeugung die Antwort, „das ist schlicht unmöglich! Meine Dienstwaffe war zum Zeitpunkt des Mordes an Dr. Haenisch in der Waffentechnik zum Routinecheck. Da muss sie noch immer sein, weil ich noch nicht dazugekommen bin, sie wieder abzuholen. Ich führe noch immer eine Ersatzwaffe." Er griff unter seine Jacke an sein Holster, zog die Pistole heraus und legte sie auf den Tisch, so dass die Mündung von den Männern weg auf die Wand zeigte.

„Herr Brunner, das haben wir bei den Waffentechnikern im Haus überprüft. Ihre Aussage, dass Sie die Pistole nicht abgeholt haben, ist zumindest laut Verwahrungsverzeichnis zutreffend. Wir haben die Waffe aus der Technik geholt und beim LKA untersuchen lassen. Fakt ist, dass aus der Waffe vor nicht allzu langer Zeit geschossen wurde. Uns ist nichts davon bekannt, dass Sie in den letzten Monaten einen dienstlich begründeten Schusswaffengebrauch mit dieser Pistole gemeldet haben. Sie waren auch schon längere Zeit nicht mehr beim Schießtraining, wie wir eruiert haben. Daher sind die frischen Pulverrückstände zunächst einmal nicht erklärlich." Man merkte dem Präsidenten an, wie schwer ihm die nächste Aussage fiel. „Es gibt da aber noch eine Spur, die schwer belastend ist: An der Mündung der Waffe wurden DNA-Spuren von Dr. Haenisch sichergestellt! Sie sind vermutlich entstanden, als der Täter die Waffe dem betäubten Opfer in den Mund geschoben hat, um ihm den tödlichen Schuss durch den Kopf beizubringen."

„Das ist ja perfide!" Brunner war total geschockt. „Da versucht offenbar jemand, mir diese Morde in die Schuhe zu schieben!" Er richtete sich auf und straffte die Schultern. „... und dann habe ich Dr. Haenisch die Flinte unters Kinn gesetzt und ihm eine Ladung Schrot durch den Schädel gejagt, um den tödlichen Schuss mit der Pistole zu vertuschen ..." Er schüttelte den Kopf, dann sah er die beiden Männer scharf an, die seine Reaktion beobachtet hatten. „Ich hoffe, das sind nicht Ihre Gedanken!"

Der Präsident hob die Schultern. Der Oberstaatsanwalt schüttelte den Kopf.

„Herr Brunner, ich sehe das ähnlich, allerdings sprechen im Augenblick einige Indizien gegen Sie. Wir wissen, dass Sie Zugang zum Haus des Staatssekretärs haben, Sie kennen den Sicherheitscode am Eingang, Sie wissen, wo die Schrotflinte verwahrt wurde. Weder KK Rosenheimer, noch Peter Leitner, der Fahrer, wären bei einem plötzlichen Besuch durch Sie irgendwie misstrauisch geworden. Plötzliche Sicherheitschecks des Hauses gehören ja zu ihren Aufgaben."

Brunner musste zugeben, dass Sommer hier eine logische Beweiskette ausgearbeitet hatte, die auf den ersten Blick erdrückend war.

„Bleibt nur die Problematik mit der Dienstwaffe, der meines Erachtens eine Schlüsselrolle zukommt. Wie sollten sie darankommen und sie nach der Tat wieder zurückgeben, ohne dass der zuständige Techniker dies bemerkte? Im

Übrigen, warum sollten Sie die Spuren auf der Waffe belassen? Wo doch Ihr ganzes Interesse darauf ausgerichtet sein müsste, alle Spuren zu beseitigen! Ich denke, wir sind uns darin einig, dass wir den Beschäftigten in der Waffentechnik umgehend einige unangenehme Fragen stellen müssen.

Bleibt noch der Punkt zu klären, wie der Fahrer von Dr. Haenisch ins Bild passt. Hätten Sie, Brunner, KK Rosenheimer erschossen, hätten sie vorher Peter Leitner töten müssen. Was aber Rosenheimer mitbekommen hätte, woraufhin er sich gewehrt hätte. Oder der Fahrer steckte mit Ihnen unter einer Decke und half Ihnen Dr. Haenisch zu betäuben, um dann die Badewannenszene zu inszenieren. Warum ist er dann, nachdem er die Wohnung der alten Frau betreten hatte, mit Rana zu einem fremden Auto geflüchtet und mit diesem davongefahren? Die Hunde haben die Spur gut ausgearbeitet. Später wurde er dann in einem Waldstück erschossen und verscharrt. Die hierfür verwendete Waffe war eindeutig eine andere. – Hier war mindestens noch eine weitere Person beteiligt. Nachdem Sie den Tatort mit Ihren Beamtinnen und Beamten verlassen haben, können Sie den Tod des Fahrers nicht persönlich verschuldet haben. Dafür haben Sie ja ein Alibi."

Der Präsident und Brunner hörten ihm aufmerksam zu. „Ich vermute, dass das alles inszeniert ist", stellte Brunner fest. „Dr. Haenisch und ich mit meiner Soko sind den Clans zu stark auf die Füße getreten. Sie haben heftige wirtschaftliche Verluste hinnehmen müssen. Wahrscheinlich denken sie, wenn sie Dr. Haenisch und mich ausschalten, werden sie für einige Zeit Ruhe vor der staatlichen Verfolgung haben."

Präsident Häfner erhob sich und ging zum Fenster. Man konnte sehen, wie ihm das Gehörte durch den Kopf ging. Schließlich drehte er sich um.

„Ich werde in unserem Haus intern überprüfen lassen, ob es möglich ist, dass ein Beamter ohne Kontrolle eine Schusswaffe aus der Verwahrung der Waffenkammer herausnehmen kann. Was Sie betrifft, Herr Brunner, müsste ich Sie bei der objektiv gegebenen Beweislage eigentlich suspendieren. Das werde ich aber vorerst nicht tun, weil mir die Einwände von Herrn Sommer einleuchten. Betrachtet man die Gesamtsituation, kann man hinter den Geschehnissen eine Strategie erkennen, die die Schwächung der Staatsmacht zum Ziel hat. Die einzigen Profiteure sind die Clans. Wir dürfen hier nicht einknicken! Brunner, Sie machen weiter."

Er kam an den Tisch zurück. „Da wäre noch etwas. Wie ich dem Bericht der Spurensicherung in Bezug auf den Überfall des Forsthauses vermutlich durch Clanmitglieder entnehmen konnte, haben Sie einen flüchtigen Angreifer erschossen. Lassen Sie sich durch die allgemein angespannte Stimmung gegenüber den Clans nicht dazu verleiten, den Gebrauch der Schusswaffe zu locker zu nehmen. Der Staatsanwalt wird das untersuchen. Es ist vielleicht kein Fehler, wenn Sie sich in diesem Verfahren von einem Anwalt vertreten lassen. Sie wären nicht der erste Polizeibeamte, dem man aus Notwehrüberschreitung einen Strick gedreht hat. – Passen Sie auf, dass es auf unserer Seite nicht noch mehr Leichen gibt. Geben Sie trotzdem nicht nach, setzen Sie diese Bande ständig unter Druck. Wir müssen dieses Unkraut mit Stumpf und Stiel ausrotten! Ich weiß, das ist ein schwieriger Balanceakt."

Brunner erhob sich, steckte seine Dienstwaffe wieder ein und sagte: „Meine Herren, ich danke Ihnen für Ihre Worte", dann verließ er das Zimmer des Präsidenten. Wahrscheinlich würde er die rechtliche Unterstützung durch Simon Kerner wirklich benötigen.

Oberstaatsanwalt Sommer erhob sich ebenfalls. „Ich hoffe nur, dass es Brunner und der Soko gelingt, gegen diese Banden zu bestehen. Diese Verbrecher müssen sich nicht an Gesetz und Ordnung halten, während unsere Leute sehr schnell in rechtliche Grauzonen gelangen." Bevor er die Tür öffnete, fragte er: „Ist schon etwas bekannt, wer der Nachfolger von Staatssekretär Dr. Haenisch wird?"

Der Polizeipräsident schüttelte den Kopf. „Ich könnte mir vorstellen, es wird bei der Besetzung dieses Postens Schwierigkeiten geben. Man muss einen Menschen finden, der sich, wie Christian Haenisch, ins Frontfeuer stellt und sich durch Gewalttätigkeiten nicht abschrecken lässt. Der brutale Tod von Dr. Haenisch kann dem Mutigsten das Grauen lehren."

42

Eberhard Brunner befand sich noch auf der Fahrt zum Forsthaus. Er war tief in Gedanken versunken und hatte Mühe, sich auf den Verkehr zu konzentrieren. Die Tatsache, dass Dr. Haenisch mit seiner Dienstwaffe erschossen worden war, beschäftigte ihn heftig. Es stand für ihn außer Frage, wer hinter diesem perfiden Anschlag gegen seine Person steckte. Es war erschreckend, wie weit sich diese Verbrecher aus der Deckung wagten. Offenbar wollte man, nachdem man Dr. Haenisch beseitigt hatte, auch ihn kaltstellen. Er war froh, dass er Vorgesetzte hatte, die sich über das Offensichtliche hinwegsetzten und ihm vertrauten. Auf Dauer würde das aber nicht gutgehen. Ihm war klar, es musste da eine undichte Stelle in der Waffentechnik geben! Niemand konnte so einfach dort hineinspazieren und eine Waffe mitgehen lassen. Darum würde sich aber Oberstaatsanwalt Sommer kümmern.

Die Stimme

Zwanzig Minuten vor dem Ziel klingelte sein Handy. Über die Freisprechanlage des Wagens nahm er das Gespräch an, obwohl auf dem Display die Anzeige „Anonymus" erschien. Brunner merkte sofort, dass die Stimme während des Gesprächs technisch verändert wurde. Sie klang völlig androgyn. Er konnte nicht sagen, ob es sich bei dem Anrufer um eine Frau oder einen Mann handelte.

„Hören Sie zu", sagte die Stimme ohne Einleitung, „es ist mir zuverlässig bekannt, dass gestern eine junge Frau, an der ein Ehrenmord durch die Familie al-Asmani verübt wurde, an die Familie al-Hilabar in deren Zweigstelle in Würzburg übergeben wurde. Die Leiche soll nach dem Willen von Safar al-Hilabar so schnell wie möglich in ihre Heimat nach Kairo überführt werden. Im Augenblick befindet sie sich im Bestattungsinstitut TROJAN in Kitzingen."

Ehe Brunner in irgendeiner Form reagieren konnte, wurde die Verbindung wieder unterbrochen.

Brunner war wie elektrisiert. Alle Nachforschungen nach dem Verbleib von Rana waren bisher im Sande verlaufen. Er war sich sicher, dass es sich bei dem Hinweis um das gesuchte Mädchen handelte. Der Polizeihund hatte ja ihre Spur bis zu jenem Wagen verfolgt, dessen Spuren sie am Rande von Steinfeld sichergestellt hatten. Wenn die Soko hier den beiden Clans eine Beteiligung an einem Ehrenmord nachweisen konnte, hatten sie die Möglichkeit, den Clan-Chefs den Prozess zu machen. Wenn erst einmal ein Dominostein umfiel, kippten auch andere um und man konnte aufräumen.

Da diese Clans als kriminelle Vereinigung eingestuft wurden, hatte der Ermittlungsrichter der Soko auch gestattet den Telefonverkehr der beiden Firmenzentralen abzuhören. Bis jetzt hatte das allerdings nicht allzu viel gebracht. Vor zwei Tagen jedoch änderte sich plötzlich das Verhalten der beteiligten Personen. Bis jetzt erfolgten die Unterhaltungen in deutscher und in arabischer Sprache, je nachdem wer miteinander sprach. Das war für die Ermittler kein großes Problem, da die Beamten fließend Hocharabisch und zum Teil ägyptischen Dialekt sprachen. Seit gestern jedoch hatte sich das Verhalten bestimmter Clan-Mitglieder, die der Führungsebene zuzuordnen waren, geändert. Sie kommunizierten in einem Dialekt, den die Beamten nicht richtig verstehen konnten. Vereinzelt konnten sie jedoch bestimmte Worte erkennen, die es ihnen ermöglichten, einen sinnvollen Zusammenhang zu konstruieren. Danach war tatsächlich die Rede von einer toten Frau, die nach Ägypten überführt werden sollte. Womit der anonyme Hinweis bestätigt wurde. Brunner hielt eine interne Teambesprechung ab und man war sich schnell einig, gleichzeitig gegen die Firmenzentralen der beiden Clans in Würzburg und Aschaffenburg zuzuschlagen, um der beiden Clan-Bosse habhaft zu werden. Parallel sollte die Durchsuchung des Bestattungsunternehmens TROJAN durchgeführt werden. Noch in der gleichen Stunde gingen die entsprechenden Anträge auf Erteilung von Durchsuchungsanordnungen und Genehmigungen von Beschlagnahmen von Sachen, Unterlagen und technischen Geräten an die Staatsanwaltschaft hinaus. Gleichzeitig verständigte Brunner Kauswitz und bat ihn, die Durchsuchung beim Bestattungsunternehmen TROJAN in Kitzingen durchzuführen und die Leiche einer jungen Frau zu beschlagnahmen, die vermutlich tödliche Verletzungen aufzeigte.

Die Stimme

Kurz nachdem Eberhard Brunner einen anonymen Anruf erhalten hatte, läutete bei Mustafa al-Asmani in seiner Aschaffenburger Firmenzentrale das Telefon. Sofort erkannte er die mechanische Stimme der unbekannten Person, die ihn schon einmal kontaktiert hatte. Aufmerksam lauschte er in den Hörer.

„Ich möchte nur darauf hinweisen, dass Safar al-Hilabar die Kämpfer seines Clans zusammengerufen hat und einen Rachefeldzug gegen den al-Asmani-Clan plant. Mit dem Angriff ist stündlich zu rechnen." Die Leitung war wieder tot.

Mustafa wählte eine andere Nummer. Mit dieser Reaktion Safars war zu rechnen gewesen.

„Haltet euch bereit! Sie können jederzeit kommen!" Der Befehl wurde bestätigt, dann legte Mustafa wieder auf. Jetzt konnten sie nur noch warten. Allerdings würden sie jedem Gegner einen heißen Empfang bereiten.

Die Stimme

Kurz nach dem Anruf bei al-Asmani läutete bei Safar al-Hilabar das Telefon. Es war die Person, die ihn eigentlich nicht mehr anrufen wollte.

„Ich habe über meine Quellen in Erfahrung gebracht, dass Mustafa al-Asmani heute einen Angriff auf dich und die Familie plant. Du solltest dich in Sicherheit bringen. Außerdem möchte ich dich bitten, gewisse Unterlagen, die du über mich aufbewahrst, zu vernichten. Wenn sie in falsche Hände fallen würden, wäre ich am Ende ..."

„Danke für den Hinweis. Wir werden uns entsprechend wappnen. Was die Unterlagen betrifft, musst du dir keine Gedanken machen. Sie sind in Sicherheit." Er lachte leise. Die Leitung wurde unterbrochen. Anschließend wählte Safar eine bestimmte Nummer. Er sprach mit einem Neffen, der erklärte, es sei alles bereit, um die Angreifer zu empfangen.

43

Am späten Nachmittag raste der kommissarische Leiter der Mordkommission Kauswitz mit zwei Mannschaftswagen und einem Streifenwagen nach Kitzingen, um das Bestattungsinstitut TROJAN auszusuchen. Eines der Fahrzeuge war vom Städtischen Bestattungsamt, ausgestattet mit einer Kühleinrichtung.

Der Bestatter Oliver Trojan war vollkommen überrumpelt, als Kauswitz sein Büro betrat und ihm die Durchsuchungsanordnung unter die Nase hielt. Der hagere Mann im dunklen Anzug entsprach so ziemlich allen Klischees, die man über Bestatter kannte. Unwillkürlich fragte sich Kauswitz, ob man sich eine derartige permanente Trauermiene implantieren lassen konnte.

„Würden Sie uns bitte Ihr Labor und die Kühlanlage öffnen", forderte Kauswitz höflich, aber bestimmt.

„Aber … ich verstehe nicht … Was soll denn das? Was sollen wir denn falsch gemacht haben …?", stotterte der Bestatter herum. „Sie können doch nicht einfach so hier hereinplatzen und …"

„Doch, wir können!", unterbrach ihn Kauswitz und gab seinen Männern einen Wink. Sie drängten Trojan zur Seite und verteilten sich im hinter dem Büro liegenden Zeremonienraum. Sie öffneten alle Türen und durchsuchten die Räume.

„Es wäre einfacher für Sie, wenn Sie uns unterstützen würden", erklärte Kauswitz. „Wir suchen die Leiche einer jungen Frau, die Sie gestern von der Niederlassung der Firma al-Hilabar abgeholt haben. Wenn Sie nicht kooperieren, werden meine Leute hier alles auf den Kopf stellen, und die sind nicht zimperlich, glauben Sie mir! – Also …?"

„Ja, ja, ist schon gut", gab der Bestatter klein bei. „Kommen Sie mit." Er öffnete eine Tür, die zum Schauraum des Instituts führte. Hier waren, mit warmem Licht bestrahlt, die unterschiedlichsten Särge, Urnen und sonstige Bestattungsutensilien ausgestellt. Er durchquerte den Raum und kam zu einer weiteren Tür. Dahinter kam ein Flur zum Vorschein. Eine Treppe führte in den Keller. Eine Minute später betraten sie einen Kühlraum. Kalte, mit Chemikalien geschwängerte Luft schlug ihnen entgegen. Im Raum standen zwei fahrbare Liegen, auf denen sich unter weißen Tüchern menschliche Konturen abzeichneten.

„Welche ...?", wollte Kauswitz wissen. Trojan deutete auf die rechte Bahre. Kauswitz trat näher und zog das Tuch nach unten weg. Er kannte Rana ja nicht, aber die beiden blutigen Einschüsse auf Höhe des Herzens der hier aufgebahrten jungen Frau sprachen eine eindeutige Sprache.

„Okay, wir nehmen sie mit", erklärte Kauswitz und machte einem seiner Leute ein Zeichen, der eilte nach oben und verständigte die beiden Männer vom Beerdigungsinstitut.

„Aber die junge Frau sollte doch nach Kairo überführt werden", wagte Trojan einen halbherzigen Widerspruch.

„Daraus wird vorerst nichts", erklärte Kauswitz, „die junge Dame kommt erst mal ins Institut für Rechtsmedizin nach Würzburg. Es ist vielleicht Ihrer Aufmerksamkeit entgangen, dass sie keines natürlichen Todes gestorben ist. Oder halten Sie zwei Einschüsse in der Brust für normal?"

Sie transportierten den Leichnam mit Hilfe eines Lifts nach oben und verluden ihn in den Leichenwagen. Bevor Kauswitz mit seinen Männern abfuhr, erklärte er dem Bestatter: „Wir nehmen Sie vorläufig fest. Meine beiden Kollegen werden Sie im Streifenwagen mitnehmen. Vernehmen werden wir Sie morgen. Rechnen Sie mit einer entsprechenden Anzeige. Vermutlich werden Sie so schnell nicht mehr hierher zurückkehren. Sie haben eine Leiche, die offensichtlich einer Gewalttat zum Opfer gefallen ist, nicht gemeldet. Ich würde mal sagen, das ist Beihilfe zum Mord."

Der Wagen fuhr vom Hof. Die beiden Polizisten legten dem Bestatter Handschellen an.

*

Wie bei der Planung des Einsatzes besprochen, schlug Eberhard Brunner mit seinen Leuten in der Hauptniederlassung von al-Asmani in Aschaffenburg zu. Nach Einschätzung der Gewaltbereitschaft der beiden Clans rangierte al-Asmani an erster Stelle. Die Mannschaftsbusse näherten sich dem Gebäude von beiden Seiten. Mehrere Polizeistreifen sperrten die umgebenden Straßen ab und sorgten dafür, dass keine Passanten in Gefahr gerieten. Ein Notarzt und ein Rettungswagen standen eine Straße weiter in Bereitschaft. Ein Trupp sicherte den Hinterausgang und mögliche Fluchtwege über die Feuertreppe und sich anschließende Garagendächer. Die von Brunner geführten Einsatzkräfte konzentrierten sich auf den Firmeneingang und das Tor zur Tiefgarage. Den Frauen und Männern war klar, dass ihre Ankunft den Bewohnern durch die diversen Überwachungskameras verraten wurde. Brunner läutete am Eingang, nachdem die Tür in die Lobby verschlossen war.

„Polizei!", rief Brunner in Richtung der Kamera über dem Eingang. „Bitte öffnen Sie! Sofort!" Keine Reaktion. Der Soko-Leiter gab ein Zeichen und zwei Beamte legten Sprengladungen am Tor der Tiefgarage und am Eingang.

„Achtung, Deckung!", schrie Brunner und die Einsatzkräfte zogen sich ein Stück zurück. Die Haftladungen waren so konstruiert, dass sie ihre Energie nach innen gegen die Schlösser richteten und kaum eine Gefährdung für die Einsatzkräfte bestand. Kaum war der Explosionsknall vorüber, stürmten die SEK-Leute ins Haus. Der Trupp in der Tiefgarage suchte Schutz hinter den Säulen. Die Frauen und Männer in der Lobby verteilten sich hinter dem Empfangstresen und anderen Einrichtungsgegenständen. Zwei eilten zu den beiden Aufzügen und holten sie per Knopfdruck ins Parterre. Beide Kabinen waren leer. Sie schalteten die Aufzüge ab. Als die Einsatzkräfte sich in versetzter Formation über die Treppe in Richtung erstes Stockwerk bewegten, fielen die ersten Schüsse und ein Beamter stürzte getroffen die Treppe hinab.

*

Die Vertreterin von Brunner stürmte um die gleiche Zeit das Gebäude von al-Hilabar in Würzburg. Sie hatten einen zeitgleichen Zugriff vereinbart, um einen eventuellen Informationsaustausch zwischen den beiden Clans zu verhindern. Als ein Teil der Truppe sich vor dem Tor zur Tiefgarage versammelte, mussten die Einsatzkräfte eine Lichtschranke durchbrochen haben, denn das Tor öffnete sich wie von Geisterhand. Feuerbereit betraten die Polizeikräfte die Garage, sie war leer, der Aufzug stand auf der untersten Ebene und war geöffnet. Sie meldeten diesen Zustand an die Teamchefin, die ihnen befahl an Ort und Stelle abzuwarten. Unterdessen war sie mit einem halben Dutzend SEK-Leuten ohne Widerstand durch die offene Tür in die Lobby vorgedrungen. Auch hier war weit und breit keine Menschenseele zu sehen. Von Brunner hatte sie die Nachricht erhalten, dass er mit seinen Kollegen auf Widerstand gestoßen war.

Sie nahm das zur Kenntnis und gab den Befehl, Stockwerk für Stockwerk zu überprüfen. Nach einer Stunde kamen sie zu dem Ergebnis, dass die Hauptstelle von al-Hilabar verlassen war. Sie war regelrecht ausgeräumt. Man fand keine Geschäftsunterlagen, keine Computer, nur verlassene Schreibtische, die Telefone waren tot.

Irgendjemand musste die Bande gewarnt haben. Wo waren alle?

In Aschaffenburg gestaltete sich die Situation schwierig. Als Brunner von seiner Vertreterin erfuhr, wie die Lage in Würzburg war, beorderte er alle Kräfte zur Verstärkung von Würzburg nach Aschaffenburg. Wenn sie mit Sonderrechten fuhren, konnten sie in einer Stunde vor Ort sein. Das verlassene Gebäude in Würzburg ließen sie von der Schutzpolizei bewachen.

*

„Rückzug!", befahl Brunner und die Einsatzkräfte zogen sich geordnet in die Lobby zurück. Dabei nahmen sie den getroffenen Kollegen mit nach unten. Wie sich herausstellte, hatte die Kevlar-Weste das Projektil aufgehalten. Er würde wohl mit einer schweren Prellung oder einer angeknacksten Rippe davonkommen. Einer der Männer brachte den Mann zum Rettungswagen. Brunner versammelte einige Gruppenführer um sich.

„Eine Eroberung des Gebäudes Stockwerk für Stockwerk ist möglich, könnte sich aber verlustreich gestalten. Folgender Plan: In Würzburg ist der Zugriff im Sande verlaufen. Das Gebäude war völlig geräumt. Ich habe alle Einsatzkräfte hierherbeordert, so dass wir dann über eine beachtliche Power verfügen. Wie wir wissen, hat dieses Gebäude ein Flachdach. Wir lassen einen Teil der Kräfte mittels Hubschrauber auf das Dach transportieren. So können wir die Bande zwischen den Kräften auf dem Dach und denen in den Stockwerken in die Zange nehmen. Ein Teil von uns wird sich an der Außenwand abseilen und durch die Fenster eindringen. Ich denke, mit dieser Taktik können wir den Widerstand brechen. Im Übrigen ist auch klar, Eigenschutz geht in jedem Fall vor. Ist das verstanden?"

Von allen Seiten kam Zustimmung.

Eine Stunde später war die Verstärkung aus Würzburg eingetroffen und der Zugriff konnte auf allen Ebenen starten. Mit lautem Geschrei, aber zielgerichtet und mit antrainierter Systematik, drangen die Soko-Leute durch die Tiefgarage, vom Dach aus und durch die Fenster zeitgleich in das Gebäude ein. Es schlug ihnen heftiger Widerstand, teilweise aus automatischen Waffen, entgegen, den die Angreifer aber mit dem taktischen Einsatz von Gas- und Blendgranaten systematisch bekämpften. Die Abstimmung erfolgte über die Headsets. Nach nicht einmal zwanzig Minuten waren vier der Clan-Mitglieder tot, sieben teilweise schwer verletzt. Der Rest lag entwaffnet und mit Kabelbindern gefesselt auf dem Boden. Fünf der SEK-Mitglieder waren dank der Schutzwesten nur verletzt, keiner aber tödlich. Brunner hatte einen Streifschuss am linken Oberarm. Alle Verletzten, auch er, wurden durch den Notarzt und die herbeigerufene Verstärkung der Rettungsassistenten verarztet. Die Schmerzspritze wirkte schnell und er stürzte sich wieder in die Arbeit. Eberhard Brunner musterte die Toten und Verletzten sowie die Gefangenen, die man in der Lobby mit dem Gesicht zur Wand hatte niederknien lassen. Er suchte den Clan-Boss. Mustafa al-Asmani war nicht dabei.

Verdammt, wo ist der Kerl?, dachte Brunner. Nach seinen Informationen hätte al-Asmani hier sein müssen. Gerade wollte er sich einen der Gefangenen herauspicken, um ihn zu befragen, als sein Funkgerät knackte und eine laute Stimme schrie: „Achtung, an alle Einheiten! Gerade versucht ein schwarzer SUV einen Ausbruch aus der Tiefgarage!" Die Meldung wurde begleitet von zahlreichen Schüssen. „Zwei Kollegen getroffen!", meldete dieselbe Stimme. „Wir brauchen einen Arzt!"

„Zwei Mann mit mir!", schrie Brunner und rannte zum Ausgang. Im Rennen zog er seine Maschinenpistole vom Rücken, seine beiden Begleiter taten ihm gleich. Sie hatten über Funk die gleiche Nachricht gehört wie ihr Chef. Als sie auf die Straße stürmten, konnten sie gerade noch einen schwarzen Wagen die Rampe der Tiefgarage heraufrasen sehen, der mit quietschenden Reifen davonpreschte. Nachdem das Gebiet abgesperrt war und Menschen nicht gefährdet waren, gaben Brunner und seine beiden Kollegen jeweils einen Feuerstoß aus ihren Maschinenpistolen ab. Es war jedoch nicht ersichtlich, ob sie getroffen hatten.

„Ihr zwei kommt mit mir! Wir nehmen die Verfolgung auf!" Während er diese Befehle gab, hetzten Brunner und die beiden Beamten zu einem der am Straßenrand geparkten Streifenwagen. Der Fahrer saß hinter dem Steuer und sprach gerade in sein Funkgerät. Brunner riss die Tür auf.

„Kollege, raus! Wir benötigen das Fahrzeug!"

Etwas verdattert kam der Polizist hinter dem Steuer hervor.

„Sie fahren", befahl Brunner dem neben ihm stehenden SEK-Mann, rannte um das Fahrzeug herum und warf sich auf den Beifahrersitz, während der dritte Mann sich auf den Rücksitz setzte. Der Fahrer legte seine Maschinenpistole in den Fußraum, dann gab er auch schon mit Blaulicht und heulenden Sirenen Gas. Brunner hängte sich an das Funkgerät und schilderte der Einsatzzentrale die Problematik. Die Beamten in der EZ waren über den laufenden Einsatz in Aschaffenburg informiert. Brunner forderte sofortige Straßensperren rund um Aschaffenburg bis zu einem Radius von zwanzig Kilometern und Luftüberwachung mittels Hubschrauber an.

44

Mustafa al-Asmani belegte den Beifahrersitz des gepanzerten SUV, zwischen seinen Knien eine Kalaschnikow. Er nahm den Einschlag von mehreren Geschossen zur Kenntnis, die auf den Wagen abgefeuert wurden, aber keinen Schaden anrichteten. Am Steuer saß sein jüngster Sohn Abdul. Hinten auf der Rücksitzbank hatte sich Salem, der engste Vertraute seines Sohnes, niedergelassen. Alle Insassen waren bewaffnet. Mustafa hielt sich den linken Arm, da ihn dort ein Projektil aus einer Polizeipistole gestreift hatte. Es liefen ihm Tränen über die Wangen. Der Grund war aber nicht die Verletzung, die Salem während der Fahrt provisorisch verbunden hatte. Mustafa war voller Trauer. Bei dem Feuergefecht waren Malik und Osama, seine beiden ältesten Söhne, kurz hintereinander erschossen worden. Jetzt hatte er nur noch Abdul. Er hatte gesehen, wer der Todesschütze war. Es war der Anführer dieses Kommandos. Mustafa schwor ihm bittere Rache! Ihm war jetzt klar, dass ihn die unbekannte Person, die ihn vor einem Angriff Safars warnte, angelogen hatte. Er hatte diesen Anruf für bare Münze genommen und sich dementsprechend darauf vorbereitet. Mit den Männern, die er zusammengerufen hatte, wäre es ihm ein Leichtes gewesen, Safar abzuwehren. Bei so einer Streitmacht mit bestens ausgebildeten Kämpfern, die der Staat aufgeboten hatte, war klar, dass sie keine Chance hatten. Er verfluchte den Tag, an dem diese Person geboren wurde.

„Fahr nach Würzburg!", befahl er seinem Sohn, der ihn von der Seite her erschrocken ansah.

„Vater, das können wir nicht machen! Sie werden uns mit allen Mitteln verfolgen! Wir müssen unbedingt dieses Auto loswerden und ein anderes besorgen – und dann untertauchen!"

„Dieser Satan hat mir meinen Sohn genommen. Das muss er mit seinem Leben bezahlen!"

„Ja, das ist schon richtig", versuchte ihn Abdul zu besänftigen, „aber erst müssen wir mal untertauchen, sonst haben sie uns gleich. Ich fahre jetzt trotzdem in Richtung Autobahn. So schnell werden sie die nicht absperren können."

Mustafa saß schweigend auf seinem Sitz und kochte vor Wut. Sein Verstand sagte ihm, dass sein Sohn recht hatte. Auf der anderen Seite war es ihm egal, ob sie ihn schnappten. Er hatte sowieso nicht vor, sich lebend gefangen nehmen zu lassen. Wichtig war ihm nur, diesen stinkenden Hund von einem Polizisten zu töten. Mustafa sah allerdings ein, dass er mit Rücksicht auf seinen Sohn und auf die Familie keinen Kamikaze-Trip unternehmen durfte.

„Gut. Wechseln wir erst das Fahrzeug", gab al-Asmani nach. Als er sich im Sitz zurücklehnte, hörte er in der Ferne das Heulen von Polizeisirenen. „Beeil dich", verlangte er, „sie sind schon hinter uns her!"

Minuten später hatten sie die Außenbereiche von Aschaffenburg hinter sich gelassen. Von den Verfolgern war noch nichts zu sehen. Vor ihnen tauchte die Leuchtreklame eines bekannten Modelabels auf, dem ein Kaufhaus angeschlossen war. Abdul trat auf die Bremse und fuhr mit quietschenden Reifen auf den großen Parkplatz des Geschäfts. Blitzschnell fand er einen Platz zwischen anderen Fahrzeugen. Im Augenblick waren sie nach vorne, in Richtung Straße, sichtgeschützt. Angespannt lauschten sie nach den Verfolgern. Da raste draußen, außerhalb des Parkplatzes, ein Streifenwagen vorbei. Sie ließen die Fenster ein Stück herunter und saßen still. Der Sirenenklang entfernte sich.

„Lange werden sie sich nicht narren lassen", stellte Salem fest. Er hielt die Umgebung im Blick, aber keiner der Kunden des Modehauses interessierte sich für die drei Männer in dem schwarzen SUV.

Gute zehn Minuten später fuhren sie mit einem alten VW-Bus vom Parkplatz. Sie hatten das Fahrzeug gewählt, da es noch nicht über moderne Keyless-Technik verfügte. Salem knackte den Wagen in kürzester Zeit und schloss ihn kurz. Niemand hielt sie auf, als sie sich der Autobahnauffahrt Rohrbrunn näherten. Jetzt konnten sie weit vor sich das Blinklicht von Einsatzfahrzeugen erkennen.

„Verdammt, sie haben schon Straßensperren errichtet", stellte Abdul fest und bog auf einen Waldparkplatz ab. „Ihr steigt aus, nehmt die Waffen mit und umgeht die Auffahrt im Wald. Einen Kilometer weiter nehme ich euch auf dem Standstreifen wieder auf. Seht zu, dass Ihr rechtzeitig vor Ort seid. Ich kann nicht lange auf euch warten." Er sah sich im Bus um. „Ich werde mich mit den Klamotten, die hier herumliegen, ein bisschen tarnen." Er griff hinüber zum Handschuhfach und durchwühlte es. „Na, wer sagts denn", brummte er zufrieden, als er in einer abgewetzten Plastikhülle einen alten grauen Führerschein aus dem Jahr 1962 fand, der so fleckig und abgenutzt war, dass man ihn wahrscheinlich nur als Sondermüll beseitigen konnte. Der Kfz-Schein steckte hintendran. Das Gesicht auf dem Schwarz-Weiß-Foto war das eines jungen Burschen, der heute wahrscheinlich keinerlei Ähnlichkeit mehr damit hatte. Abdul setzte sich eine im Wagen herumliegende schmierige Basecap auf und schlüpfte in eine ehemals weiße Jeansjacke, die mit verschiedenen Wandfarben beschmiert war. Auf dem Boden hinter dem Sitz stand ein Eimer mit Pinseln und Rolle. Er sah al-Asmani zu, wie er mit Salem und den Waffen im Unterholz verschwand. Er hatte ihnen auch seine Pistole mitgegeben, weil es eine Illusion war, zu glauben, sich in einer Polizeikontrolle freischießen zu können. Was er jetzt dringend benötigte, waren Glück und gute Nerven. Abdul griff noch schnell nach hinten, beschmierte seine Hände mit Farbe und hinterließ auch eine Schliere auf seiner Wange, dann gab er Gas und tuckerte in Richtung Autobahnauffahrt. Er war in Franken aufgewachsen und beherrschte daher perfekt den hiesigen Dialekt. Die Kontrolle wurde in zwei Reihen durchgeführt, die parallel nebeneinander verliefen. Als einer der Polizisten ihm an der Sperre das Zeichen gab, anzuhalten, bremste er. Er hoffte nur, dass er den Motor nicht ausmachen musste. Es war wohl schlecht möglich, vor den Beamten das Auto kurzzuschließen.

„Papiere bitte", erklärte der Beamte, hinter ihm stand ein Kollege mit einer Maschinenpistole. Abdul griff zum Handschuhfach und übergab den Führerschein und den Kfz-Schein.

„Sorry, das ist der alte Lappen von meinem Opa. Meinen hab ich leider nicht dabei." Der Beamte runzelte die Stirn. „Machen Sie bitte mal hinten auf – und den Motor aus."

„Kann ich gerne machen, Herr Wachtmeister, aber leider springt die alte Mühle oft nicht an. Sie müssten dann schon schieben helfen."

„Also gut, lassen Sie den Motor an." Er machte ein Zeichen, dass Abdul aussteigen sollte. Gerade als der die Tür öffnen wollte, hörte er aus Richtung der Parallelschlange lautes Geschrei. Abdul sah hinüber. Offenbar beschwerte sich eine Gruppe älterer Männer, die sich von der Durchsuchung ihres Campers belästigt fühlten und sich weigerten der Polizei Zutritt zu gewähren. Einige schienen alkoholisiert zu sein und schimpften lautstark herum. Mittlerweile war man bei Handgreiflichkeiten angekommen. Die Polizistin und der Polizist, die die Kontrolle vornahmen, baten ihre Kollegen auf Abduls Seite um Unterstützung. Der Beamte, der Abduls VW-Bus kontrollieren wollte, wandte sich ab und eilte auf die andere

Seite. Abdul sah den Polizisten mit der Maschinenpistole fragend an: „… und was wird jetzt aus mir?"

Der Beamte warf durch das Fenster des Busses einen flüchtigen Blick auf den Farbkübel, dann winkte er Abdul weiter.

„Sie können weiterfahren", erklärte er, dann eilte er hinüber zu den renitenten Rentnern.

Abdul setzte sich wieder hinter das Steuer und lenkte den Bus langsam durch die Sperre auf die Autobahn. Mit mäßiger Geschwindigkeit schwamm er zwischen zwei Lkw über die rechte Spur. Nach etwa einem Kilometer schaltete er die Warnblinkanlage ein und fuhr rechts auf den Standstreifen. Um nicht aufzufallen, schnappte er sich das Warndreieck, das in einer Seitentasche neben dem Hintersitz befestigt war. Die in der Tasche ebenfalls vorhandene Signalweste war schnell übergeworfen, dann eilte er dem Verkehr entgegen und stellte das Warndreieck auf. Anschließend sprang er hinter die Leitplanke und wartete. Nach knapp fünfzehn Minuten entdeckte er Salem, der durch den Randbewuchs der Autobahn spähte. Er warf noch einmal einen Blick die Autobahn entlang, aber weit und breit war kein Polizeifahrzeug zu sehen. Einen Augenblick später stiegen die beiden hastig ein. Die Waffen trugen sie halbwegs verdeckt unter ihren Jacken. Kurz darauf sammelte Abdul das Warndreieck wieder ein, schwang sich hinter das Steuer und lenkte den VW-Bus zurück auf die Autobahn. Nach wie vor bestand Mustafa al-Asmani darauf, nach Würzburg zu fahren. Mit verbissener Miene saß er im Wagen und starrte auf die Fahrbahn.

Etwa zur gleichen Zeit lenkte der Fahrer des Streifenwagens auf Befehl Brunners das Fahrzeug auf den Parkplatz des Modegeschäfts. Langsam fuhren sie die Autoreihen ab, bis sie schließlich fündig wurden.

„Hab ich es mir doch gedacht!", knurrte Brunner. Da sie das Kennzeichen hatten, war es ihnen problemlos möglich, das Fluchtfahrzeug zu identifizieren. Offenbar hatte die Bande hier den Wagen gewechselt. Jetzt standen Brunner und seine Kollegen allerdings vor einem Problem, da sie keine Ahnung hatten, in welches Fahrzeug die Flüchtigen umgestiegen waren. Brunner machte eine Meldung an alle Einheiten, die bei der Straßensperre und bei der Suche nach dem SUV beteiligt waren. Er teilte ihnen mit, dass die Verfolgten das Fahrzeug gewechselt hatten, es allerdings keine Hinweise auf Typ und Art des neuen Fluchtwagens gäbe. Es war notwendig, sich jetzt auf alle Fahrzeuge, in der mehrere Personen saßen, zu konzentrieren.

Brunner brach hier die Verfolgung ab und fuhr mit seinen Männern zurück nach Aschaffenburg. Dort hatten die Mitglieder der Soko alle Hände voll zu tun, die festgenommenen Bandenmitglieder in das Forsthaus nach Lohr zu transportieren, wo die ersten Vernehmungen durchgeführt werden sollten. Nach zwei Stunden ließ sich Brunner ablösen. Die Verletzung am Arm machte sich jetzt doch schmerzhaft bemerkbar. Er warf sich eine Schmerztablette ein und setzte sich in einen der SUVs. Ein paar Stunden Schlaf würden ihn wieder fit machen. Die Dämmerung hatte längst eingesetzt. Er war ein ganzes Stück über die Landstraße gefahren, als sein Mobiltelefon piepte. Es war eine Nachricht eingegangen. Der Dienstwagen war mit moderner Technik ausgestattet, so dass er die Mail am Display des Fahrzeugs lesen konnte. Sie war von Simon Kerner.

„Komm heim, ich muss dich dringend sprechen!!!"

Das klang nicht gut. Hoffentlich war nichts mit Clara passiert! Eberhard Brunner trat aufs Gas.

45

Oberstaatsanwalt Sommer blickte auf den sehr ernst dreinblickenden Mann, der vor seinem Schreibtisch saß und mit ruhiger Stimme auf den Dolmetscher für arabische Sprache einredete, den er selbst mitgebracht hatte. Er hatte sich als Chalid ibn Abdallah al-Hilabar, Bruder von Safar al-Hilabar, vorgestellt und entsprechend ausgewiesen. Er sei von Kairo hierhergeflogen, um den Leichnam seiner Tochter Rana mit nach Hause zu nehmen, um sie würdig bestatten zu können.

„Im Islam ist es erforderlich, Verstorbene noch möglichst am Tage ihres Todes zu bestatten", übersetzte der Dolmetscher die Worte von Chalid. „Dies ist ja leider nicht möglich, da man Rana obduziert hat, um die Todesursache festzustellen. Da diese Untersuchungen abgeschlossen sein dürften, bitte ich um schnelle Freigabe der Leiche."

Der Oberstaatsanwalt blätterte in den Akten, die vor ihm lagen.

„Ich habe hier das Obduktionsergebnis. Danach wurde Ihre Tochter mit zwei Schüssen ermordet. Das tut mir sehr leid, Herr al-Hilabar, und ich spreche Ihnen mein Mitgefühl aus, aber im deutschen Recht ist bei einer Gewalttat eine Leichenöffnung unumgänglich." Sommer hob den Blick. „Wie ich aus den Akten ersehe, sind alle Unterlagen, die wir in einem eventuellen Prozess gegen einen möglichen Täter benötigen, vorhanden. Ich sehe also keine Gründe, Ihre Tochter länger in der Rechtsmedizin zu behalten. Sie können sie also mitnehmen. Wenn Sie sich bitte noch einen Moment gedulden, ich lasse gerade die formelle Freigabeerklärung schreiben." Er sah Chalid aufmerksam an. „Interessiert es sie überhaupt nicht, wie Ihre Tochter zu Tode gekommen ist? Es war nach unseren Ermittlungen", fuhr er fort, ohne auf eine Antwort des Vaters zu warten, „eindeutig ein sogenannter Ehrenmord! Ihr wurde mit einer Schusswaffe zweimal ins Herz geschossen! Sie war auf der Stelle tot. Bei der Untersuchung wurde weiter festgestellt, dass Ihre Tochter vor kurzem einen Schwangerschaftsabbruch hatte. Soweit ich weiß, ist die Schwangerschaft einer jungen, unverheirateten Frau in Ihrer Kultur ein schwerer Tabubruch. Vermutlich die Ursache für ihren Tod."

Als der Dolmetscher die Worte des Staatsanwalts übersetzt hatte, blieb die Miene des Vaters unbeweglich, sein Mund verschlossen. Aber Sommer gab nicht auf.

„Können Sie uns Hinweise zum Hintergrund dieses Mordes geben? Wissen Sie, wo sich Ihr Bruder Safar aufhält? Er ist wie vom Erdboden verschluckt. War es womöglich Ihr Bruder, der durch Ihre Tochter so entehrt wurde, dass nur ihr Tod diese Schande sühnen konnte? Sie haben doch sicher ein Interesse daran, dass die Ermordung Ihrer Tochter nicht ungesühnt bleibt ... Derartige Tötungen sind in unserem Kulturkreis nicht tolerierbar und mit der ganzen Härte des Gesetzes zu verfolgen!"

Chalid hörte sich die Worte des Dolmetschers an, dann sah er eine Weile auf seine Hände, die er im Schoß zusammengelegt hatte. Dann gab er leise einige Wort von sich, die übersetzt lauteten:

„Allah, der Allgerechte, wird uns in seiner Güte Gerechtigkeit widerfahren lassen."

Oberstaatsanwalt Sommer sah ein, dass er nicht mehr aus Chalid ibn Abdallah al-Hilabar herausbringen würde. In dem Moment klopfte es und eine Mitarbeiterin legte eine

Mappe vor Sommer auf den Tisch. Er klappte sie auf, unterschrieb die Freigabeerklärung und reichte sie Chalid.

„Damit können Sie ein Bestattungsinstitut beauftragen, Ihre Tochter im Institut für Rechtsmedizin abzuholen. Sie können Sie dann mit nach Hause nehmen."

Chalid und sein Begleiter erhoben sich. Der Vater verneigte sich leicht vor dem Staatsanwalt, murmelte eine Grußformel und verließ das Büro.

Sommer starrte einige Zeit auf die geschlossene Tür. Wahrscheinlich werden wir Europäer diese Menschen nie vollständig verstehen, dachte er.

46

Simon Kerner war einfach glücklich. Die Entnahme des Rückenmarks bei Theresa und die Transplantation bei Clara war nach Auskunft der Ärzte komplikationslos vonstatten gegangen. Theresa als Spenderin und Clara als Empfängerin, befanden sich, engmaschig überwacht, auf der Intensivstation des Krankenhauses. Ihr Befinden sei den Umständen entsprechend sehr gut, erklärten die Ärzte. Kerner hatte während des Eingriffs in einem Wartezimmer der Klinik verbracht. Nach der Transplantation konnte er einige Minuten mit Theresa sprechen. Seine Tochter durfte er nur durch das Fenster des hermetisch abgeschotteten Intensivzimmers sehen. Sie musste noch eine ganze Weile von jeglicher Gefährdung durch Viren oder Bakterien geschützt werden. Sie schlief noch. Ein wesentlicher Meilenstein zur Gesundung war für Clara gemeistert. Nach einiger Zeit verließ Kerner das Krankenhaus, setzte sich in den Jeep und fuhr zu Brunners Wohnung. Er beschloss, seinem Freund eine Nachricht zukommen zu lassen. Kerner musste mit irgendjemand sein Glück teilen, er hatte das Gefühl, dass er sonst platzen würde.

Er parkte seinen Wagen hinter einem alten VW-Bus, weil dies der einzige frei Platz in der Straße war. Leise vor sich hin summend, betrat er den Hausgang und wandte sich in Richtung Wohnungstür. Später machte er sich Vorwürfe, weil er durch sein Glücksgefühl die notwendige Aufmerksamkeit sträflich vernachlässigt hatte. Ehe er reagieren konnte, spürte er den kalten Lauf einer Schusswaffe an seinem Hinterkopf und eine dunkle Stimme befahl ihm: „Mach keine falsche Bewegung, sonst bist du tot!" Der Unbekannte stand dicht hinter ihm und drückte ihn gegen das Türblatt, so dass er keinen

Bewegungsspielraum hatte. Er spürte schnell tastende Finger, die seinen Revolver berührten.

„Deine Waffe! Aber ganz langsam und vorsichtig!"

Im Zeitlupentempo schob Kerner seine Jacke zurück und der Unbekannte zog ihm den Revolver aus dem Holster und steckte ihn vorne hinter seinen Hosenbund. Dann klopfte der Mann mit der Schuhspitze gegen die Tür. Langsam wurde geöffnet und Simon Kerner blickte in zwei weitere Waffenläufe. Kerner durchlief in diesen Stunden ein Wechselbad der Gefühle von himmelhoch jauchzend bis zu Tode betrübt, hinein in eine brutale Realität. Er wurde vorwärts in das Wohnzimmer gestoßen.

„Durchsucht ihn nochmals", befahl der älteste der drei anwesenden Männer auf Arabisch. Zwei hielten seine Arme fest und der Alte tastete ihn brutal ab.

„Sauber!", erklärte einer, zog Kerners Handy aus dessen Tasche und warf es auf den Tisch.

„Das ist der Kerl, der bei Brunner wohnt, während der Bulle im Spessart unsere Leute jagt", knurrte der Alte und durchbohrte Kerner mit seinen Blicken. Sie trugen keine Masken. Kein gutes Zeichen.

„Kann mir einer sagen, was das soll?", stellte sich Kerner ahnungslos.

„Halt die Fresse!", brüllte ihn einer auf Deutsch an. Dabei wurde Simon Kerner auf einen Stuhl gestoßen, den sie aus der Küche geholt hatten. In seinem Kopf wirbelten die Gedanken durcheinander. Er war sich sehr sicher, dass dieser Besuch nicht primär seiner Person galt. Diese Verbrecher hatten es mit Sicherheit auf Eberhard Brunner abgesehen!

Sie wechselten einige Sätze in ihrer Sprache, dann zog der Jüngste die Vorhänge zu, schnappte sich das Mobiltelefon vom Tisch und hielt es Kerner hin.

„Los, entsperren!", befahl er. Als Kerner zögerte, schlug ihm der hinter ihm stehende Kerl gegen den Hinterkopf. Widerstand machte im Augenblick keinen Sinn, dachte Kerner bei sich und drückte den Zeigefinger auf den entsprechenden Sensor des Handys. Sein Fingerabdruck entsperrte es.

Sie diskutierten auf Arabisch, dann loggte sich der Bursche in WhatsApp ein und setzte eine Nachricht ab. An Eberhard Brunner, wie Kerner vermutete. Alles andere hätte keinen Sinn gemacht. Vermutlich wollten sie ihn hierher in eine Falle locken.

„Binde ihn fest!", befahl der Alte.

Einer der Jungs suchte die Wohnung aus, konnte aber nichts finden, was geeignet gewesen wäre.

„Dann zerreiß die Bettlaken!", verlangte der andere. „Die Fesseln müssen ja nicht lange halten. Wenn der Bulle da ist, werden sie erschossen!"

Kerner hatte das Gespräch zwar nicht verstanden, aber die Körpersprache des Mannes und der Blick, den er seinen Kumpanen zuwarf, verhieß nichts Gutes. Er beobachtete, wie der Jüngste mit einem Betttuch aus dem Schlafzimmer zurückkam und ein feststellbares Klappmesser hervorzog. Ohne Schwierigkeiten schnitt er eine Reihe von Streifen ab und fesselte damit Kerners Hände auf den Rücken.

Der Alte gab ein paar Anweisungen, dann legte er seine Waffe weg und zog die Jacke aus. Kerner hatte schon die ganze Zeit vermutet, dass der Alte verletzt war. Immer wieder, wenn er sich unbeobachtet fühlte, hatte er sich den linken Arm gehalten. Es kam ein blutdurchtränkter Verband zum Vorschein, den einer der Jungen mit dem Messer abschnitt. Er diskutierte kurz mit dem Alten, dann legte er einen frischen Verband aus Bettuchstreifen an.

Eberhard Brunner ließ sich während der Heimfahrt die Nachricht von Simon Kerner durch den Kopf gehen. Sie hatten beide einen bestimmten Umgangston, wenn sie sich über WhatsApp austauschten. Jedenfalls nicht in diesem Befehlston. Wenn es um ein schwerwiegendes Problem ging, telefonierten sie normalerweise miteinander. Brunner war aufgrund der Ereignisse der letzten Tage sehr angespannt. Ein unbestimmtes Gefühl warnte ihn und er fuhr zunächst einmal durch die Straße an seiner Wohnung vorbei. Er entdeckte Kerners Jeep. Der Freund war also zuhause. Dann sah er die zugezogenen Vorhänge. Wie er aus Unterhaltungen mit Kerner wusste, liebte der Freund den freien Blick nach draußen, weil er das von Afrika her gewohnt war.

Brunner parkte ein Stück entfernt, dann zog er seine Pistole heraus und überprüfte sie. Die Maschinenpistole und seine Schutzweste hatte er im Forsthaus zurückgelassen. Das war jetzt nicht zu ändern. Er lief langsam die Straße zurück, bis er auf Höhe seiner Wohnung war. Ein Rundblick zeigte ihm, er war alleine auf der Straße. Mit einem Satz überwand er die niedrige Hecke um seine Veranda, dann schlich er sich an das Fenster heran. Der Stoff war schlampig zugezogen. Mit einem Blick durch einen Vorhangspalt konnte er die Lage übersehen. Drei Männer arabischen Aussehens, bewaffnet, und Simon Kerner gefesselt auf einem Stuhl. Wie es aussah, war er unverletzt. Als sich der älteste umdrehte, erkannte er Mustafa al-Asmani. Dieses Gesicht hatte sich ihm aus den Akten eingeprägt. Er stellte sich mit dem Rücken zur Wand und überlegte. Sie hatten ihm diese Nachricht geschickt, also waren sie auf sein Kommen vorbereitet. Mit Sicherheit war hier eine Racheaktion geplant, weil er und die Soko dem Clan schweren Schaden zugefügt hatten. Den Gedanken, Hilfe anzufordern, verwarf er. Keine Zeit! Jeden Augenblick konnten sie Kerner töten! Er riskierte einen nochmaligen Blick. Dabei sah er, dass einer der jüngeren Männer den Raum verließ. Brunner vermutete, dass er zur Toilette wollte. Er gegen zwei, das war seine Chance! Er holte tief Luft, dann stellte er sich frontal vor die Verandatür und gab schnell drei Schüsse auf die Scheibe ab, die in zahlreiche Scherben zersprang. Durch seine Einsatzstiefel vor den Glassplittern geschützt, sprang er geduckt in den Raum.

„Polizei! Waffen runter!", brüllte er, so laut er konnte. Der verbliebene junge Araber wirbelte herum, hob seinen Revolver und schoss. Er traf Brunner in den Oberschenkel, worauf dieser leicht einknickte. Der zweite Schuss blieb im Lauf, weil Brunner ihm aus nächster Nähe in den Kopf schoss. Die Kugel riss ihn nach hinten. Mustafa al-Asmani stieß ein tierisches Gebrüll aus und feuerte ebenfalls auf Brunner. Der Schuss traf ihn in die Seite. Dann richtete al-Asmani die Waffe auf Simon Kerner, der sich zeitgleich mit dem Stuhl zur Seite gegen al-Asmani fallen ließ und ihn dadurch ins Straucheln brachte. Der Schuss fuhr in einen der Sessel. Brunner drückte mit zusammengebissenen Zähnen zweimal hintereinander ab und traf den Clan-Chef in beide Schultern. Seine Waffe fiel zu Boden. Durch den Sturz hatten sich Kerners Fesseln an den Händen gelockert und er konnte sich vom Stuhl befreien. Hastig griff er nach Mustafa al-Asmanis Pistole und richtete sich auf. Brunner war vor ihm auf ein Knie gegangen und keuchte. Vor allen Dingen der Treffer in die Seite raubte ihm die Kraft. In dem Augenblick kam der dritte Mann schreiend zur Tür herein und schoss blind auf den Gegner, der ihm am nächsten stand. Das war Simon Kerner! Der richtete sich auf und hob die Waffe, aber der Schuss des Gegners hätte ihn dennoch in die Brust getroffen, wenn nicht Eberhard Brunner sich mit letzter Kraft nach vorne geworfen hätte, um das Projektil mit seinem Körper abzufangen. In diesen Schuss hinein drückte Kerner ab und schoss dem Angreifer ins Gesicht. Wie von einem Dampfhammer getroffen, brach er zusammen.

Dann trat eine unheimliche Ruhe ein, die nur durch das Keuchen und Stöhnen zweier verletzter Männer unterbrochen wurde. Kerner eilte zu seinem Freund, dem schaumiges Blut aus dem Mund troff. Er kniete sich neben ihn und nahm seinen Kopf auf den Schoß.

„Du verrückter Kerl! Warum musstest du das tun …?", sagte er leise. Tränen liefen ihm über das Gesicht.

Brunner verlor sekündlich an Kraft. Der Todesengel befand sich bereits im Zimmer.

„Für … Clara …", flüsterte er leise, dann tat er seinen letzten Atemzug. Simon Kerner schloss ihm sacht die Augen, dann bettete er seinen Kopf auf eines der Kissen, das er von der Couch genommen hatte. Eberhard Brunner hatte ihm das Leben gerettet, indem er seines opferte. Tiefe Leere und Niedergeschlagenheit griffen nach ihm.

Da hörte Kerner vernehmliches Stöhnen. Langsam, wie in Trance, erhob er sich. Mustafa al-Asmani lag neben der Wand, die Augen aufgerissen, und starrte Kerner mit hasserfüllten Augen an. Er gab einige arabische Worte von sich, dann versuchte er gegen ihn zu spucken.

Simon Kerner sah ihn einige Zeit mit kalten Augen an, dann drehte er sich um, ergriff langsam die Pistole von Eberhard Brunner. Mit einer fließenden Bewegung hob er die Waffe und schoss dem Clan-Chef zweimal in den Kopf. „Geh zum Teufel!", sagte er leise. Dann wischte er die Waffe ab und legte sie zurück in Brunners Hand. Diesen letzten Freundschaftsdienst musste er seinem Lebensretter erweisen. Die Waffe von al-Asmani legte er neben Brunner ab.

Bei der nachfolgenden Untersuchung stellte man fest, dass Eberhard Brunner den Clan-Chef mit zwei Schüssen in Notwehr getötet hatte.

Eine Woche später wurde Erster Kriminalhauptkommissar Eberhard Brunner mit allen Ehren beigesetzt. Die Soko Spessart wurde wenig später aufgelöst.

Kurz nach dem Tod von Mustafa al-Asmani begannen im Clan Nachfolgestreitigkeiten. Simon Kerner, der die Kanzlei in Karlstadt übernommen hatte, und seine Familie bekamen nach einiger Zeit Morddrohungen, die durchaus ernst zu nehmen waren, insbesondere weil Kerner in einigen Strafverfahren als Zeuge auftrat. Nachdem Clara mittlerweile auf dem Weg vollständiger Gesundung war, bat Kerner das Landeskriminalamt, ihn und seine Familie in ein Zeugenschutzprogramm aufzunehmen, was ihnen auch bewilligt wurde.

Epilog

Das PS-starke Motorboot rauschte von Malta kommend mit hoher Bugwelle über die spiegelglatte Fläche des Mittelmeers. Sein Ziel lag gut 170 Seemeilen westlich der Insel. An Bord befand sich eine schlanke Frau mittleren Alters und ein jüngerer, athletischer Mann, der das Boot lenkte. Beide trugen Sonnenbrillen, da die Sonne prall vom Himmel schien. Sie trug zudem ein Kopftuch, das im Fahrtwind flatterte. Bald hatten sie die Hochseejacht *Aquarius* voraus gesichtet, die hier in internationalem Gewässer vor Anker lag. Das Boot war offensichtlich erwartet worden, denn an Steuerbord hing eine Leiter über der Reling. Der Steuermann des Boots legte seitlich an, wobei er einige Fender auswarf, um die Seitenwand nicht zu beschädigen. Nachdem das Mittelmeer ruhig wie ein Spiegel dalag, machte es der Frau keine Mühe, über die Strickleiter an Bord zu klettern. Oben halfen ihr einige kräftige Hände über die Reling. Der junge Steuermann machte an der Strickleiter fest, blieb aber im Boot zurück.

„Bringt mich bitte zu Safar", erklärte die Frau direkt und nahm ihre Sonnenbrille ab. Man merkte ihr an, dass sie es gewohnt war, Anordnungen zu geben.

Im Salon der Jacht kam ihr Safar ibn Abdallah al-Hilabar entgegen. Er trug einen leichten weißen Leinenanzug, einen Strohhut und eine Sonnenbrille.

„Meine Liebe, ich freue mich sehr, dich hier an Bord der Aquarius begrüßen zu dürfen." Er machte eine einladende Bewegung in Richtung einer fahrbaren Bar. „Hier an Bord sehen wir den Alkoholkonsum etwas entspannter. Was kann ich dir anbieten?"

Sie bedankte sich und bat um ein Glas Bitterlemon mit Eis. Während Safar die kleine Flasche öffnete, das Getränk eingoss und aus einem kleinen Kübel zwei Eisstücke beifügte, ließ sie sich auf dem Sofa der Luxusjacht nieder.

„So lasse ich es mir gefallen", stellte sie fest und nahm einen kleinen Schluck.

„Meine Liebe, was kann ich für dich tun? Nachdem ich mich mit dem größten Teil meiner Familie hier auf dieses Schiff zurückgezogen habe, kann ich dich beruhigen. Ich werde in der nächsten Zeit keine Dienste mehr von dir in Anspruch nehmen müssen. Entspanne dich also und genieße dein Leben!" Er hob ein Whiskyglas, in dem zwei Eiswürfel klimperten.

Sie hatte ihre Mimik absolut unter Kontrolle. „Ich bin hierhergekommen, um dich zu bitten, mir diese Unterlagen, die du über mich aufbewahrst, auszuhändigen. Es könnte sein, dass mir in der nächsten Zeit ein Karriereschritt bevorsteht, und ich möchte sicher sein, dass diese Schriften nicht in falsche Hände kommen."

Safar ibn Abdallah al-Hilabar sah sie ernst an. „Meine Liebe, wenn ich eines in meinem Leben gelernt habe, dann ist es die Weisheit, niemals Vorteile ohne Zwang aufzugeben. Ich werde mich dir nicht in den Weg stellen. Das wäre dumm. Aber irgendwann kommt vielleicht wieder der Tag, an dem ich dich an deine Dankbarkeit erinnern und um eine kleine Gefälligkeit bitten muss."

Sie saß stumm und starrte auf den Boden. „Was ist, wenn dir etwas zustößt? deine Nachkommen können über diese Unterlagen ganz anders denken als du."

Safar lachte. „Mir geht es ganz ausgezeichnet. Ich habe alle wichtigen Geschäftsunterlagen bei meinem Aufbruch aus Deutschland mitgenommen. Sie sind immer in meiner

Nähe und niemand außer mir hat Zugriff. Also beruhige dich!" Ganz beiläufig warf er einen Blick in Richtung eines Bildes, das über einer messingbeschlagenen Kommode aus Mahagoniholz hing. Es zeigte einen Lastensegler mit voll gesetzten Segeln vor dem Wind in stürmischer grauer See.

Sie trank das Glas mit einem langen Schluck leer. „Gut, dann kann ich das nicht ändern. Es ist natürlich richtig, dass ich in einer verantwortungsvolleren Position mehr für dich tun kann – und das auch werde. Übertreibe es aber nicht mit deinen Wünschen." Sie erhob sich.

„Du willst schon gehen? Das war aber ein kurzer Besuch." Er wies zur Tür. „Ich bringe dich bis zur Reling."

Zehn Minuten später legte das Boot wieder von der Aquarius ab. Safar ibn Abdallah al-Hilabar sah ihm hinterher, wie es sich mit voller Kraft vom Schiff entfernte. Safar konnte sich nicht helfen, irgendwie hatte er plötzlich ein komisches Gefühl. Wie es schien, wurde das Boot nach einiger Zeit nicht mehr kleiner. Einer seiner Männer verfolgte es mit dem Fernglas.

„Es hat angehalten", erklärte er verwundert. „Verdammt, sie schießen auf uns!" Safar konnte jetzt mit bloßem Auge eine Rauchfahne erkennen, die sich rasend schnell näherte. Ehe er die Rakete selbst erkennen konnte, schlug sie steuerbords ein Stück hinter dem Bug in die Jacht ein. Sekunden später folgte eine zweite Boden-Boden-Rakete, die in der Nähe des Hecks einschlug. Die getroffene Jacht bäumte sich auf wie ein waidwund geschossenes großes Tier und zerbrach in drei Teile. Dann explodierte der Tank und das Schiff zerriss in tausende Teile, die wie ein feuriger Regen aus einem Vulkankrater auf die Meeresoberfläche aufschlugen. Minuten später waren von der Jacht nur noch einzelne Teile übrig, die im Meer versanken. Die große Welle, die die Explosionen auslösten, holten das Boot nicht mehr ein. Mit Vollgas fuhr es zurück in Richtung Malta.

Im Oktober dieses Jahres nahm die Landtagspräsidentin Frau Dr. Yasmin Römer im Plenarsaal des Maximilianeums als Nachfolgerin des bei einem Unfall überraschend verstorbenen Justizministers Gustl Hinterwäldler folgenden Amtseid ab:

„Ich schwöre Treue der Verfassung des Freistaates Bayern, Gehorsam den Gesetzen und gewissenhafte Erfüllung meiner Amtspflichten!" Auf die religiöse Formel verzichtete sie.

Nachdem sie nach Stunden des Feierns, der Gespräche und der Vorstellung der Mitarbeiter des Ministeriums endlich alleine war, ließ sie sich in den neuen Bürosessel fallen und schaute gegen die Decke. Sie hatte es geschafft! Schon im Vorfeld ihrer Ernennung hatte sie in Gesprächen dem Ministerpräsidenten versichert, dass die Verfolgung der Clan-Kriminalität bei ihr, wie bei ihrem Vorgänger, oberste Priorität haben würde.

Es war kurz nach Mitternacht, sie lag hundemüde im Bett ihres Hotelzimmers, das sie bis zu einem Umzug nach München bewohnen würde, als in ihrer Handtasche das Handy summte. Verwundert erhob sie sich und starrte auf das Display: „Anonymus", stand da. Der Schrecken fuhr ihr durch alle Glieder. Aber das konnte doch nicht sein! Fast zaghaft nahm sie das Gespräch an.

„Gratulation, Frau Staatsministerin", kam eine technisch verfremdete Stimme aus dem Lautsprecher, „wir freuen uns sehr über Ihren Erfolg! Sollten wir irgendwann einen kleinen Gefallen benötigen, werden wir uns wieder bei Ihnen melden. Nur damit keine Zweifel aufkommen, wir haben da gewisse Unterlagen … Aber das kennen Sie ja."

Die Leitung war tot. Kreidebleich fiel Dr. Yasmin Römer das Handy aus der Hand. Ein gequälter Schrei löste sich von ihren Lippen.

Die Stimme legte das spezielle Handy in einen schicken braunen Aktenkoffer und betrat die Polizeibehörde.

*

Rex, der kräftige Rhodesian-Ridgeback-Rüde, lag in der Abenddämmerung auf der Veranda des Verwaltungsgebäudes der Rangerstation des *Addo Elephant National Park* und döste vor sich hin. Gerade hatte er seine Futterration vertilgt und ruhte sich nun unter dem Stuhl aus, auf dem sein Mensch, der ihn verlassen hatte, immer gesessen hatte. Die Erinnerung an ihn war unauslöschlich in sein Gehirn eingebrannt. Auch wenn er den ganzen Tag mit den Parkrangern unterwegs gewesen war, um bestimmte Gebiete nach Wildereraktivitäten abzusuchen, mit Geduld harrte er täglich am Abend an dieser Stelle aus – und die Ranger ließen ihn.

Plötzlich sprang der große Hund wie elektrisiert auf. Er stellte die Ohren auf und hob die Nase in den Wind. Seine empfindlichen Sinne hatten den Hauch einer Witterung aufgenommen. Da ertönte auch schon ein leiser Pfiff, der bei ihm alle Zweifel beseitigte. Mit einem leisen Wimmern, das tief aus seiner Hundeseele kam, sprang er mit einem Riesensatz von der Veranda und stürmte in die zunehmende Lichtlosigkeit. Richard, der die Nachfolge Simon Kerners als Leiter der Station angetreten hatte, saß vor seiner Hütte und sah den Hund an sich vorüberrennen. Verwundert schüttelte er den Kopf. Es war eigentlich nicht Rex' Art, auf eigene Faust loszuziehen. Ihn beschlich ein merkwürdiges Gefühl. Irgendwie ahnte er, dass er den Rüden nie mehr wiedersehen würde.

Rex rannte wie ein Besessener durch die Nacht, bis er den Mann erreicht hatte. Er winselte wie ein Welpe, während er den Mann ansprang und ihn, als er von der Wucht seines Gewichts nach hinten umfiel, von Kopf bis Fuß ableckte. Es dauerte fast zwanzig Minuten, ehe sich der Ridgeback einigermaßen beruhigt hatte. Im Licht der Sterne wanderten die beiden fast eine Stunde zu einem großen Geländewagen. Mit einem Satz sprang der Rüde auf den Beifahrersitz. Der Motor startete. Nach zwei Stunden Fahrt erreichten sie ein kleines Zeltlager. Der Mann legte sich zum Schlafen hin, Rex lag vor dem Zelt und wachte. Gut zwei Tage später erreichten sie Windhuk, die Hauptstadt Namibias.

Zwei Wochen später trat auf der Jagdfarm des Ehepaares Wilma und Leopold Reißer, in der Nähe des Wasserbergs in Namibia gelegen, der Berufsjäger Armin Falkenstein seinen Job an. In seiner Begleitung befanden sich seine Ehefrau Helga-Maria und seine fünfjährige Tochter Matilda sowie sein Hund Rex, die mit auf der Farm wohnten. Matilda war ein quirliges kleines Mädchen, der Sonnenschein aller Farmbewohner.

Mitten auf dem Kaminsims im Wohnzimmer der Falkensteins stand ein Bild, auf dem ein Mann grinsend neben Armin Falkenstein stand und in die Kamera grüßte. Beide Männer hatten einander die Hände auf die Schultern gelegt, sie waren offensichtlich Freunde. Das Bild war vor Jahren bei einem Besuch des Mannes in Afrika aufgenommen worden … Weit jenseits des Spessarts …

* ENDE *

Bibliografische Information der Deutschen Nationalbibliothek
Die Deutsche Nationalbibliothek verzeichnet diese Publikation
in der Deutschen Nationalbibliografie; detaillierte bibliografische
Daten sind im Internet über ‹http://dnb.d-nb.de› abrufbar.

1. Auflage 2020
© 2020 Echter Verlag GmbH, Würzburg
www.echter.de

Umschlag: wunderlichundweigand.de
Satz: Crossmediabureau, Gerolzhofen
Druck und Bindung: Friedrich Pustet, Regensburg

ISBN
978-3-429-05471-7
978-3-429-05083-2 (PDF)
978-3-429-06482-2 (ePub)